用云朵织成的蓝围巾

王举芳/著

路过心上的经典散文
邂逅一生的悦读，愿你翻过每一页

线装書局

图书在版编目(CIP)数据

用云朵织成的蓝围巾 / 王举芳著. —北京：线装书局, 2019.12(2022.7)

ISBN 978-7-5120-3709-0

Ⅰ.①用… Ⅱ.①王… Ⅲ.①散文集–中国–当代 Ⅳ.①I267

中国版本图书馆 CIP 数据核字(2019)第 136745 号

用云朵织成的蓝围巾

著　　者： 王举芳
责任编辑： 张　倩
装帧设计： 宋双成
出版发行： 线装書局
地　址：北京市丰台区方庄日月天地大厦 B 座 17 层(100078)
电　话：010-58077126(发行部)　010-58076938(总编室)
网　址：www.zgxzsj.com
经　　销： 新华书店
印　　刷： 唐山富达印务有限公司
开　　本： 640mm×910mm　1/16
印　　张： 19
字　　数： 235 千字
版　　次： 2022 年 7 月第 1 版第 2 次印刷
印　　数： 10001—20000 册

线装书局官方微信

定　　价： 49.80 元

在阅读中优雅老去

二十岁时，第一次去凤凰，不为古镇美景，只为能与偶居夺翠楼的黄永玉先生见上一面。

时逢雨季，沱江奔啸，烟波微茫信难求。苦待数日，仍没能等到想见之人。

在清冷的雨丝中独自徘徊，满心失落。无意走进一家书店，里面尽是沈从文先生的文本作品。无处可去，只好在僻幽的角落里翻阅旧籍。而后，一发不可收拾。

回程当日，总觉有重要东西遗落城中，寻思许久，才跑去那条巷子的书店里买了本周身泛黄的《边城》。这本有着深蓝小印戳的《边城》，至今仍安躺于我的书柜里——它不仅使我在未果的行程中找到些许补偿，更让我在之后的时光无比怀念二十岁的自己。

再后来，兴许命里所定，真与书结下了不解之缘。不但自己看书写书，更领着诸多热爱文学的人走上了自己想走的路。

我经常跟学生们说，阅读是写作的命脉，只有不断阅读，才能保持创作角度的新颖和思维的敏捷。然而，阅读所赐予的，又何止是这些？

不管在何时何地，只要手中捧着一本书，心里便会觉得安然。书不但能排遣无聊的寂寞，将岁月的伤痛逐一缝补，还能把心灵淬炼成一块玲珑美玉。

一个爱书之人，必是睿智且沉稳的。遇事不惊，处之泰然。古人所说的“腹有诗书气自华”，便是这意思。

生命本就是一次有限的跋涉。一个经常看书和一个经常沉迷在网游世界的人，心灵绝对是不一样的。前者，往往更能体悟一叶一菩提的真谛。

书本所给予心灵的力量，是不可言喻的。十年寒窗，说的并不是读书人的艰辛，而是意在表述读书人的坚忍和不懈。试问，有多少人可以在寒窗下十年如一日地重复做同一件事情？

正如北大教授曹文轩所说，世间最优雅的姿态，就是阅读。不论静坐还是倾卧，甚至在厕所里，它都是最美的姿态。因为这样的人，通常都会从骨子里散发出一种极具亲和力的书卷气。

阅读人物，通晓历史，可以从他人鉴知自己得失；阅读杂文，百味世事，可在辛言辣语中澡雪精神；阅读情感，温热肺腑，可居书香浓情里滋养心灵；阅读故事，体会人生，可于静谧岁月中倾情流泪……

每一种书，都是风景；每一本书，都是亟待窥破的秘密。

宋朝诗人黄山谷有一句名言："三日不读书，便觉语言无味，面目可憎。"这其中说的，就是每日读书的重要性。

本系列图书，所遵循的就是这个简单的理论。通过遴选当下不同类型的精华文章，给读者送去不同的心灵养分——成长的人生让你懂得如何珍惜青春，成功的智者让你明白如何把握自己的人生，真情的自我让你寻回本真的感动，感悟让你看到世界别样的美好……

为了能找到年度最精华的文章，为了给读者省去寻找的烦琐，我们几乎把本年度的期刊翻了个遍，目的就是为了去其糟粕，取其精华。

我们的宗旨只有一个，就是为这个时代的读者，奉献好书。

但愿我们可以放慢忙乱的步伐，一起在欢愉的阅读中，优雅老去。

一路开花

2018年12月书于云南曲靖

目录

第一辑 掌心的光阴

第二辑 有风的雨才会飞

第一辑

掌心的光阴

我望着奶奶，千言万语，如鲠在喉。奶奶，你知道吗？我的梦想是长出一双能握住光阴的手，把那些清苦却温暖的日子收藏，让这份逐渐在时光中流逝的爱，能如一朵永远也不会凋零的花一般，不管经受多少沧海桑田，都历久弥香。

命运不是一堵永远冰冷的墙

她望着他比她高的个头，心像一片潮湿的海，有浪的欢乐，也有海的忧郁。

他今年十多岁了，才拥有四五岁孩子的智力。看着与他同龄的孩子都快上初中了，他还只能待在幼儿园里，每每看到儿子在那群幼小的孩子中间显得那么突兀，她的心就会痛到无法呼吸。

然而她是无悔的。当初儿子还没出生时，她去医院做产检，医生说她的孩子大脑发育得不好，有可能是个残障儿，那时离预产期只有一个多月了。

她抚摸着自己圆鼓鼓的肚子，想着医生的话，心像冬天的荒漠，看不到一丝绿意。忽然，肚子里的小家伙温柔地踢了她的手一脚，她笑了，好似有千朵万朵花开，深情摇曳。

她与爱人说起孩子可能将来有残缺，爱人半晌无语，最后低低地说：不管怎样，他都是我们的孩子。他们相拥着哭泣。

孩子出生了，是个漂亮的小男孩，与正常的孩子一般无二，没有什么差别。一岁多了，儿子和其他孩子一样聪明活泼，没有出现问题。她想：当初一定是医生的判断不准确。她双手合十，对苍天感恩，感谢上苍赐给她的是一个健康的孩子。

儿子三岁多的时候，爱人去外地出差，昏倒在路上，再也没有醒来。

儿子长高了，越来越像他的父亲。看到儿子，就想起爱人，心情瞬间灰掉，但一想到还有儿子陪她度过这纷扰岁月，她的心就暖暖的。

儿子六岁了，该上小学了，她陪儿子去参加入学考试，儿子的成绩很不理想，老师说这孩子智力有问题，她不信，她说孩子在幼儿园时一向很好的。

她带着儿子去医院做智力测试，看到结果的那一刻，她的心像被狠狠地割了一刀。她一手牵着儿子，一手握着那张智力测试结果，眼泪像钱塘江潮，一波一波，冲堤拍岸。她感觉命运于她，就像一堵冰冷的墙，冷意侵蚀着那些残存的温暖。

没有学校愿意收儿子，她只好央求幼儿园的老师继续收留儿子，她害怕儿子孤单而自闭。

儿子的个头长得很快，智力却丝毫没有长进。十多岁了，还不能自己过马路。朋友说：你一个人带一个残障孩子，很辛苦，不如找个人再嫁吧。她摇摇头说：不，我不能拖累别人，也不想让儿子受一点委屈。我要给孩子全部的爱。

时光一寸一寸，从树影里移走，她和儿子，牵手相伴，走过每一缕晨光，走过每一缕斜阳。

周末，幼儿园老师组织孩子去看海，要求家长和孩子一起参加。她给儿子带了一些零食，还有一杯水。

路上，老师给孩子出了一个问题，问题是这样的：“如果妈妈和你一起出去玩，半路口渴了又没带水，而你的小书包里恰巧有两个苹果，你会怎么做？”

有的孩子说：“我会把大的那个给妈妈，小的给我自己。”获得一片掌声，那个孩子的妈妈满脸自豪。

有的孩子说：“我会把苹果全留给妈妈，我会忍着，等回家了再喝水。”又是一片掌声，都说这样的孩子长大了肯定孝顺。

很多孩子都回答了这个问题，答案大同小异，都是好孩子应该说出，也是家长期盼孩子说出的。

最后一个回答的是儿子，她望着儿子，满眼温柔。

“如果是我选苹果，我会把每个苹果都咬一口。”车厢里的人嘘声一片，接着有人大笑起来，她明显感觉那笑声里有鄙夷的味道。

她望着儿子，五味杂陈，她不是对儿子失望，是怕孩子在别人的嘲笑声里茫然无措。

她望着儿子，眼睛开始润湿。儿子伸出手，摸着她的脸，继续说：“妈妈，你不要生气，我不是想把苹果全都吃掉，我是想尝尝哪个苹果甜，我想把最甜的那个苹果给妈妈吃。”望着一脸童真的儿子，她的眼泪再也忍不住了，但她的心里已有千朵万朵花开。

是的，命运它不是一堵永远冰冷的墙，只要心中藏爱，再贫瘠的岁月，亦可流金！

有一只眼睛叫良心

医生告诉他，母亲除了有脊髓空洞症外，她的椎基底动脉主干狭窄80%以上，这根直供生命中枢的关键血管就像一个定时炸弹，随时可能导致昏厥甚至猝死。这两种严重病症都可以通过手术治疗，需要10余万元的花费。

他出身在一个农民家庭，家里不富裕，父母靠种地为生养育他们姐弟四个，现在虽然姐弟们都上班了，但家里还欠着七八万元的外债。

那天，医生再一次告诉他，如果再不去大医院及时就诊，很可能会成为植物人。他依偎在母亲身边，双手抱着头，不让母亲看见自己眼里将要滚出的泪水。

看病需要花钱。可是钱从哪里来呢？他想到了去买彩票，希望上天能让自己“发财”，来挽救母亲。

天色已晚，他买完彩票去姐姐家吃饭，走到鱼鸟河桥附近，一脚踢到一个钱包，感觉沉甸甸的。他便站在路边等，半个多小时过去了，依然没有人来寻，姐姐打电话催促他赶紧回家，他只好先去姐姐家。

七岁的外甥女很好奇地翻开他捡到的钱包，惊诧地说：“包里好多钱啊！”他这才发现，包里不光有签了章的支票、送货单据，还有10万元的现金，合计价值70万元。

他赶紧寻找有关失主的信息，查看驾驶证等，在环评证书上找到了失主的电话，终于联系上了失主，并约好了见面地点，这时已是晚上10点了。失主来到后，他核对了汽车牌照，让对方确认包内物品无误后，把包还给了失主。失主十分感激，要他说出家庭住址以便日后登门致谢，他婉言拒绝了。失主又拿出2000元钱硬塞给他，他坚决不收，快步离开了。

后来失主千方百计地打听到他上班的工厂，听说他母亲病重急需用钱时，说愿意出钱帮助他。他再一次拒绝了。他说：“人家挣钱也不容易，咱四处借钱，也不给别人添麻烦。”“咱苦点累点也不能拿黑心钱。”“捡钱归还天经地义，多少不义之财都难买心安。”“咱能过得去就不给别人添麻烦，咱能帮助别人，做梦都感到高兴。”

不久，他捡巨款不动心的事迹在网络上引发热议，有人说他太傻，也有人说正是这种“傻”，才会有人间最美的心灵。

善有善报。很多人纷纷捐款，很快他母亲的看病费用就凑够了一大半。

他是菏泽单县人，他的名字叫张继锁，在烟台牟平打工。“助人为乐、知足常乐、没乐找乐”是他的座右铭。

他说人其实都长了三只眼睛，这第三只眼睛就是良心。不管在黑暗里还是在光明里，这只眼睛都能看得清哪些事该做，哪些事不该做。

肩上的尊严

听说有人专送山泉水，我便寻了地址找去。

“您要几桶？住几号楼几单元？”送水的年轻人憨厚地笑问。

“我要一桶。”说明了住址，我就骑车回家了。

半个小时后，一阵嗵嗵的砸门声。是谁这么没有礼貌？开门一看，原来是送水的年轻人。

“我要一桶水，你怎么挑来了两桶啊？”

“两桶都是半桶。”说着，他艰难地蹲下身子，挑起两桶水。

“大姐，不好意思，麻烦您自己把水装上行吗？我手不方便。”我这才注意到他的双臂尽头没有手，不禁心头一震。

我家住五楼，便多给了他两元钱作为辛苦费，他执意只要一元，说从三楼开始只加一元钱，不能多要。我看他不肯接受，只好拿回了一元钱。

送的山泉水清澈甘甜，家里人都喜欢喝，要水的日子便多了起来。

时间长了，慢慢我知道了他的故事：他住在离城区十多里路的小山村，几年前出外打工，一次意外事故双臂被炸伤，小臂截肢，从此成了残疾人。父母去世后,他的哥哥把他接到家里,悉心照顾他的生活起居。哥哥靠每天外出送水养家糊口,生活条件并不宽裕。为了减轻哥哥的生活负担,他便练习挑着扁担送水,跟哥哥干起了送水工。

那天他又来送水,我说:"高楼层对你来说太困难了,你怎么不送矮一点的楼层呢?"他憨厚地笑笑:"哥哥很疼我,他说只让我送一楼的,可是他回家后还要下地干活,比我累得多。"

"那你怎么不去找个轻松点的工作?"

"不瞒您说,有人让我打着残疾人的旗号上街去要钱,说那比送水挣钱多。可我觉得劳动挣钱最光荣,心里也踏实。其实我干送水工不光是为了生计,我觉得残疾人有活干更有尊严。"

"那你怎么不去找找残联想想办法?"

"比我残疾严重的人多得很, 我不想和他们去争抢工作机会。再说,我除了没有双手,身体其他部位都是健康的,我还这么年轻,不能拿自己是残疾人说事, 我也不希望别人把我当残疾人看, 我害怕时间长了,我的心灵也会残疾。做送水工很好,每天看到有那么多人喜欢我送来的山泉水,等着我的山泉水做饭,我很快乐。"说着,他又笑了。

把送水费塞在他的上衣口袋里,望着他离去的背影,我心头涌起无限感慨:是啊,身体残疾是一个现实问题,绝不能让它再成为一个心理问题。

渐渐地,很多住户都喜欢上了这个残臂的送水工,没有人在意他的残缺。

掌心的光阴

1

奶奶看着电视中芦山地震后的凄惨画面,把储钱罐里的钱全部倒出来,数了数,201元,这是她一个星期来的卖粥钱。她说:“小南,明天你去居委会,帮奶奶把钱捐给灾区。”我没有说什么,接过钱,点了点头。

奶奶今年84岁了,靠每天出去卖粥维持生计,她的腿患有风湿病,却从不舍得花钱给自己买药。每天早晨她推着三轮车出去卖粥,走几米路,就得歇一歇。

有人无数次劝她:“年纪大了,就不要逞强了,去社区福利院养老吧。”奶奶坚决不去。她说她还能自食其力,不乐意去享清福。我知道奶奶不去的原因,全是因为我,因为她要给我一个家,她走了,我的家就没了。

2

我不是奶奶的亲孙子。

2008年，我到百里外的镇上上初中。我的家庭条件很不好，爸爸患有肾病，妈妈是个残疾人，他们连自己的生活都照顾不了，我上学的钱一直是全村人凑来的。

那一段时间，家里很久没有给我寄生活费，我的餐卡上已经没有一分钱，怎么办呢？我一个人沿着马路，漫无目的地行走着。

奶奶正在路边卖粥。她看到我，热情地招呼我："小伙子，喝粥啊？2元一碗。要不要茶叶蛋？1元一个。"我已经两顿饭没吃了，可是我的兜里只有10元钱了，要是家里还不给我寄钱，钱花没了怎么办呢？

但我真的好饿。

我在小桌前坐下来，酝酿了半天情绪说："奶奶，您能给我来半份粥吗？我刚吃过饭，可是您做的粥好香，我想尝一尝。"

奶奶笑呵呵地说："行，没问题。"半份粥，我细品慢咽，好让自己有饱腹感。

从此以后，我经常去奶奶的粥摊，有时候要半份粥，有时候甚至要四分之一份。奶奶仿佛知道我的窘迫。对我说："孩子，以后每天都可以来我这儿，我每天免费供你一顿饭。"

有人说她傻，本来一天卖的粥都入不敷出，再给一个无亲无故的孩子提供免费的饭菜，简直是在做赔本的买卖。奶奶什么也不说，只是笑笑。

3

2010年，爸爸去世了，妈妈受不了打击，精神一直不好，加上身体的原因，不到半年，妈妈也走了，我成了一个孤儿。

奶奶知道后，抚着我的头说："孩子，你要是不嫌弃奶奶，就做奶奶的孙子吧。"那一刻，我扑在奶奶的怀里，哭得翻江倒海。

奶奶没有亲人，每月靠着卖粥维持生计。我的加入，给她增加了很大的负担。她每天要做更多的粥、回来得更晚，才能勉强支撑我们两个人的生活。终于，她病倒了。我望着她苍白的脸，吓坏了。奶奶坚持不去医院，她说："你还没长大，我怎么舍得再让你成为一个孤儿。"我和奶奶相拥着哭了。

奶奶是个坚强的人，只歇了一天，就又拖着病体去卖粥了。

闲着的时候，奶奶喜欢跟来吃粥的人唠嗑，听说哪里闹天灾什么的，她都会把当天卖的粥钱捐出去。有一段时间，粥卖得不好，我和奶奶的生活成了问题。我埋怨奶奶为何不少捐点钱，她说："孩子，你知道吗？那些受了灾的人很苦很苦的，我们坚持一下就行，而他们，会因为少一分钱，就会失去一份希望。"

原来，奶奶曾经历过唐山大地震，是好心人从废墟里把她挖了出来，她活了下来，所以她能体会那种绝望中等待希望的心情。

她说钱不在乎多少，能帮人解决困难，一分钱也是无价的。

4

每天早上四点左右，奶奶就准时起床，熬粥、焖大米饭、炒菜、装盒饭、装车，然后骑着三轮车，到市场卖粥，一直忙活到晚上六点左右才回到家。

我开始捡拾一些废品，卖掉以贴补家用。

那天，看电视上的人都畅谈着自己的梦想。我问奶奶："奶奶，你的梦想是什么？"

奶奶笑笑说："我的梦想是希望我老得慢一点，能看着你娶妻生子，有了家，我走也就放心了。"我的眼泪止不住地掉下来。这几年，奶奶这么倔强地"年轻"着，只为给我一个家。

我望着奶奶，千言万语，如鲠在喉。

奶奶，你知道吗？我的梦想是长出一双能握住光阴的手，把那些清苦却温暖的日子收藏，让这份逐渐在时光中流逝的爱，能如一朵永远也不会凋零的花一般，不管经受多少沧海桑田，都历久弥香。

一朵仰着脑袋的葵花

每天早晨，我习惯起床后，在阳台上看看花草，呼吸一下新鲜空气。

推开纱窗，忽然发现，邻居的阳台上开满了葵花，葵花是种在花盆里的，我数了数，有十多盆。怎么一下子买这么多盆葵花呢？我有些不解。

去买菜，正好碰到邻居，问起葵花的事，她说是家里来了客人，那些葵花是客人带来的。

“你家客人是种葵花的吗？”

“不是，是个小客人，今年才10岁呢。”邻居的话让我更加好奇了。

吃过晚饭，我去邻居家，拜访她家的小客人。我想知道一个孩子为什么那么喜欢葵花。

看到那个男孩的时候，我惊呆了，他的头仰着，脖子扭曲着，手不停地抖动着，坐在轮椅上，见到我很吃力地笑笑。和他打过招呼，我和邻居来到她家的阳台，邻居小声告诉我：“这个孩子是脑瘫儿，他妈妈生病了，暂时让他在我家住一段时间。”

那天早晨，我在阳台浇花，听邻居的阳台上有声音，我伸出头去看，只见那个男孩手里拿着水壶在给葵花浇水。他把水壶小心地贴近花盆,小心地倒水,极其缓慢。这样的动作常人很容易完成,而对他来说,确是非常困难的。

“你怎么不帮他给葵花浇水呢?”我对邻居说。

“他不让我帮忙呢,他说这是妈妈为他种的花,他必须亲自浇水。”

我问男孩:“你妈妈为什么给你种葵花呢?”

“因为我的头低不下去,我很烦,常跟妈妈发脾气,妈妈对我说:‘你不是个有残缺的孩子,只是因为你长得太像葵花了。葵花的头就是这样仰着的,每天都仰着,汲取朝风雨露,接受太阳的抚摸,最后把饱满的花籽献给人们品尝。’妈妈四处寻找,才找到这种适合在花盆里种植的葵花,这种葵花虽然比种在地里的葵花矮,但它同样有一颗仰着的心。”他的脸迎着太阳,太阳为他洒上一层金辉,像极了一朵盛开的葵花。

我深深地被感动了。我为男孩有一个这样阳光的母亲而感到欢喜。

男孩的母亲出院了,男孩要回家了,我帮邻居把那些葵花搬到楼下来接男孩的三轮车上,男孩和他的妈妈坐在葵花中间,一脸的明媚。

多么温馨的画面啊!这样的画面,比梵·高的《向日葵》更让人感到温暖和富足。

把缺陷活成一种美好

看见她时，我还是深深地惊讶了一会儿。20岁，身高只有1米左右，像一个稚气未脱的孩童。

“这么小巧的身材能干什么呢？”我不禁在心里嘀咕。

那天，主任让我和她去仓库盘点货物。货很多，也很杂，很多时候需要爬到货物堆上清点数目，我自告奋勇说我上去，让她做记录。她笑笑说：“还是我上去吧，我小巧玲珑，身轻如燕。”说着，灵巧地爬上了货物堆。

单位组织去爬泰山，主任说如果她没有力气爬上去，可以去坐索道。她说：“坐索道怎可尽览泰山的风姿？也失去了爬山的意义和目的。我可以慢一点，你们不用等我，咱们在南天门碰头。”她真的没有比我们慢多少。然而“上山容易下山难”，下山的时候，十八盘那长长的台阶对她来说是很大的挑战。我说不如你去坐车吧。她笑笑说：“好吧，我去坐车，但不是因为我害怕下山，是怕耽误大家的时间。浪费别人的时间就等于浪费别人的生命，这个责任有点大，我可担不起。要是我自己单独来，我必定是要一步一步走下泰山的。”

有时候走在街上，别人看着她脸上的“沧桑”，矮矮的身材，总会用一种异样的眼光看她。她回应的总是淡定和从容。我说：“你不介意别人的目光吗？”她说：“别人上街需要精心打扮才能赢得回头率，我不用打扮，回头率就百分百，我为什么要不高兴呢？”

慢慢地，我知道了她的一些事情。

3岁那年，因为注射青霉素破坏了生长激素，她昏迷了七天，从死神那里挣扎着活了过来。8岁那年上小学，她发现自己的身高一直赶不上别人的身高，后来，她明白自己不可能再长高了，很苦恼，冲着母亲发脾气，母亲是个个性乐观的人，对她说：“你跟别人没什么两样，别人能做到的你也能。”在母亲的影响下，她变得开朗活泼起来，每逢有调皮的同学嘲笑她的身高，她就笑着说：“等我长大了就长高了。”

她说自从小时候那次死里逃生后，她就对生命有了一种特别的敬畏。她说活着就是一种幸运，为什么要自暴自弃呢？

我深深地被这个坚强乐观的女孩打动了。

这个世界上完美无缺的人少之又少，缺陷不是一件可怕的事。只要我们不压抑自闭，内心坚定从容，乐观向上，懂得自省自爱，用善解人意的情怀超越自己身心的局限，也一样可以绽放美丽的生命之花。

把缺陷活成一种美好，人生的歌便会唱得优雅悠长。

让心化蝶飞

那一天,父亲给他带来一本书,他不看父亲,也不接父亲手里的书,父亲默默把书放在了病床旁的桌子上。相邻病床上是一位少女,因为一场车祸,失去了一条右腿,左腿肌肉被碾压得不成样子,每天光是换药,就是一种艰巨的疼。

女孩拿起书,静静看了起来。三天后,女孩看完那本书,对他说:“你真应该看看这本书,看了这本书,你的病就好了。”他疑惑地看着女孩,女孩又说:“真的,不骗你,我看了这本书,都觉得伤口不疼了。”

一本书,怎么会治愈他心上的疼呢?

他忘不了那个早晨。一大早醒来,像往常一样坐起来穿衣服,却发现身体不能动了,他吓坏了,大声地喊着:“爸!妈!我不能动了!”惊恐的喊声吓到了父母,父母飞奔到他的床前:“儿子,哪里不能动了?”

“哪里都不能动了!呜呜……”他吓得大哭起来,“妈,怎么办啊?我怎么动不了了?……呜……”

他才十五岁,多么好的少年青春,昨天他还在操场上奔跑如飞,才一夜,怎么就不能动了呢?

父母飞速把他送到了医院，各项检查做完后，医生说是“闭锁综合征”，怕是很难恢复知觉了。他听了医生的话，惊呆了！身体的变故让他不知所措。此时他没哭，只是呆若木鸡。父母拥抱住他，泪水翻江倒海。

一夜之间，三分之二的身体失去了知觉，太可怕了！一个好好的少年，一夜之后只能在轮椅和病床间徘徊，他感到了从未有过的绝望。他抱怨命运的不公，他责怪生命的残酷，他甚至不配合治疗，想结束自己的生命，也解脱操心受累的父母。

看着女孩鼓励期许的目光，他拿起书，默默看起来，他深深地被震撼到了：文中的主人公，右眼皮像缝袜子一样被缝了起来，全身只有左眼皮能动，不能说话，不能自主呼吸、进食，从头到脚全身瘫痪，一动不能动，如同罩在一个潜水钟里。他靠眨着左眼皮和外界交流，并用左眼皮一眨一眨“写”出了这本4.2万字的生命之书——《潜水钟与蝴蝶》。

与文中的主人公比起来，他感觉自己幸运多了，至少他还有健全的大脑和双手，还有一双能看世界的明亮的眼睛。他开始接受自己身体的变化，面对现实，积极与命运抗争。

母亲知道他喜欢写作，拿来了笔记本和笔，一有灵感，他就在本子上奋笔疾书。写完后，他会给女孩看，两个人的脸上笑容越来越多，父母的脸上也露出了久违的笑容。

女孩要出院了，临走时在他的笔记本上写下：让心化蝶飞！他使劲点点头，在后面用力写下：化蝶飞！

两年后，他出版了第一本10万字的自传体书籍。坐在轮椅上，把自己的书拿在手里，他觉得自己成熟了、强大了，他相信那些读到他文字的人，一定有勇气去面对人生的任何变化。

病魔无情禁锢了身体，那就让思想自由飞翔。每个人都有破茧而出的能力，只要脚踏实地行动起来。

如果不小心被上帝关在了潜水钟里，就“把心灵化成一只美丽的蝴蝶，从笨重的潜水钟里突围，翩翩起舞，飞向世界各地，飞向无边的大宇宙”！

让心化蝶飞！

· 陪你一起剃光头

去理发，店里等待的顾客不多，排在我前面的是一个青年男子和一个中年女子。天气微凉，中年女子却裹着厚头巾。

男青年理完发走了，轮到那个中年女子了，理发师问她想理什么发型，女子伸出手解头上的头巾，动作极其缓慢，像是被逼无奈，脸上的表情很复杂。

她慢慢地把头巾解开，对理发师说："给我理个光头吧。"我听了十分惊奇，因为这个中年女子的穿着一点也不前卫，何以要理个光头来冒充"时尚姐"呢？

我看着女人，女人的头发是那样稀疏，也就只有常人的三分之一，一些地方都露出了光秃秃的头皮。我终于知道她为什么要裹头巾了。

理发师按照女子的意思，不一会儿就把不多的头发剃得干干净净了。女子付了钱，重新裹上头巾，整理好，如释重负般，走出了理发店。

终于轮到我了，我刚坐下，急急火火走进来一个中年男子，说："不好意思，我先理好吗？我有点急事，您就迁就一下吧，对不起了！"看他不像是说谎的样子，我同意了，起身到旁边的座椅上继续等。

男子理的是光头。他理完发走了。我对理发师说:“今年流行剃光头吗?”理发师说哪里,也就这两个人剃光头。

吃过晚饭,去体育公园散步,破天荒地,我碰到了那个裹头巾的女人,与她挽着手的,竟然是那个剃光头的男人。

“您出来散步啊?那天不好意思,塞了号,耽误您的时间了,那天我急着回家照顾妻子。”男人看到我说。

“没事,我没什么要紧的事,多等几分钟没关系,你不用客气的。”我说。

在一条长凳上坐下来,女人邀请我一起坐坐,我欣然应允。

“前不久我查出得了癌症,这段时间在化疗。一个星期前我梳头时,发现头发掉得特别多。女儿给我买了头巾,每当摘头巾的时候,上面就沾满了头发。我笑着问老公,如果我去理发店理成光头,要是那样,你还敢看我吗?他说怎么不敢看,光头就光头吧,我陪你一起剃光头。他以为我也就说说,结果我真剃了光头,他也着急地去剃了光头。”女人笑着,一点也不像是身患重病的人。

爱美是女人的天性,我能想象出,剃掉一头长发的她,心里是多么的痛苦,但从她的脸上,一点也看不出这种痛苦,她这种面对病魔积极乐观的心态,让我敬佩。

这时走过来一个小姑娘,拉着她的手说:“妈妈,明天我也去剃光头,我和爸爸一起陪着你,咱们三个人谁也不能搞特殊。”

女人拉着女儿的手,眼里盈动着泪光,使劲地点着头。

我努力仰望天空,不让自己的眼泪掉下来,心里的坚硬却在刹那间崩塌,变得异常柔软。

有一种爱叫陪你一起剃光头。用心去感知心,用爱去抚摸爱,那么痛苦便会化作正能量，而不是坏人情绪的阴影。

原来，“爱”并不需要说了一遍，还要再说一遍，一遍遍去重复。就像春天只需要一串布谷鸟的叫声，纵然四野荒芜，清新的春天也会披着全身绿装降临，因为那是灵魂之爱的召唤。

面对痛苦，优雅转身

她穿白底黑花风衣，清瘦的面容，目光清澈，像一道亮丽的风景。有谁看得出她心中那深深的痛苦呢？

四十年前的一个风雪黄昏，她出生在黑龙江畔人烟稀少的漠河——一个被称为北极村的中国最北端的村落。

父亲是镇上的小学校长，好诗文，尤其喜欢曹植的《洛神赋》，曹植名子建，因此，他给女儿取名“迟子建”，希冀她将来能有曹植那样的旷世文采。

漠河是著名的“高寒禁区”，地下是永久冻土层，一年四季，有半年多都是冬季。漫长的寒夜里，村民们围在火炉旁，几盘下酒菜，几瓶二锅头下肚，便胡吹神侃起来。年幼的她最害怕大人们讲那些张牙舞爪的鬼故事，吓得她头皮发麻、心惊胆战，直往母亲怀里钻。

高中毕业，她考上了大兴安岭师范学校，这是个没有围墙的山城学校，山林幽碧、草滩如毯、天空澄澈，她像只快乐的鱼儿，畅游书海，广泛涉猎，她喜欢鲁迅、川端康成、屠格涅夫……她梦想着自己能如父亲期盼的那样，有卓越的文采，成为一名了不起的作家。

师范尚未毕业，她开始学写小说，写完后耐心细致地誊写在稿纸上，兴致勃勃地徒步进城，去邮局将稿子也将满心的期望寄出，然后望眼欲穿地等待。然而，她寄给南京《青春》的稿子如石沉大海，一朵浪花都没有激起，她有些迷茫了，她一遍遍地问自己：自己会不会让父亲失望？自己的梦想能不能实现呢？

她又开始构思一篇小说，宿舍是几个人同住，怕影响别人，她点燃蜡烛，连夜趴在蚊帐里赶写。晨光熹微，蜡烛冒出的烟气把白蚊帐都熏成了黑色，她的两个鼻孔也被熏黑了，像"矿井"一样。功夫不负有心人，这篇小说被北方文学的编辑欣赏，大为鼓励。她的处女作终于发表！此刻她的心，犹如在寒天雪地遇到了一朵花，满心荡漾着春天的暖意。

从此，她开始断断续续地用文字记载记忆深处的童年生活，20岁那年，中篇小说《涨极村童话》整理完成，小说定于发表在1986年第2期的《人民文学》上。不料在这时，不幸猝然而至。

1985年底的寒冬，50多岁的父亲突患脑出血，一病不起，他最大的愿望是想看看女儿发表在《人民文学》上的小说，但当时尚未发表，父亲终是憾别尘世。拿着那期姗姗来迟的《人民文学》，她悲情难抑，元宵节买了一盏六角玻璃灯，送到父亲的墓地……

父亲去世后，她的生活变得黯然失色，《沉睡的大固其固》《北国一片苍茫》《葫芦街头唱晚》等早期作品，无一不是她在长大成人之后，对于困惑、苦闷的生活所引发的一点思索，她说："我的手是粗糙而荒凉的，我的文字也是粗糙荒凉的。"

她不属于对生活要求很高的女人，而她的爱情却迟迟不来。34岁那年，她那荒凉的心终于触摸到了温度，爱情飘然而来，缘分到了，结婚便是必然。

婚后虽然分居两地(她在省城哈尔滨搞创作,爱人在塔河任县委书记),但他们感情一直很好。爱人的体贴,婚姻的幸福,让她觉得自己是最幸福的女人。而一场意外车祸,夺去了丈夫的生命,也粉碎了她所有的幸福,她陷入巨大的悲痛中,不能自拔。

那段日子里,她常会不由自主拨打丈夫的手机,一遍又一遍,电话里一遍遍传出的,总是冷冰冰的提示音:"对不起,您拨打的用户已关机。"她欲罢不能,直到有一天听筒传出的声音,变成"您拨叫的号码是空号",她终于意识到,丈夫永远不会回来了,过去的一切已无法挽回。

她告诉自己必须直面这种突变和打击,勇敢地活下去。她希望能够重新拿起笔来写作,以减轻自己的痛苦,然而只写了一行,便潸然泪下。那支笔是爱人送她的结婚礼物,而今笔犹在,人已去,情何以堪?

那段时间她静静地躲在无人的角落里,躲在无人问津的地方,悄悄地进行着小说的创作。她不希望得到别人的安慰,因为不管别人处于多么的发自内心的同情和慰藉,都会让她想起曾经的伤痛。

那一天,她想起了外婆家那个生机勃勃的菜园,由于无霜期太短,一场猝不及防的秋霜扫荡过来,所有充满生机的植物一夜凋敝,曾令年幼的她痛心和震撼。此时的她却有了另一番感悟:"从早衰的植物身上,我看到了生命的脆弱,也从另一个侧面,看到了生命的淡定和从容。许多衰亡的植物,翌年春风吹又生,又恢复了勃勃生机。"

她开始接受并面对残酷的现实,沉浸在小说的世界里,借助一个个主人公,借助大自然的生命奇迹,淡出自己的伤痛。

"我想把脸上涂上厚厚的泥巴,不让人看到我的哀伤。"这是她写在《世界上所有的夜晚》的开头。她怜惜女主人公邂逅的每一个角色,她说:"和他们的痛苦比,我的痛苦是浅的。"

面对痛苦，优雅转身。她用一支冷静的笔刻画悲剧，将内心深处最黑暗、最悲痛的感情像抽丝剥茧般一点点抽离，笔墨间飘散出平和，让人找到生存的根基。

把左手给你，把右手也给你

她是我的QQ好友。

她在QQ上对我说：她是一个被父母宠大的女孩。在家里什么活都不干，饭来张口，衣来伸手。我说一个女孩子可不能这样懒惰，将来会嫁不出去的。她说不怕，如果遇到真心爱她的人，会包容她的一切缺点。我说你真是个任性的女孩。

她说在学校里，老师、同学们都很宠爱她，同桌会在上课前帮她把课本准备好，这还不算，上课的时候还要帮助她掀开作业本，把铅笔递给她。我说你为什么不学着自立？她说我愿意接受别人的帮助，接受别人的帮助我很快乐，别人也很快乐。我说你真是个恃宠而骄的女孩，离开了别人，你可怎么生活？她发过来一个大笑的表情，又发来一个害羞的表情。她说她的身边满满都是爱她的人，才会把她宠得这般懒惰。我说雄鹰不离开地面，永远飞不上蓝天；你不离开别人的帮助，永远学不会独立和坚强。

良久，她发过来一行字：是他们自愿把左手给我，把右手也给我的。我摇摇头，发过去一个微笑的表情。除了微笑，我还能再说什么呢？

好久不曾联系。我不喜欢跟这样一个游手好闲的女孩做朋友。

那天上QQ,看到她的留言:今天我生日,十点左右,同学们会为我在网上过生日,到时候您愿意为我祝福吗?我回复:好!

马上到十点,端坐电脑前,等待为她祝福,虽然她不是我喜欢的女孩,但我还是愿意为她送上生日的祝福的。

对话框中她的信息闪起来,我赶忙打开,正是她,她发给我一张照片,是一个女孩大大的灿烂的笑脸,笑脸占据了整个画面:“嗨,您好,谢谢阿姨专门守在电脑前为我祝福。您说得对,我一直是个任性的女孩,今天我十八岁了,过了今天,我不会再任性了,我要像阿姨说的那样,做一个自强自立的女孩。”她的笑容那样甜美,让我忘记了对她的讨厌。我在对话框里打下一行字:真诚祝你生日快乐!希望你的明天不会再是一味的依赖。

她谢过我之后,说出去和同学吃饭,便下线了。

又是长久的时间不联系。

那天我看她QQ空间有更新,就点了进去,加好友这么久,这是我第一次走进她的QQ空间。

空间里有一段视频,点开,我惊呆了:画面中的女孩正是照片上的她!她用脚指头夹着笔,在本子上写下一行行字,一道道题,甚至画下一幅幅画……接下来是她上公交车的画面。小小的一段距离,却是她“登天”的障碍,她是那样矮小,以致不能一抬腿就能跨到公交车上去。她使足了力气,终于上了公交车。那一刻,我有想为她鼓掌的冲动。

视频最后有一段话:如果你在街头遇到她,请别帮助她,因为她想成为一个独立自主的女孩!

我心潮澎湃,在视频下写下留言:如果在街头遇到你,我一定要帮你！一定要帮你！我愿意帮你！我眼含热泪，郑重地敲下我的心声：我愿意和你的亲人、朋友、同学、老师一样，把左手给你，把右手也给你——这个天生没有双臂、身高不足一米的女孩！

·愿　望

一个偏僻的小山村，弯弯曲曲的小路上走来一个中年男人和一个中年女人。他们一路打听，终于找到了那个小女孩的家。女孩正在帮着姥姥择从地里挖来的野菜，看到陌生人进了她们家的院子，慌忙站起身，躲在姥姥身后。

姥姥站起身，说：“你们这是……”

女人迎上去，握住姥姥的手说：“可找到你们了，这孩子就是杜鹃吧？”姥姥一听，把身后的杜鹃拉到身前来说：“早听说你们要来，一直盼着呢，杜鹃，快，你城里的阿姨来看你了。”

女人伸出双臂，示意杜鹃到她的怀里来。杜鹃怯生生地走过去，轻轻依偎在女人的肩头，就像依偎在妈妈的怀里，眼神里绽放着纯真的幸福。

“哥哥呢？他怎么没有来看我？”杜鹃把头从女人的肩膀上挪开，一双水灵灵的眼睛望着女人。

“你哥，他……今天正好有事情，改天他忙完了，我一定让他来看你。”女人的眼里闪过一丝悲伤，但瞬间转成了笑容。

吃过晚饭，杜鹃写完作业，就上床睡了。姥姥和女人坐在院子里说话。

小山村的夜晚很安静，连风都不好意思来打扰，天上的星星眨着清澈的眼睛，一闪一闪，亮晶晶。月亮悄悄躲在树梢后，听女人和姥姥轻声细语却切切深情的谈话。

女人长舒了一口气，说："这是我儿子的愿望。"姥姥握住女人的手说："孩子，我知道白发人送黑发人是怎样的一种伤痛。杜鹃的爸妈出车祸那阵儿，我真是不想活了，可是看看杜鹃，那么小的孩子没了父母就够可怜的了，如果再没了我们，可就真成了风中草了。"

"嗯，不能让孩子看不到希望。"女人轻泣着说。

"我儿子说他与杜鹃的血样配型很符合，明天我们就带杜鹃进城做心脏移植手术，医生说我儿子撑不了几天了……"女人低低地哭泣起来。

那个草上满是清露的清晨，杜鹃一手拉着男人，一手拉着女人，沿着弯弯曲曲的环山路，走出了小山村。

儿子顽强支撑着自己的生命，在得知杜鹃已来到医院时，带着一丝微笑，永远地离开了他眷恋的父母，离开了他做义工三年帮助的小女孩杜鹃。

这个消息，女人没有告诉杜鹃，她不想让杜鹃幼小的心灵再一次接受重力的打击。

杜鹃出院了，女人带着她回到了小山村，看着杜鹃微笑阳光的脸，女人心里的一块石头落了地，眼中含着泪花，笑了。

几天后，看到杜鹃恢复得很好，女人说要回城了。杜鹃扑进女人的怀里，依偎着抱紧，就像抱紧亲爱的妈妈一样。

杜鹃交给女人一封信，说让她坐上车时在车上看，女人微笑着点头。

打开信封:我知道哥哥的愿望,也知道哥哥和坏人搏斗,受了重伤,也许他就要去我爸妈去的那个遥远的地方。我那晚偷听了你和姥姥的谈话,我多么不想进城做手术啊,可是我心里也有一个愿望,我哭了好久,为了我的愿望,我决定跟你们进城做手术。我的愿望没有哥哥的愿望那么崇高,但是是真诚的,我想说,我的愿望是——我想做你们的女儿,照顾你们一辈子。

女人握着信,泪水再一次模糊了她的双眼,不同的是,这眼泪少了悲痛,多了几分润心的暖。

为别人的黑夜留一盏灯

楼道里的灯坏掉了，每天早晨或者晚上，我只好拿着手电筒接送上下学的女儿。碰到邻居，她说："这该死的灯咋说坏就坏了，昨天晚上我去上夜班，下楼时一脚踩空，摔倒了，你看，手都擦破了，还好没伤筋动骨。"我说："是啊，这灯坏了，还真是个麻烦事。"

许多天过去了，楼道里的灯依旧黑着，我们抱怨着、牢骚着，却没有一个人去真正关心这件事。

那天买菜回来了，李婶叫住我："家里电坏了，是不是得找物业的电工啊？"我说："电坏了当然得找电工了，怎么您家里停电了吗？"

李婶笑笑："没有，我只是问问。"

第二天，看到李婶正和物业电工小王争吵，看到我，李婶不再争辩，敷衍着笑了一下，回家了。

去物业交水电费，碰到李婶，又在跟物业经理争吵，我过去劝她，她说："没事，你忙你的吧。"我很奇怪，李婶这是怎么了？邻居这么多年，从没见她和谁大声说过话。

晚上八点，照旧拿着手电筒下楼去接女儿。关门的一瞬间，楼道里的灯忽然亮了起来。嘿，这灯终于亮了！我关掉手电筒，无比轻快地下了楼。

日子又回到平常，清早或者晚上，除了有力的脚步声，几乎听不到抱怨声了。

邻居来串门，与她说起楼道灯重新亮起来的事，邻居说："多亏了李婶，李婶对我们这么好，她儿女不在身边，以后我们要常去她家陪她聊聊天、唠唠嗑。"

"谢李婶？"

"嗯，楼道里的灯是李婶花钱请电工来修的。"

原来，李婶看到楼道灯坏了没人修，眼见着上楼下楼的人磕磕碰碰的，就想着这样下去不是个事，便主动找物业来修。物业说维修可以，但必须要给误工费什么的，李婶说："业主每月都交物业费，这点小事，你们就不能帮帮忙吗？"

拗不过物业，李婶又怕是自己找的事，再去找住家们收钱不好意思，就自己掏钱给了物业。

我的心升腾起缕缕感动。李婶常年住在储藏室，她是最不需要楼道灯的人，而她，却为这事忙前跑后，费心尽力。

想起了曾经读过的一个故事：十八世纪初期，本杰明·富兰克林在费城经营一份报纸。他在看稿的时候，发现抢劫等暴力犯罪大半都发生在晚上城里黑暗的街道上，很少有人光天化日之下还胆大包天地攻击别人。

为了让身处的城市更安全，富兰克林向费城政府陈情，要求在最繁忙的街道上装设煤气街灯。政府拒绝了，当时的城市装设街灯的寥寥无几，而且耗资不小。

富兰克林自掏腰包在报社前装设了一盏路灯,又去求助当地的商人,请他们在自己的商店前装设路灯,但每一个人都拒绝了,说这样的花费完全没有道理。

黑暗的夜晚,人们习惯到富兰克林那盏孤灯的光亮里聊天寒暄。后来,一名商店老板也在店门前装设了路灯,接着,一个又一个的店家开始跟进,不久之后,路灯不再是可有可无的奢侈品,而是小区守望相助的必需品。最后政府接管了这些路灯,负责出资设置和维护。富兰克林望着报纸笑了,因为他,可报道的犯罪案大大减少了。

富兰克林为费城的黑夜带来一盏路灯,他也得以住在安全的城里。

身处黑暗,最大的渴望是一缕光明。为别人的黑夜点亮一盏灯,把别人的福祉看得跟自己的福祉一样重要,别人也会以同样的方式对待他人,光明便开始在黑暗里散布、传播。

生命的承诺

20世纪50年代初，他出生在台湾高雄一个极其贫穷的农民家庭。在他之前，父母已拥有11个孩子，然而他的出生却被邻里乡亲视为奇观，因为他是笑着来到人世的。因此，取名字时，父亲想叫他“林清奇”。

去报户口的那天，接待父亲的工作人员恰巧在看武侠小说，书中有一个高人叫“清玄道长”，于是建议给小孩起名“清玄”，父亲想了想，采纳了工作人员的意见。

8岁那年，他对父母说自己很喜欢写作，将来长大了要当一名作家。父母不知道写作为何事，更不知道“作家”是干什么的。他说作家就是写写东西就可以收稿费。面对“异想天开”的儿子，父亲给了他两巴掌，怒斥他说：“哪有这么好的事？”

父母的不支持和不理解让他小小的心房平添了很多忧伤。他只好把梦想埋在心底，疯狂读书。小学五年级之前，中国大部分重要的古典名著他都读过，有的读了好几遍。他喜欢苏东坡和纪伯伦的作品。因为苏东坡无论怎么漂泊，经受怎样的苦难，他都能写出很美的诗。而纪伯伦的散文短而精，他渴望自己像纪伯伦那样，写出简短但能感动人心、使人得到启发的文章。

一直坚持写，却一直没有收获，让他彷徨和迷惘。

那一天，他一个人沿着弯弯曲曲的乡间小陌行走，走到一处农屋前，有一位老人正在那里栽花。他走过去看，老人把花儿一棵一棵栽进提前挖好的土坑里，最后，只剩下一株看上去很柔弱的花，细细的梗儿上只有两片蔫了的叶子，看上去一点生气都没有。老人仍然像对待其他花儿那样，认真仔细地把弱小的花儿栽植好，认真仔细地培土、浇水。

他想：这花这么柔弱，栽植它简直是白费工夫。

老人看出了他的疑问，说："再弱小的花儿，只要给予它阳光雨露，它也能开出漂亮的花儿。"他没说话，只笑了笑。

接下来的几天，他天天去看那些花儿，去看看那株柔弱的花儿能不能经得住风雨的考验。正像他所预料的那样，那株柔弱的花儿仅有的两片叶子掉落了，枝条上端也出现了萎蔫。

可是那个老人，依然给它浇水、松土，照顾得非常仔细。

他终于忍不住了，对老人说："这花不会再活了，您何必这么费心栽培它呢？"

老人慈祥的目光看着那株弱小的花儿，无比庄重严肃地说："我用生命保证，这株花一定会活过来，并像其他花一样开出毫不逊色的花朵。"老人的话，深深地触动了他，第一次，他听到了关于生命的承诺。

他也给了自己一份生命的承诺："我用生命保证，我一定会成为一名作家！"

接下来的日子，他坚定自己的梦想，每天坚持写3000—4000字。

每一个成功者都经历过艰难。在走上文学道路的初步阶段，他的生活是窘迫的。为了生活，他在屠宰场找了一份杀猪的工作。

猪场里污水横流、臭气熏天、苍蝇到处乱飞，处处流淌着腥臭的血水。这样的环境，和自己的梦想差了十万八千里。他望着湛蓝的天空，暗自叹息。

他想起了那株柔弱的花，那个栽花的老人，老人的话在心头萦绕："我用生命保证……"他在心底默念自己的承诺："我用生命保证，我一定会成为一名作家！"一股无形的力量充满胸膛。

每天下班后，回到自己租的小房子里，已是暮色降临。洗完手，吃过简单的晚餐，铺开稿纸，开始写作。生活的压力，他不逃避，因为生命的承诺，让他没有理由不完成自己的梦想。

他用坚强的心创造一种温柔，在身处恶劣环境时保有一种浪漫。就这样，白天是生活，晚上是精神。为了梦想，他咬牙坚持。

多年以后，他成了著名散文家、诗人、学者，是台湾作家中最高产的一位，也是获得各类文学奖最多的一位，被誉为"当代散文八大家"之一。

人生际遇，难免坎坷黯淡，给生命一份承诺，心灵就有了战胜困苦和衰弱的勇气。生命的承诺，如沧海的皱褶里朵朵永不凋零的花，温暖馨香，千古不变，让心灵轻盈明朗，让梦想四季脉动，也让生命显示它的伟大与光彩。

爱的下策

天空明净，秋风清爽，校园里又迎来一批新生。王老师站在教室门口，微笑着迎接来自四面八方的学生，脸上充满着愉悦和期许。

等本班最后一个学生签到走进教室后，王老师也走进了教室。

“同学们好！我是你们的班主任王焱，我们大家来认识一下吧，我点到谁的名字，谁就站起来，含笑伫立一分钟，让我看到你的魅力，可好？”

教室里发出一阵清脆的笑声。

点名完毕，王老师安排同学们互相交流熟悉一下，便走出了教室。当她再次回到教室的时候，有些惊讶。教室里静悄悄的，学生们没有按照她的吩咐“交头接耳”，而是个个缄口不语，各自摆弄着自己的手机。王老师的眉头微微皱了起来。

大课间休息间隙，王老师说：“学生要以学习为重，不要做低头族，把手机都放到我的办公室里好不好？”

同学们恋恋不舍，极不情愿地交出了手机。

“王桐、林纾、邱华，你们仨神神秘秘的，在做什么呢？”王老师看他们三个围成一团，低着头，不知道在嘀咕什么。

“老师，我想请个假，我忘记带生活用品了，我想出去买一些。”王桐站起来说。学校不允许住校生随便出校门，但王老师还是准了王桐的假。

一天开完班务会，还不到下课时间，王老师拿出手机说：“同学们，你们都加入咱班的QQ群了吗？”同学们大多回答已加群。

“那我给你们发个红包吧。”此言一出，学生们争先恐后拿出手机，准备抢红包。5元钱的红包刚投放到QQ群里，立马被一抢而光。王老师翻看着抢红包的记录，笑得意味深长。是谁抢的一目了然，她按图索骥，让带手机的学生把手机交出来，没一会儿工夫就收了十几部。

“抢到了1分钱，手机却被没收了。”被没收手机的同学一脸懊悔。

“老师，您这是‘钓鱼执法’啊，不公平。”有同学嘻哈着说。

“我这样做只是不想让手机变成你们的‘精神牢笼’。”说着，王老师拿着没收上来的手机，走出了教室。

王桐摸摸口袋里的手机，暗自庆幸：幸亏在QQ群里没有把网名改成真实的名字。

奇怪的是，每天都有三五个人在QQ群里发红包，都是网名，不知道是谁发的红包，王桐不敢抢，他害怕又是王老师“钓鱼执法”。

“王桐，你的手机不是没有被没收吗？快去群里抢红包啊，那么多红包，真诱人，可惜我的手机被老师没收了。”王桐的死党邱华说。

“会被老师发现吗？”

“不会，这几天快考试了，老师没时间进群了。”

王桐点开一个红包，居然还没有拆包，他打开，竟然有200元！他很高兴。他又拆开了一个红包，是100元！他激动得心怦怦地跳，但没再点别的红包，他怕被王老师发现，没收他的手机，那就耽误大事了。

周末，王老师把没收的手机还给了同学们，说："同学们，课余时间可以当当'手机控'，也可以用手机做点有意思的事情，比如此刻，在我们班的QQ群里来场'红包雨'。"

王老师话音刚落，"红包雨"就开始了。王桐这下抢得心安了。

发红包的人越来越多，抢红包的人越来越少，王桐查看着别人的"手气"，紧皱的眉头渐渐舒展，眼里却盈起点点泪光。

"王老师，谢谢您！"下课铃声刚响过，王桐走上讲台，给王老师深深鞠了一个躬，然后，转身，面对同学们，说："谢谢同学们，谢谢你们给我发的红包。这些钱给我们家解了燃眉之急。我的妹妹患有自闭症，爸爸妈妈已坚持给她治疗好几年了，不瞒同学们，最近我们家的经济情况十分拮据，因为妹妹的状况出现了好转，爸爸妈妈想快点让妹妹好起来，把家里的钱全拿到了医院，还借了亲友一些钱，我的生活费已成问题。但我宁愿自己饿几顿，也想让妹妹走出那个寂寞的世界，早点融入温暖的大家庭。谢谢老师和同学们！"

"王桐，王老师向我了解了你家的情况后，一时不知道怎么帮助你，王老师就出了这个下策。"邱华说。

"老师是想帮你，但又怕你碍于面子，只好出此下策了。"班长说。

"这是爱的下策！谢谢您！"王桐望着王老师，感激之情濡湿了眼睛。

同学们鼓起掌来。窗外，阳光明亮，多么温暖的世界啊！

来自星星的同桌

1

地点:初二十班。时间:第二节课大课间。人物:林苏和她的新同桌王小乐。

“王小乐,你装什么帅,耍什么酷？你以为你保持沉默就可以成为隐形人了啊？”林苏用不屑的眼神瞥了王小乐一眼,王小乐依旧不说话,眼睛望着窗外,发呆。

“班长,我要求换同桌,我真受不了了,和一个哑巴做同桌,这不是故意让我这个话匣子难受吗？受不了了,我的小宇宙要爆发了！啊……”林苏双手抱头,疯狂地摇摆着,一副抓狂状。

“林苏,你们俩同桌挺合适的,一吵一静,互补。”前排的戴晓杰回过头来,一脸的幸灾乐祸。她是王小乐的前同桌,曾经也被王小乐的沉默闹得抓耳挠腮。

“去死吧！”林苏抓起一本书,扔向戴晓杰,戴晓杰正欲还击,上课的铃声响了。班主任拿着一沓试卷走进了教室,念完成绩,班主任点了王小乐的名字,王小乐站起来,低着头,像一株失水的植物,蔫耷着脑袋。

“王小乐,这次测试你是倒数第二,什么原因啊?你可一直是中上游的学生啊,说说,什么原因?”班主任一连问了几次后,王小乐声音低低地说:“学不进去。”再也不说话,头低得更低了。

“王小乐,你可得搞好你的学习啊,你奶奶和你父亲对你期望很大,你要懂得他们的一片苦心啊,好了,你坐下吧,同学们,现在开始学习新课文,打开课本第60页……”

林苏望着王小乐,阳光正好照在他的脸上,林苏真切地看到王小乐的眼睛里,有亮晶晶的东西在闪。

2

学校组织郊游,是郊区的一座小山,爬到半山腰,有一段路紧贴在石壁上,特别陡峭,窄窄的,同学们只好顺序排开。林苏小心翼翼地行走着,望着脚下深深的悬崖,一颗心扑扑地跳,她感觉一阵眩晕,眼前一黑,几乎摔倒。

“王小乐,你扶一下林苏,她恐高。”戴晓杰喊走在林苏身后的王小乐。王小乐面无表情,像没听见戴晓杰的话一样,跟在林苏身后,林苏慢,他慢;林苏蹲下,他杵在那里,眼睛望着深深的悬崖。走走停停,总算走出了那段陡峭的山路。

“王小乐,你扶我一下会死啊?”林苏一脸怒气望着王小乐。王小乐不言语,正巧此时老师让休息,王小乐独自默默爬到一个陡峭的石头上,坐在上面,一会儿望望天,一会儿望望深深的悬崖,面无表情。

戴晓杰和林苏找一块平整的石头坐下来，戴晓杰小声对林苏说：“林苏，你知道王小乐家的事吗？”林苏摇摇头。

戴晓杰把嘴巴凑到林苏耳朵上，叽里咕噜说了一通，林苏的嘴巴越张越大，禁不住失声道：“啊？这是真的吗？”戴晓杰做出一个“嘘”的表情，林苏伸了一下舌头，悄声问戴晓杰：“这是真的吗？”戴晓杰使劲点点头：“千真万确的事，我绝不谎报军情。”

林苏和戴晓杰的目光一起望向王小乐，王小乐坐在石头上，静止得像座雕塑。

林苏在心底轻轻地问王小乐：“王小乐，你真的是来自星星的孩子吗？”

3

“王小乐，你的信！”班主任举着一封信示意王小乐过去拿。王小乐神情一恍惚，迟疑了一下，向讲台走去。

下课后，林苏凑到王小乐跟前说：“王小乐，真羡慕你，信息时代，能收到一封信，多么难得啊。”王小乐轻描淡写地看了林苏一眼，没说话，拿着那封信，向教室外走去。

林苏透过窗户左右张望着王小乐，戴晓杰也歪着脑袋看着，王小乐拆开了信封，拿出信展开，看完，折起，又展开看了一遍，然后慢慢地折起，装进信封里。

此后，几乎每个星期，王小乐都能收到一封信，他拆信的时候总是避开别人，没人知道信的内容是什么。那天，林苏发现王小乐居然笑了，说：“王小乐，是谁给你写的信啊？瞧你心花怒放的样儿，是不是哪个美女给你写的情书啊？”王小乐使劲白了林苏一眼，牙缝里挤出两个字："无聊！"

王小乐脸上的笑容越来越多了，课间的时候开始主动和同学一起讨论问题或者嬉闹了，戴晓杰对林苏说："那些信里写的什么呢？信被仙女施了魔法吗？外星人王小乐居然变回地球人了。"

林苏望着王小乐，轻轻地说："是啊，信里有颗天使的心，王小乐一定读懂了。"

4

"林苏，我要感谢你，你说我该怎么谢你呢？"王小乐笑嘻嘻地望着林苏说。

"这是唱的哪出戏啊？"林苏一脸惊讶地望着王小乐。

"林苏，你不要装了，我知道，那些信都是你写的，我偷偷比对过笔迹了，虽然你刻意模仿另一种笔迹，但有些字还是一眼就能辨认出是你写的。我是真心谢谢你。"王小乐说得很认真、很庄重。

"得，我到底还是演砸了，我交代，一切都是我的错，我不该冒充你爸爸给你写信，但是看你整天不高兴的样子，我很着急，着急找不到方法帮助你。后来我就想：在信息高度发达的今天，捧一封亲人的信静静地阅读，该是多么温暖而幸福的事。开始我担心你不会接受，或者会把信撕掉，但我想即使那样也没关系，每个人都有柔软的部分，我有足够的耐心和时间让你来接受这份关怀，而且我相信这份关怀会慢慢融化你心里的坚冰。"林苏一脸的真诚。

原来，王小乐三岁时，母亲就离家出走，一去无消息。父亲常年在外打工。把他放在爷爷奶奶家，给他的只是物质上的满足。没有人与他沟通，理解他的内心世界，于是，他渐渐封闭了自己，一个人在自己的孤独世界里。

林苏给他的这份特殊的爱如同阳光雨露，让王小乐慢慢感受到了亲情和关爱，并找到了自己的存在感。

“没有人是一座孤岛，即使你来自星星，我们也会让你感受到集体的力量和温暖。”同学们都把手伸向王小乐。王小乐笑了，笑着笑着，笑出了满眼泪花。

第二辑

有风的雨才会飞

李昊告诉了爷爷奶奶、爸爸妈妈、外公外婆那句“有风的雨才会飞”，还有他外出这几天的快乐。他们都陷入了沉思。又是一个雨天，薇拉拉看着空空的座位，轻轻地叹了一口气。快到上课时间了，破天荒地，李昊满脸雨水地冲进教室，薇拉拉看到他，笑了。李昊也笑了。李昊说：“有风的雨才会飞，我想我们一定能飞得更高！”薇拉拉使劲点了点头。如果没有风雨，我们怎会收获彩虹般的人生呢？

爱的两端

女孩抱住瘦得几近皮包骨头的妈妈，亲吻着妈妈的脖子，眼泪打湿了妈妈的衣衫。妈妈轻轻地说：“宝贝，别哭，妈妈会一直陪着你，妈妈不会骗你，妈妈爱你。”女孩使劲点着头，眼里还夹着没有落下的泪花。

仿佛还在昨天，女孩牵着妈妈的手，蹦蹦跳跳，像一只欢快的小鸟。半年前的一天，女孩正在花园里和妈妈嬉戏，妈妈突然说肚子疼，疼得受不了，爸爸把妈妈送到了医院，从没生过病的妈妈这次却住了院。女孩问妈妈：“妈妈，你得什么病了？”

“妈妈没事儿，就是肚子疼，打几天针就好了。”女孩点点头。

每天放学后，女孩都来医院照顾妈妈，看到妈妈腹痛难忍，她都会给妈妈捶背，即使她的拳头是那么娇小无力。

这一天，女孩放学来到医院，看见一个陌生的女人正在给妈妈做按摩。“你是谁？”女孩问女人。

“我，我是……”女人有些结巴。

“是爸爸给妈妈请的护工，阿姨的按摩技术可好了，不信你问妈妈，是不是今天觉得舒服多了？”爸爸把脸凑到妈妈面前说。

"嗯,真舒服,以后你就天天来给我按摩吧。"妈妈对女人说。女人十分高兴,低低地说:"我女儿有救了。"

女孩觉得爸爸妈妈一定在撒谎,为了给妈妈治病,家里欠了很多债,哪里有钱请护工呢?

在洗手间,女孩问女人:"你真是我爸爸给妈妈请的护工吗?"女人点点头。

"我们家没有钱你知道吗?"

"我不要钱,我是义工。"

"啥是义工?"

"义工就是学雷锋做好事,不收钱。"女人蹲下来,抚摸着女孩凌乱的刘海儿,说:"阿姨会好好照顾你妈妈的,你妈妈是个好人。"

妈妈的病越来越严重,肚子开始肿胀,胀得令她几乎喘不过气来。看着妈妈被病痛折磨得难受的样子,女孩十分心疼。

妈妈把她叫到跟前说:"妈妈要是离开了,你好好照顾爸爸,知道吗?"女孩的眼泪哗哗地流下来,她抱住妈妈,放声大哭,喊着:"妈妈,你是好人,好人会一生平安的……"

"嗯,对,好人一生平安。妈妈还要做一件好事,做了这件事,妈妈就可以安心地走了。"

"妈妈你要做什么事啊?我帮你去做。"女孩止住哭声。

"我想把眼睛留下来。"

"那妈妈你就看不到太阳了,没有眼睛,会不会很黑?"

"天堂里的人都是神仙,不用眼睛也能看到光明,所以,我要把眼睛留在人间,看着你慢慢长大,考上大学,有出息……"

女孩才9岁,她多么希望妈妈陪着她长大啊。

妈妈用尽最后一点力气，使劲看了女孩一眼，永远地闭上了眼睛。医生取走了妈妈的眼角膜，说能让两个人重见光明。爸爸说这是妈妈最后的心愿。

一个月后的一天，在校门口站着个漂亮的大姐姐，过去牵住女孩的手说：“以后爸爸忙的时候，我来接你好不好？”一双眼睛闪着温暖的光泽，像极了妈妈。

爱的一端通向死亡，一端赢得新生。

一个暖心的柚子

去水果店，想买一些橘子和红枣。冬日的傍晚，街上行人稀少，风阵阵凉意，催赶着人们回家的脚步。

水果店里顾客不多，我与老板娘已十分相熟，便示意她先招呼别的顾客。

走进来一个小男孩，七八岁的样子，他看着那些水果，摸摸橘子，摸摸苹果，眼神还在搜索着，似乎眼前的水果都不是他想要的。

“小朋友，你想要什么水果啊？”老板娘问。

“我，我想买柚子，有点苦的那种，这里有吗？”

“有，你要几个啊？”

“一个，一个就行。”

老板娘挑了一个柚子，放到秤上一称，说：“八元钱。”说着拿了塑料袋，装好柚子递给男孩。

男孩手放在口袋里，却迟疑着不肯接柚子。

“怎么，你嫌这个柚子不好吗？”

“不是，可是我，我只有六元钱……”男孩不好意思地低下头。

“没事儿，你先拿着柚子回家，明天把缺的钱补上也行。”老板娘说。

“可是，我害怕会很久还不上您的钱。”男孩犹豫着。

“那两元钱我不要了，你拿着柚子回家吧。”

“可是我妈妈说不能欠人家的钱。”男孩一本正经地说。

“那你说怎么办啊？”老板娘看着男孩，男孩又把头低下了。

“你忘了啊，今天咱家的柚子特价，剥皮了再卖，不是说好了吗？”老板说着，拿出塑料袋里的柚子，用小刀仔细划开柚子的皮，一块一块揭下，顿时，满屋子都是柚子的清香。

一会儿，柚子剥好了，老板把柚子用食品专用袋装好，放到秤上称，说，五元五角，男孩立时眼睛亮亮的，快速掏出口袋里的钱递给老板，老板找了他五角钱，他接了钱，拿着柚子飞速地走出了水果店，我看见他走路一蹦一跳的，充满了快乐。

“谁说咱家柚子剥皮卖了啊？”老板娘不解，我也有些疑惑。

“我知道这个男孩，他家就住在对面的小区里，听说他妈妈得了重病，花光了家里的钱，病还没治好，前几天我听说他妈妈可能撑不了多少时日了。这孩子很懂事，为了省钱给妈妈治病，经常舍不得吃午饭，这六元钱，说不定就是他省下的餐费呢……”老板的话还没说完，我和老板娘的眼里已是泪光点点。

人世间总是有太多的病痛和磨难，但也有更多的爱和温情，就像这一个剥了皮的柚子，我相信带给男孩的一定是一生的芬芳。

买了橘子和红枣，走在回家的路上，心里徜徉着感动和祝福。一个剥了皮的柚子，包含着悲悯，善解人意的心，把暖意无限传播。

画香味的女孩

亲戚住院化疗,我时常去陪护。

今天是周末,病房里来了很多探视病人的亲友,平日肃静的病房,有了笑语,有了缕缕欢快的气息。

阳光很好,我推开病房阳台的门。阳台的角落里,坐着一个小女孩,膝上放着一个纸板,左手扶着纸板,右手快速移动着,好像在写字或者画画。

我走了过去,蹲下来,女孩看看我,羞涩地笑笑,停止了作画,把纸板递给我:"阿姨,你看看我画的画好不好看,行吗?"女孩望着我,一双大眼睛映着太阳光,闪着清澈的光芒。

"行,我看看。"我接过女孩手中的画。画面很简单,一只碗,碗里盛放着一些月牙形的食物。"这是饺子吗?"我问。女孩点点头。

"我妈妈好几天没吃饭了,爸爸说妈妈过几天才能吃饭。妈妈好几天没吃饭,一定很饿,我就想画幅画给她。我妈妈以前没生病的时候,给我讲过《望梅止渴》的故事。妈妈最爱吃饺子,我就给她画了饺子。"女孩低下头,脸上布满了忧伤。

"这画送给你妈妈?哪个是你妈妈啊?"我第一次见这个女孩,还不清楚哪位病人是她妈妈。

"23床。"女孩弱弱地说。

23床？哦，我记起来了，是那个患食道癌的女病人。我的心禁不住一紧。昨天听她的丈夫说，女人撑不了几天了。

"小彤，画完了吗？妈妈想看你的画。"23床的丈夫走了过来，神情疲惫，却满脸笑意。

"画好了。我给妈妈画了饺子。"女孩把画举给爸爸看。

"嗯，小彤画得真好，妈妈一定会喜欢的。"男人蹲下，抱住女孩，在她脸上亲吻了一下。我看见他的眼里，有没有落下来的泪滴。

"等一等。"女孩说着，拿起画笔，在碗的周围画了许多小点。

"这小点是什么啊？"爸爸问她。

"是饺子的香味。你闻闻，香不香？"女孩把画贴近爸爸的口鼻。

"香，香……"爸爸低下头，揉搓着眼睛。

第二天上午，女孩依然在阳台上画画。这次画的是一盘绿色的蔬菜，周围依然点了许多小点。她说妈妈夸她画的饺子特别好，因为画上了香味。我听了，努力仰起脸，不让女孩看到我眼里的泪水。

一连几天，女孩每天都在为妈妈画画，有时候坐在妈妈的病床前画，有时候坐在阳台上画。

她的妈妈已十分虚弱，精神越来越差，有时候出神地看着女孩，眼神呆滞而又充满了光彩。

那一天，医生让23床出院，回家静养。我们知道，她的生命已快走到终点，不禁悲伤满怀。她才31岁的年华，而她的女儿，才刚刚5岁。

后来很长的一段时间里，我总是想起那个为妈妈画香味的女孩。那用很多点连成的香味，在我的心间弥漫，馨香不息。

单翅天使

肖晨用尽力气把晓燕抱上轮椅，对她的妈妈说：“阿姨，您就放心吧，我一定会照顾好晓燕的，保证不会让她受半点委屈。”

半年前，晓燕出了车祸，头部受到强烈撞击，经抢救保住了命，却一直昏迷不醒，医生说，即使醒过来，也很可能是植物人。晓燕的单亲妈妈听到这个消息，在医院里放声大哭，哭声那样凄凉。她日夜守在晓燕的身边，而晓燕像睡美人，丝毫没有醒来的迹象。第66天的那个清早，晓燕奇迹般地睁开了眼睛，她喜极而泣。

后来经过康复锻炼，晓燕能说话了，甚至会唱歌了，手指也有了知觉。但两年多的时间，妈妈的头发全白了，身体状况越来越差。前几天，她去卫生间，好久没有出来。晓燕知道妈妈肯定又晕倒在卫生间了，她赶紧给自己最好的朋友肖晨打了电话。了解情况后，肖晨决定把晓燕接到自己家照顾。

家人看到肖晨带回来个“包袱”，都不赞成。肖晨说：“我不能看着好友受难不帮，我要守护她。六年前，我腿骨折，在学校，都是晓燕照顾我，背我上厕所、上下楼梯，所以，我现在照顾她是应该的。啥叫朋友？

就是在遇到困难的时候互相帮助。”家人想想觉得肖晨说的有道理，便接受了晓燕。

不管工作多忙多累，每天晚上，肖晨都给晓燕按摩脊背、拍肌肉，帮助她翻身。每天早晨六点，肖晨都准时起床，帮助晓燕活动、锻炼，天气晴好的时候，推她出去散步。看着肖晨如此辛苦，晓燕暗下决心：“自己一定要努力好起来！”凭着顽强的毅力，晓燕终于能自己翻身了，这大大增强了晓燕战胜病魔的信心。

转眼过去三年。那一天，晓燕觉得浑身充满了力量，她推动轮椅到墙边，固定好，手扶着墙，用力站起，一次，两次……终于，她站了起来！她兴奋地喊着：“我站起来了！我站起来了！”听到这个消息，肖晨一路奔回家。慢慢地，晓燕在肖晨的搀扶下，能挪动几步了。她想快点好起来，希望自己能够尽快自理，就不用再拖累肖晨了。

晓燕的母亲十分感激肖晨，说：“多亏了你，晓燕才有今天。说实话，晓燕出车祸后，我几近绝望。我，我都不知道说啥好了，啥也不说了，等晓燕好了，让她好好回报你。”晓燕妈妈用手擦着眼角的泪滴。

“阿姨，说啥回报啊，我们是好朋友，好朋友就是要互相照顾。晓燕，还记得我腿骨折的时候，你说过的那句话吗？”肖晨望着晓燕，眼里有亮亮的光彩。

“嗯，记得当时我背你下楼，你说你成了累赘，然后就哭。我安慰你说：‘我们都是天使，受伤的你是单翅天使，我会把我的翅膀借给你，带着你飞，飞到很高很高的天空！’”晓燕望着窗外的蓝天，目光透着坚定。

我们每个人都是天使。纷扰世界，难免遇到严霜冷雨，折伤飞翔的翅膀。但只要我们互相依靠，互相温暖，抱在一起，即使成了单翅天使，也能在人生的天空里，飞得更远、更高、更久。

·唤　醒

晚自习，整个校园一片寂静。忽然，一阵杂乱的脚步声响起，同学们不由自主涌向窗边，向外张望，只见一个女子正在追赶一名男生。

“又是三班的李龙龙，看，又惹到他们班的英语老师了，这小子又在闹哪样啊？”一个同学说。

“肯定上自习在打游戏又被他们英语老师逮到了。这李龙龙，一天不整点景儿不算一天啊，安静安静，继续自习。”班长维持秩序。教室里恢复了平静，脚步声也渐渐远了。

第二天一大早，李龙龙就被班主任请进了办公室，他站在那里，不言不语，低着头，低垂着眼睛，不时偷望一下老班的脸色。另一边，英语老师正在“控诉”他的罪状：“这样的学生开除回家算了，不好好学习，上课打游戏，和老师顶嘴……”

“李彤老师，您消消气，喝杯水，准备去上课吧，接下来的事我来处理好吗？”班主任颜老师是名教学多年的老教师，还有不到一个月就退休了，她不想让自己班的学生有被开除回家的记录，但最近，几乎每天都有任课老师向她反映李龙龙的“问题”，她一直帮他“开脱”。

英语老师去上课了，其他老师也陆续走出了办公室，只剩下李龙龙和班主任。

“你把我家长叫来好了，反正我也不想再上学了。”李龙龙先发制人。

“来，过来，坐下。”颜老师让他坐在自己的位子上，转身出去了，不一会儿端来一盆水。“来，洗洗手，洗洗脸，咱们一起吃早餐，我今天特意多买了一份。”说着，拉过李龙龙的手，放进温热的水里。

吃过早餐，颜老师望着他，什么也没说，用手轻轻抚顺他杂乱的头发，整理好他的衣领，轻轻说：“回去上课吧。”他望着颜老师，一句话也没说，只是努力抑制着眼睛里的热流。他快步走出办公室，寂静的走廊里，他的眼泪无声地飞。

那堂课，他出奇地安静，很认真地听课，很认真地记课堂笔记。同桌看着一反常态的他，眼里满是惊奇。

接下来的几天，李龙龙依旧安静，老师们对颜老师说：“这个李龙龙，一反常态啊，是不是在酝酿一场暴风雨啊，暴风雨来临之前，都是出奇地安静。”颜老师笑笑，肯定地回答：“不会。”

一天课间，李龙龙叫住了颜老师：“颜老师，我想……我想……我想向老师们道歉，您能帮我吗？”

颜老师笑了，李龙龙也羞涩地笑了。

“李龙龙，这次期中考试，英语你得了38分，不小的进步呢，要知道，以前你的英语卷子干净得像喜马拉雅山上的雪，不着一点尘埃墨迹的。”英语老师李彤无比激动地说，接着鼓起掌来，同学们也鼓起掌来。李龙龙站起来，也鼓起掌来。整个教室成了掌声的海洋，一片温暖的海洋。

“告诉同学们个好消息，李龙龙同学的作文在全国作文比赛中得了二等奖，这小子一点消息都不透，同学们，你们说我们该怎样惩罚他啊？”颜老师举着获奖证书说。

“罚他去操场跑五圈，以发泄他无比兴奋的情绪。”

“罚他打扫卫生一周，谁让他明人做暗事。”

“罚他……”

同学们七嘴八舌，说着各种惩罚方式。李龙龙站起来，走向讲台，站定，他望着颜老师，鞠了一个躬，然后面向同学们，也鞠了一个躬，说：“谢谢你们，我敬爱的老师和同学。今天，我可以选择自罚吗？”

“行，李龙龙，我们今天同意你自罚。”同学们异口同声地说。

“我的自罚方式是我用标准的普通话念我的获奖作文，这下你们解恨了吧？”说着，不好意思地笑了。

“这个方式够残酷！李龙龙，让我们听听你怎样把那略带结巴、严重鼻音的齉齉腔转换成洪亮悠扬的普通话吧！”有人带头鼓掌。

“题目：唤醒，作者：李龙龙……”李龙龙一字一句念着，表情严肃，声音深情。

“那段日子，爸妈离异，我感觉世界瞬间垮塌了一样，面对爸妈冷漠的眼神，我心灰意冷。是啊，我学习成绩不好，说话口齿不伶俐，有什么理由让他们选择我这个累赘呢？我只好去奶奶家。我破罐子破摔，故意在班级捣乱，只为发泄我的愤愤之情。而我的心里，被自卑的阴影笼罩，结着厚厚的冰霜。幸亏遇到颜老师，她像妈妈一样，无微不至地关心教导我，耐心地与我谈心，让我看到我自己也是个‘发光体’，让我找到了失落已久的自信，唤醒了我心中早已尘封的潜能……此时，窗外的柳树舒展着被冰封了一个冬季的枝条，它仿佛也被轻柔的春风唤醒了……”

颜老师走在回家的路上，内心无比欣慰。冬天尚未离去，阵阵寒意让她不由得裹紧了围巾，但她的心里格外温暖。她知道，再寒冷的冬季，只要东风轻吹，就能唤醒整个春天。

送你一颗露珠

低矮的草房，破旧的门窗。透过敞开的窗户，只见一个男人坐在床上，四周围满了八九岁模样的孩子，二十几张稚嫩的脸庞望着男人，神情严肃而认真。男人手里拿着课本，一遍遍领着孩子们读。

他是孩子们的老师，前几天为孩子补课归来时，天黑路不平，不小心跌到了路边的沟里，造成了右腿骨折。他没去医院做手术，在村里的医务室处理了一下，回家休养。躺在床上，翻来覆去，他想的不是自己的伤痛，而是班里的二十几个孩子。二年级的孩子，正是活蹦乱跳的时候，没有班主任的管理，他们会闹成什么样子呢？思来想去，他让妻子去找校长转达自己的想法，校长同意了，于是，二十多个孩子挤到了他的家中，他的家变成了孩子们的课堂。

多年前，他高中毕业后回到了家乡的小山村，对前途迷茫的他整日唉声叹气，正巧村里的小学缺少一名教师，家里人鼓励他去试试。怀着忐忑的心去报了名，没想到考试通过了，他被选拔为村小学的民办教师。那一刻，他既兴奋又紧张，为自己谋得一份职业而高兴，紧张的是自己没有教学经验，怕教不好孩子。孩子，那可是农家人最大的希望啊。

得知他在村里上小学时的班主任老师依然在学校教学，他像看见救星般，急忙跑去向老师请教。老师得知自己当年的学生回到村里被选拔为民办教师，也很高兴，耐心地教他怎么备课，怎么围绕教学目标安排教学步骤，怎么批改作业，毫无保留地把自己的教学经验传授给他。

老师对他说："教师是无私的人，最大的渴望是把自己的知识教给学生，就像自己有一桶水，恨不得给学生两桶水，有这劲头，才能算是一个合格的教师。"他把老师的话牢牢记在心里。

每天早晨，他早早地到学校，迎接孩子们的到来；每个夜晚，他走街串巷，给上课没有听好的学生去补课，周末的时间也大都花在了孩子们的身上。每当秋收夏种之时，家里人让他帮忙干干地里的活，有空的时候他会去地里干一会儿，但教课任务重的时候，他总是以孩子们为重，他说，孩子们的学业不能耽误，庄稼耽误了只是一年不丰收，小孩学习耽误了就是一辈子。

为了让孩子们学到更多的知识，他减衣缩食，省下钱来买教辅材料。小村离县城很远，没有交通工具，他迈动自己的双腿走几十里路去镇上坐车，然后到城里去买试卷、辅导书。他知道，要想给学生一滴水，自己得先有一桶水。他不断学习，提高自己的教学水平和文化修养。

小村里的人生活多不富裕，有些人家不想让孩子上学，他知道后，亲自上门动员孩子上学，还给那些家庭困难的孩子垫付书费。为此没少挨妻子的埋怨："他为了教好孩子连家都不顾了。"话虽这样说，但很多时候妻子是支持他的，默默操持家，一个人忙完地里忙家里。

一个个孩子借了他给的"翅膀"飞出了小山村，飞到梦想的地方，村民们向他竖起了大拇指。他淡淡一笑说："当老师的真没什么所求。只要家长说好，学生说好，我的心就很满足。"

他是一名普通的山区教师，兢兢业业在山村小学教了几十年书。

如今桃李满天下，很多人问他是一种怎样的心情，他依然淡淡地笑笑说："我是农村草木之人，没啥大本事。我们这里的小孩，本来就处在大山里，如果再没有文化知识，干什么都干不好。我想用我点滴的知识露珠，去滋润他们理想的种子，催生他们长大成才。"

· 反向人生

她望着浩瀚的天空,一脸的忧郁,仿佛是春风吹不到的玉门关。

自幼父母离异,她跟着母亲生活,母亲是个有着抑郁性格的人,一天到晚耷拉着脸,对她不管不问也就算了,还动辄就打她。她知道母亲心里苦,所以她不恨母亲,但母亲给她造成的影响是显而易见的。她性格内向,不善交际,像一只独角兽,孤独地守在无人光顾的森林。

大学毕业,因不善沟通,她在一家私企当了一名保洁员。保洁员不但负责卫生,办公室的人忙不过来的时候,还要帮忙复印文件。

看着办公室的人个个衣冠楚楚、神采飞扬的样子,她的心里很不好受。她常常想:我和她们有什么不同呢?为什么她们都活得比我快乐?日子越久,心内的积怨越深,终于有一天,她心中的小宇宙爆发了。

那天,小刘让她复印文件,说复印完了直接给总经理送去,她闷闷地说:“凭什么要我去送,你咋不去?又不多给我工资,谁爱去谁去!以后我不伺候了!”小刘怔怔地看着她,一脸的惊讶。

失去了唯一的工作,她心情更加灰冷,不愿意回家看母亲那张阴沉的脸,她一个人沿着护城河慢慢地走,走到长椅边,坐下,无声的泪滴顺着脸颊滑落。

一位老人在她身边坐了下来，不说话，递一张纸巾给她，她接过纸巾，望着慈祥的老人，哭得更厉害了。哭够了，便开始向老人诉说自己悲凉的心事。

老人并没有安慰她，指着不远处一棵树说："你看那棵树，竟开始反向生长了。"顺着老人手指的方向看过去，那棵树朝阳的一面紧靠着凉亭，没有生长的空间了，背阴的一面长得特别茂盛。

"向相反的方向生长，也许会长得更好，是不是？"老人微笑着对她说。

她仔细咀嚼着老人的话，心里一下子豁然开朗。

她批发了报纸在街头卖报，面对迎来过往的人，慢慢地，她不再拘谨，性格慢慢变得开朗，她报名参加了会计培训，认识了一些新朋友。就这样，她从过去的生活模式里一点一点走出来，接触的事物多了，视野开阔了，有了新的体验，思维方式也不同了，她不再是那个阴郁而容易积怨的女孩。因为丰富了自我，她觉得自己的人生都变得丰满起来了。

相反的方向，有时候是一片新天地。

前几天听朋友说附近有座山风景很美，便约着一起去游玩。

那是个雾气迷蒙的早晨，山上云雾缭绕，胜似仙境。才爬到山半腰，我们就被云雾包围了。

我们拿出手机、相机忙着拍照，体会着作为"神仙"的快乐。雾越来越重，甚至要弥漫了我们的双眼。

"坏了，我们迷路了！"朋友说，"快！快！原路返回！"我们靠着记忆，按原路返回，终于找到了正路。

"反方向有时候就是正方向啊。"朋友感慨地说。

人生之路漫长无际，途中难免有迷途。走到迷途时，与其靠着蛮劲走下去，不如试着向着相反的方向行进，所谓“迷途知返”，相反的方向，也许就有绿洲、有清泉、有你梦中的桃花源。

·岁月缝花

她坐在窗户前，一手拿着针线，一手握着一个漂亮的布娃娃，精神专注，手起针落，为布娃娃缝补撕裂的衣裳。她的缝补技术那样娴熟，不一会儿，布娃娃的衣服就缝补好了，拿在手里仔细端详，缝补的针脚非但没有让布娃娃显得破旧，反而让布娃娃增添了很多情味儿。那一针一线，连起的是岁月的花。

她叫南希，在华盛顿州的苏奎米什郊区开了一家娃娃修理店。窗户下的小小工作台是她工作的地方。房间里的其余空间，堆满了各种各样的娃娃。这些娃娃或在架子上注视着她，或斜躺在一排排的箱子里，干净的塑料箱从地板堆到了天花板，装满了娃娃的陶瓷腿、玻璃眼珠和残缺不全的身体。

她修理每一个娃娃，都像对待自己的珍藏。

小时候，爸爸妈妈工作很忙，南希放学后，常常一个人在家。八岁那年生日，妈妈给她买了一个娃娃作为生日礼物，那是一个漂亮的小女孩娃娃，有着蓝色的眼睛，黄色的头发，穿着粉红的长裙。南希非常喜欢这个娃娃，每晚，都要搂着它才能安然入睡。娃娃成了她的珍宝。

有一次，南希不小心把娃娃摔了，娃娃的眼睛摔碎了。妈妈带她找了好几个地方去修，都说不修娃娃，南希很伤心。她爱怜地抚摸着娃娃的眼睛，有了一个念头：自己动手修补娃娃。她找来两枚蓝色的扣子，小心翼翼地用针线缝上去。哈，娃娃高兴极了，在冲她微笑。那一刻，南希有了一个梦想：长大了，一定做一个修理娃娃的人。就这样，大学毕业后，她回家乡小镇开办了一家娃娃修理店。

每当把娃娃放在工作台上开始工作的时候，南希都有一种竭尽全力把每个零部件恢复原状的责任感。从马海毛假发到山羊皮鞋底，她从不马虎。她还收集了很多丝织品和蝉翼纱，以及从德国进口的玻璃眼珠，因为德国的玻璃吹塑是最好的。她尽可能用最好的材料给娃娃做修补，因为她觉得，她不仅仅是给娃娃穿衣服、安眼睛，或者装上残缺的腿，她是在打扮它们，恢复它们最初的美丽和魅力。

每天，都会有残破的娃娃送来。每天，都有修补如初的娃娃被领走。看着孩子们拿着心爱的娃娃开心的笑脸，南希觉得很满足、很欣慰。

修理娃娃挣不了多少钱，有人劝她不如去城里另找份工作，她说："娃娃是孩子们最好的玩伴，我知道一个心爱的娃娃对一个孩子来说有多重要，所以我会坚持下去。孩子的童年是纯真的，有娃娃陪伴的日子是最美好、最快乐的日子，我要帮孩子们留住这些美好的记忆。"每一个残破的娃娃在南希的手里，都会变得完美又漂亮。因为她觉得自己不是单纯地在修理娃娃，而是在为孩子修补美好的时光。修理娃娃让南希的心变得纯净、安宁。

红尘世界纷扰，有很多意外常常把我们身边的美好拍打得支离破碎，此时，不要哀叹和抱怨，沉静下来，拿起"针线"，修补好时光。或许那些针脚不怎么细致，但这些细细的浅痕，都会开成岁月的花，在我们的生命流年里深情摇曳，灿然生姿。

打开心窗

正在上班，同事小刘跑进办公室说："不好了，杨洋的眼睛被铝汁烫到了！"小刘是个严肃的人，从不随便开玩笑，我立即拨打了"120"，然后飞奔向铝轧车间。那可是400多摄氏度的高温啊，我们虽然及时把杨洋送到了医院，但医生还是说：没救了，两只眼睛都失明了。

一个三十几岁的人，忽然看不到了眼前的世界，这是一件多么痛心的事情啊！

我们几个要好的同事相约去看他，他安静地坐在病床上，蒙着纱布的眼睛望向窗外。听到我们说话的声音，他的嘴角上扬起美丽的弧线。

"你们怎么又来了啊？会影响工作的。怕我想不开吗？不会的，我不会做傻事的，你们看窗外：柳树枝上鼓起了小小的芽苞，小草已经半绿了，小河动情地在唱着春天的歌谣，咱们去年一起植下的那棵玉兰都长出花苞了，再过几天就要开了，春天来了……"一缕温煦的阳光照在他平静的脸上。

"杨洋，看到你这样的状态，我们大家都替你高兴。"

"为什么不高兴呢？至少我看到过这个世界的五彩斑斓，比起那些天生失明的人,我是幸运的。因为我的心里有一扇通向春天的窗户,只要我打开,眼前随时都是一片大好的春光,这一点,可是你们不能体会的哦!”他嘴角上扬的弧线是那样的美丽。

曾经碰到过一个朋友,每天都对我抱怨生活的不公平。我天天劝解她要好好感受生活的美好,但她都听不进心里去,后来渐渐郁闷无语,直至患上了可怕的抑郁症,最后离家出走,不知所终。

走出医院,心里敞亮极了,因为我的心里装下了一个春天:轻轻柔柔的风、碧绿的田野,各色的花朵竞相绽放;小溪里,鸭妈妈带领着鸭宝宝快乐地嬉戏……

那些觉得生活黯淡的人,想必他们的生活中也是有春光的,只是因为他们黯淡的心境,把朝向春光的那扇窗户关上了。

姐姐的远方

每天清早，他起床后，匆匆洗把脸，推出电动车，检查、擦拭一遍，把后座的棉垫整理好，才去刷牙。这时，母亲已帮她梳妆好。他抱着她到桌前，吃过简单的早餐，他把她抱上电动车后座，然后自己骑上去。电动车载着他们，轻快地奔向学校。

这样的情景，已有七年，还在继续。

她的童年也是幸福美好的，只是这幸福没持续多久，就被突如其来的病魔扰乱。

几年后，他上小学了，家里只剩下孤零零的她。因为父母要出去打工，挣钱给她治病。

“我背你去上学！”他用男子汉的口吻，坚定地对她说。

“我不去，我的腿……会拖累你……”她的眼里含着泪花。

“不会，我能照顾好你……”他像个小大人一样耐心开导她，终于，她走出了病魔的阴影，答应和他一起去上学，试着去尝试新的生活。

起初，她的病情还不是很重，她扶着他，能慢慢行走。后来，她的病情不断加重，扶着他走已十分困难，小小少年的他，用男子汉坚强的胸怀,抱起瘦弱的她。大多数时候,他都是背着她。小小少年的背,给她一片温暖坚实的天空。

三年级时,他学会了骑自行车。每天放学的铃声一响,他就赶紧跑出教室,去放车区推车子,他担心她一个人在空荡荡的教室等得太久而害怕。

夏天,骄阳似火,教室里闷热得厉害,他在下课后,先把她抱出教室,把她放在大树下的石台上,帮她坐稳后,匆忙去推车子。冬日,他总是把她放在背风、阳光充足的地方。他年纪虽小,对她的疼惜,却细致到无微不至。

2013年,他以第一名的成绩考到了镇中学,为了能继续照顾她,他把她带到了同一所学校,同一个班级,同一张课桌。

初中的课程让她感觉有些吃力,课间休息的时候,别的同学都出去嬉戏玩耍,他陪着她,帮她复习功课,教她不会的英语单词。

他说:"只要你愿意上学,无论走到哪儿我都会带着你。"这一刻,她握紧他的手,眼泪不听话地流了下来。

他是她的弟弟。她是他的姐姐。

"我要当姐姐的双腿,带她去她想去的地方。"他时常这样说。

弟弟用自己的脚步带着姐姐去她的远方,这是人生多么完美的和声和吟唱。就算前路凄风冷雨,寒霜潇潇,心自会阳光普照,如同穿行在柔软的春光里。

花开的姿态

海，幽蓝幽蓝，浪花拍着岸，欢快地跳跃着，像一个顽皮的孩童。她的脸透露出一种明媚。牵着妈妈的手漫步海边，妈妈的脸上面无表情，不快乐，也不悲伤。她指着海，对妈妈说："妈妈，你看，大海多漂亮啊，这就是我给你讲过的海。"妈妈像没听见她说话一样，眼睛看着别处。看到妈妈如此，她的眼睛有些湿润。她抱住妈妈，在她耳边轻轻说："妈妈，你放心，我一定会好好努力，成为你和哥哥的依靠。"

去年秋天的一个晚上，一家人吃过晚饭，爸爸说感觉心有点疼，想出去转转。还没走出多远，砰的一声倒在了地上。她赶紧拨打了"120"，在去医院的路上，爸爸就不行了。一切来得那么突然，让她茫然失措，欲哭无泪。妈妈和哥哥都有一定的智力障碍，没法正常交流，自小她就和爸爸亲，爸爸也最疼她。虽然生活十分拮据，但爸爸还是想方设法满足她小小的虚荣心——给她买新衣服、小发卡。一家四口人，只有她每年都能添置新衣服。

爸爸就这么没有了，妈妈和哥哥好像没事人一样，没人知道她心里的伤悲。妈妈只顾着玩一只电子宠物狗，把声音开得很大。哥哥依旧躲在屋子里睡觉不出来，不懂人世常情。她常常一个人偷偷哭泣，她毕竟只有15岁啊，稚嫩的肩膀还扛不起太多重量。但她一直记得爸爸的嘱托，那次爸爸生病，病得比较重，跑到学校哭着对她说："以后我要是不在了，这个家就全靠你了。"没想到爸爸的话现在真的成了现实。

爸爸刚走的那段时间，她上学总是迟到，定了闹钟也不行，因为习惯了爸爸叫她起床。她在心里暗暗告诉自己：爸爸不在了，一定要改变以往的习惯。

很快，她调整好了自己的情绪，从失去爸爸的阴影里走了出来。每天早晨5点她就起床，先到厨房淘米熬饭，然后再洗漱。稀饭熬好，切一点咸菜丝，帮妈妈和哥哥收拾好，看他们吃好饭，她自己胡乱吃几口，然后飞奔向学校。

村里给他们办了低保，学校给她免了学费，这让她感觉自己很幸福。妈妈喜欢吃零食，她买菜的时候会尽量省出一点钱，给妈妈买喜欢吃的东西。

有空的时候她会带着妈妈出去散步，稍不留神，妈妈就跑远，或者去翻弄路边的垃圾桶，她赶忙跑过去擦干净妈妈的手，妈妈害羞地低下头，挽住她的胳膊，靠在她的肩上，像个孩子，眼神里流露出深深的依赖。

有人问她："日子这么苦，坚持得住吗？"她说："过去的都过去了，还是要面对现实的啊。"她微笑着，"我要让爸爸放心，照顾好他俩啊。"

她说她很佩服墙缝中的一朵小野花，心怀坦然，兀自绽放。

流转经年里，每一朵花都会遭遇或大或小的风雨与霹雳，每一株草都会历经或浓或淡的黑暗与阴霾，我们每一个人也都会面临种种的磨难与考验，甚至是不公平的、残酷的命运，但是，只要我们的心如花开，以昂然的姿态，对着风雨勇敢微笑，那么，所有那些曾经的苦难与隐忍，都会成为生命中一道独特的风景线，也许迷惘但永远充满热情。

· 当命运给你一道单选题

几间破旧的房子，像一座远离尘世的孤岛，掩映在一片杂草之中。从杂草中间的小路走到屋前，推开门，屋里除了床和几件简单的家具，还有一辆三轮车，三轮车里躺着一个胖胖的中年女人，她给女人洗漱完，然后一口一口喂女人吃饭。

这是她临时的家，三轮车上的女人是她的母亲。

1998年的一天，她的父亲正在地里干活，一下子栽倒在地，送去医院，医生说是血压升高引起的心脏病。15天后，父亲去世了。那一年，她才是个8岁的小姑娘。母亲患有婴儿瘫，自小就不能走路，生活起居全靠人照顾，自己连翻身都很困难。弟弟6岁，右眼失明，左眼也看不清东西。小小年纪的她，成了这个家的顶梁柱。

勉强上完小学，为了照看母亲和弟弟，她选择了辍学，在离家二十米远的加油站帮忙，每月三百元工资，来维持一家人的生活。家里的房子是破旧的土坯房，年久失修，在一次大雨后塌了，加油站有三件旧房无人居住，她和负责人商量后，把家搬到了加油站。

命运似乎觉得对这个女孩太慷慨了，更加冷酷地对待她。不久，加油站关闭了，她失去了唯一的经济来源。面对命运的无情，她毫不退缩，坦然面对。因为母亲时刻需要照顾，她去附近加工汽车坐垫的工厂领一些零活拿回家来做，零活挣钱很少，难以维持生计。后来有人介绍她去一家服装加工厂工作，她就在三轮车里铺上褥子等，收拾得尽量舒适，把母亲挪到三轮车里，母亲一年四季都躺在上面，她走到哪里，就把车子推到哪里。

弟弟的眼病越来越厉害，她很着急，骑着三轮车带着母亲四处借钱给弟弟看病，然而，那些借来的钱对于巨额的治疗费只是杯水车薪，弟弟的眼睛最终还是因为耽误治疗，失明了。她抱着弟弟，安慰弟弟："不哭，你只是眼睛看不见，还有很多事你都可以做，你是男子汉，一定要坚强！"弟弟点点头，无神的眼里蓄满泪水。

她委托亲友帮忙，把弟弟送到一家盲人按摩院学习按摩推拿。

风来雨去，花落花开。16年，就这样过去了。

和她同龄的女孩大都已结婚生子，而她，还没有谈过一个男朋友。有人替她委屈："是这个家拖累了你，耽误了你的幸福。"她说："既然命中注定我照顾妈妈和弟弟，我就不能只顾自己，把妈妈和弟弟舍弃。"

然而，命运又给她出了一道难题。加油站要拆迁了，这意味以后他们一家连住的地方都没有了，亲友都为这个苦命的女孩慨叹生活的不公平。而她，笑笑说："没事儿，感谢命运留给我的是一道单选题，让我义无反顾，去选择承担。"

她用三轮车带着母亲，居无定所，却处处是家。她和母亲都在的地方，就是家。

现在，弟弟的按摩技术已学成，能挣钱补贴家用了，她也找到了临时的住所。日子越来越好，她的脸上充满了憧憬中的微笑。

命运有时候会留给我们一道单选题，让我们无从下手去找到想要的答案。面对没有答案的命运，很多人会抱怨，抱怨命运的冷漠严酷，怨天尤人，失去生活的信心。但如果你选择勇敢承担，积极破解，那个圆满的答案，就在希望里等着你。

每一朵花都有属于它的蝴蝶

她举起镜子，狠狠地摔向地面，啪的一声，镜子四分五裂，粉身碎骨。她又抓起一个玻璃杯，狠狠地摔向地面，玻璃杯立时碎了一地……

屋子里能映出人影的东西，都被她摔得残破不堪，一通发泄之后，她累了，坐在墙角，掩面哭泣。妈妈走进来，望着一片狼藉的房间，轻轻叹着气，默默收拾残局。

她今年才十五岁，花一样的年纪。那日回乡下老家，奶奶从地里掰了她爱吃的玉米，点燃柴草煮玉米，她想自己亲自煮，奶奶同意了，然后说去地里摘豆角。坐在柴草炉前，她十分兴奋，柴草在炉子里熊熊燃烧，红红的火光跳动着，似她跃动的心，这是她第一次烧柴草炉呢。

她边续柴边拿着手机和同学聊天，拍了火的图片发给同学看。炉子边缘的柴草趁她不注意“跑”了出来，立时，炉子周边的柴草腾地一下燃烧起来，惊慌的她看着“火海”越烧越旺，茫然失措，等她回过神来，拿起手边的木棒使劲拍打着火，火丝毫也不惧怕她的抽打，借着风势，越烧越起劲，转眼蹿上了房梁。

她大叫起来，四邻听到她的叫喊声，赶来扑灭了火，而她的脸上，被一股“火舌”亲吻了一下，留下了一条再也消不掉的疤痕。

她从此再也不照镜子，再也不拿着手机自拍，也不和谁聊天、说话，包括昔日最要好的同学、朋友，连走路时，也开始低着头。

妈妈看着她封闭自己，无奈而心伤，常常背着她暗暗流泪，她多希望那场火没有烧过，自己的女儿还是那个活泼可爱的模样。

那天，老师带领同学们去郊外游玩。同学们像出笼的鸟儿，愉快地玩耍、游戏。她一个人静静地坐在一块石头上，望着同学们快乐的身影，眼里闪过点点泪光。

“小琪，能陪我走走吗？”老师望着她，眼光如从前那样温情。

她默默站起身，跟在老师身后。走到一丛野花前，老师停下了脚步，问她：“见过这种花吗？”

她点点头。在乡下见过这种花，一种无名的野花，淡淡的黄，不香，散发着淡淡的臭味儿，她还对奶奶说，这种“遗臭万年”的花儿，肯定没有蝴蝶喜欢。奶奶笑着撩撩她的头发，说我家小琪越长越俊，越来越招人喜欢。那时的她是多么欢喜啊。

“没有蝴蝶会喜欢一朵散发着臭味的丑花儿。”她望着花儿，低低地说。她觉得自己现在也是一朵丑花儿，没有谁会再喜欢她。

“每一朵花，只要是用心绽放，勇敢而真诚地展现自己的模样，那么，不管它样子有多丑，味道有多难闻，都会有蝴蝶喜欢它的。”老师望着她，语重心长地说。

她没有回答，她心里知道：老师只是在安慰她，没有蝴蝶喜欢丑花儿的。

清风轻拂，蝴蝶翩飞。蝴蝶翩翩飞向远处，没有一只在丑花儿跟前停留。她抬头看天，阳光亮闪闪，她的眼里也亮闪闪。

她低下头，倔强地不让眼泪落下来。好一会儿，老师说：“小琪，你看！蝴蝶！”她顺着老师手指的方向，果然，一只白蝴蝶在丑花儿上翩翩起舞。

那只蝴蝶似一个优雅的舞者，飞起、落下、旋转，轻盈而灵动，仿佛那朵花，是它心心念念的朋友或者亲人。

她望着蝴蝶，眼泪簌簌而下。

“小琪，我们都是喜欢你的蝴蝶！”不知何时，同学们都聚拢到了她和老师的身边。

人生之路，变化无常。当容颜不再美丽如初，要学会悦纳任何变化的自己，积极阳光地生活，幸福和美好便如蝴蝶，翩翩为你起舞。

·画由心生

美丽的地中海，深蓝的海水涌着白色的浪花，轻声歌唱。不远处，一座座房屋错落有致，橙色的屋顶、白漆刷成的墙面，在晴朗阳光的沐浴下，闪着温暖的光泽。这是西班牙北部的卡达凯斯小镇。他一只手握着画笔，一只手在画布上一点一点摸索着，确定好一个点，就用油彩做出标记，然后继续摸索……

他叫萨根·曼，是一名画家。35岁那年，视力越来越不好，医生建议他做了白内障摘除手术。6年后，他的双眼视网膜相继脱落，不得不再次到医院接受手术。后来，他又经历了数次眼部手术，甚至连大部分虹膜都被切除了。

1989年，萨根被眼科医生确定为“盲人”，此时，他的左眼还残存着一点点视力。他恳求医生帮帮他，医生给了他一个8倍的单眼放大镜，这让他十分欢喜。他用这个放大镜观察物体，用录音机录下自己所理解的物体空间分布，之后再听着录音把它们画下来。

2005年，萨根的左眼也看不见东西了，世界的最后一丝光亮在他眼前消失了，他的心情非常失落。一连好几天，他在工作室里，连画笔都没碰过，只是来来回回地走着，他不知道除了画画，他还能做些什么。他想：自己已是一个全盲的人，如果不能画画了，和废人有什么区别呢？他焦躁、不安、忧郁、纠结、煎熬。

一天，他独自慢慢在附近的公园里散步。“小心！低头，这棵树树枝很低。”听到有人提醒，他习惯性地一低头，果然，树枝没有碰到他。这让他有所触动。按照记忆里的路线图摸索前行，他居然顺利地找到了可以休息的长椅。坐在长椅上，他觉得自己还能画画，他还能感知，所以那些美丽的景色不会随着他的失明而消失殆尽。

他和儿子来到卡达凯斯山水城，听着轻柔的海浪声，吹着温润的海风，忽然，小镇的一切涌入萨根的脑海。他拿起画笔，在记忆里搜索小镇美丽的风景，在脑海里搭配色彩，再呈现到画布上。人们看着画布上的旖旎小镇，不是亲眼所见，谁都不相信这是一位全盲的人画出来的。

他说：“尽管我已经双眼全盲，但我要画画的梦想，让我能够精确地感知一切。在失明的情况下能继续画画，这是多么让人兴奋、激动的事儿，这是我无论如何也没有想到的事儿。”

双目失明十年，他从没放弃过热爱的绘画。不管有多艰难，他从未放下过手中的画笔。萨根失明后画的画，新奇而与众不同，常带给人眼前一亮的惊喜，因此受到了人们的广泛喜爱，并被争相收藏。他的绘画事业取得了前所未有的辉煌成果。

人生途经岁月风霜，永远不要向命运低头，经不起磨难和砥砺，没有自我超越的心境，就不会在生命的画布上绘出令人刮目相看的绝伦美图。不要让落寞埋葬希望，等你走过一路峰峦，你会发现，只有那些在遭受风雨凄迷后，依然坚守自己的理想和信念，并在任何艰巨的考验和挑战面前永不妥协的人，历尽重重艰辛，最终成为生命之原上一道美曼的风景！如同萨根一样，在黑暗的世界里，用热爱和坚持绘出自己无与伦比的美丽人生。

相由心生，幸福由心生，画亦由心生。

·有风的雨才会飞

1

清早，雨伴着风在天地间肆意挥洒，薇拉拉望着雨，稍稍停顿，撑起伞，走进了雨中。

周末，薇拉拉去上绘画课。赶到文化宫的时候，大部分同学已经到了，陆续还有同学冒雨而来，上课时间到了，薇拉拉望着自己旁边空空的座位，心里说："这李昊，娇气病又犯了！"

薇拉拉和李昊是同学，同在初二五班。

李昊是家中的"掌中宝"，比大熊猫都金贵，六个大人争着宠他、爱他，那待遇，真是"捧在手里怕碰了、含在嘴里怕化了"。平日里上学，一遇到天气不好，一准在教室里看不到他的身影。

这样的"娇娃娃"，能长成男子汉吗？薇拉拉轻轻地摇摇头。

素描课，老师让薇拉拉告诉李昊：即使不来上课，也要在家练习，并让薇拉拉把课堂笔记和作业带给他。

放学的时候雨还没有停，薇拉拉撑着伞，先来到李昊家的楼下，按响门铃："喂，李昊在家吗？"

"在家，你是谁啊？"一听就是李昊的奶奶。

"奶奶，我是李昊的同学薇拉拉，老师让我给李昊带了课堂笔记。"门开了，薇拉拉收起雨伞，向楼上走去。

2

幸福的李昊正坐在电视前看《快乐大本营》。见到薇拉拉，有些不好意思。薇拉拉悄悄说："李昊，你想摆脱家人的'围观'吗？"李昊说："当然，上学关在教室里，不上学被关在'笼子'里，我早就不想过这种'痛苦的幸福生活'了。"

薇拉拉把嘴巴凑到李昊耳朵边，一阵窃窃私语，李昊笑了，薇拉拉也笑了。

爷爷没有接到李昊！李昊失踪了！这消息像一颗重型炸弹，把李昊的爷爷奶奶、外公外婆、爸爸妈妈炸得惊慌失措、乱作一团。

正当一家人情绪稳定下来想要报警的时候，李昊妈妈的手机收到一条短信，是个陌生号码，信息是这样的：爸爸妈妈、爷爷奶奶、外公外婆，你们不要着急，我现在很安全，不用担心我，等我回来的时候，我就不是一只关在笼里的鸟了，而是一只自由翱翔的鹰！等我回来！

李昊妈妈按照发信息的手机号拨过去，提示已经关机。家人仔细斟酌着那条短信，确定李昊是安全的，便都宽了心，各自散去。

3

小镇的某个敬老院，李昊用力在压水，薇拉拉在一旁洗衣服，她看着满头是汗的李昊，问："累吗？"

"不累，流汗真痛快！"看得出李昊很开心。

"明天我带你去乡下。""好啊，我从来没去过乡下呢！"

"可是，我口袋里的钱给敬老院的爷爷奶奶买东西了。不够钱买车票，咱们怎么去乡下呢？"薇拉拉面露难色。

"别担心，我有办法。"李昊的眼里闪着智慧的光。

第二天，李昊和薇拉拉搜遍口袋，用剩下的钱买了两管鞋油，一个毛刷，一块棉手巾。走到车站，他便挨个问旅客需不需要擦鞋，别说，还真有生意。

车进站的时候，他们擦鞋挣的钱居然够买车票，并还有结余。坐在车上，薇拉拉说："看不出，你还挺有头脑的，我以为你足不出户，不懂生计呢。"

"你是不是以为我是个脑残啊？"

"我可没这么说，是你自己承认的。"薇拉拉冲李昊做了一个鬼脸。

"我很久没去乡下看爷爷了，不知道他还记不记得我。"薇拉拉说。

"你的爷爷怎么会不记得你呢？"

"不是，他不是我的亲爷爷，是那年我们去乡下遇到下雨，在他家避雨的。"

4

真是巧，他们刚下车，天上就飘起了雨。薇拉拉和李昊迎着雨奔跑起来，终于，薇拉拉看到了那座小屋。

跑到小屋前，爷爷正坐在门口抽着旱烟袋。

“这不是拉拉吗？你怎么来了？”

“爷爷，我是特意来看您的，我天天想您呢。”薇拉拉用爷爷递过来的毛巾擦着脸上的雨水。

起风了，雨点溜进屋里，爷爷也不躲避，还说：“多快乐的雨孩子啊，你看，她在跳舞给我们看呢！”

“爷爷，上次我在您家避雨的时候，您说‘有风的雨才会飞’，您还记得吗？”

“嗯，没有风的雨下得太没情趣了。”爷爷的旱烟袋一闪一闪，仿佛藏满了哲理。

“有风的雨才会飞？”李昊充满了惊奇。

“是的，你看，不刮风的时候，雨是静止的，就那么毫无意外地落入地里，多没意思；你看那些在风里飞舞的雨滴多么开心啊，它们借着风，飞翔着，见识了不同的风景，心灵变得丰富了，即使最后落入地里，也是充实的，对不对？”

李昊望着屋外的雨。雨随着风快乐地起舞，落地的声音都充满了笑意。

5

李昊告诉了爷爷奶奶、爸爸妈妈、外公外婆那句“有风的雨才会飞”，还有他外出这几天的快乐。他们都陷入了沉思。

又是一个雨天，薇拉拉看着空空的座位，轻轻地叹了一口气。

快到上课时间了，破天荒地，李昊满脸雨水地冲进教室，薇拉拉看到他，笑了。李昊也笑了。

李昊说：“有风的雨才会飞，我想我们一定能飞得更高！”

薇拉拉使劲点了点头。

如果没有风雨，我们怎会收获彩虹般的人生呢？

第三辑

用云朵织成的蓝围巾

蓝围巾寄来了，天空一样的蓝色，长长的绒毛密密地连接在一起，像一团蓝色的云，手指轻触，就能感受到它的煦暖。她围着蓝围巾，温暖瞬时融化了所有的辛酸。11 年，4009 天，她将母爱毫不保留地给了与自己毫无血缘关系的儿子，没有一句怨言，像一条围巾，为儿子驱赶寒意。

·拥　抱

“嗨，林纾，我想请教你个问题，可以吗？”田雷在校门口，喊住了准备回家的林纾。林纾望着田雷：“可以啊，不过我现在肚子饿了，要不然你请我吃饭吧，我们可以边吃边聊。”林纾一改往日冷冷的面孔，让田雷的心更加怦然。

林纾是全校公认的校花，学习好，人长得漂亮，而且她还是校长的女儿，是名副其实的校花。

17岁的田雷，才转学来此校不足两个月。他此前一直在武校学习武术，不说会飞檐走壁，上墙爬屋不在话下。他有一个英雄梦：找一个中意的女子行走天涯，笑傲江湖。而这个女子，他第一眼看到就怦然心动，她就是林纾。

“你找我什么事？说吧。”林纾一边吃着炸鸡腿，一边笑眯眯地看着田雷。

“我……没事……你先吃好再说吧。”田雷觉得这就是幸福，看着自己喜欢的女生吃东西，就是最贴心的幸福。不知怎么，他想起了妈妈。小时候，妈妈总是笑眯眯地看着他吃东西，那时的他多幸福啊，和此刻一样幸福。爸妈去世后，他的性格大变，整天打架斗殴，姑姑管不了他，就把他送到了武校。今年，姑姑把他转到第一中学做借读生，希望他能考一所好的大学，有一个好的未来。

“我吃好了，你说吧，有什么事儿需要我帮忙，我一定尽力。”林纾一双水灵灵的大眼睛，忽闪忽闪，闪得田雷的心一颤一颤。

“我想请你每个周末为我补课，可以吗？”田雷望着林纾，很小心，他很害怕林纾不答应。

“行，没问题，只是你得管我一顿饭，这样的交易还算公平吧？”林纾咯咯地笑了，像一串银铃，在田雷的心里弹起快乐的音符，田雷兴奋地跳了起来。林纾做了一个“嘘”的手势，田雷才安静下来。

田雷是个顽劣的学生，常常旷课。每个周末林纾都很耐心地为他补课。而他，听得越来越心不在焉。

“林纾，跟我走吧，考大学真没劲儿，外面的世界很精彩。”那些分子式、英语单词等让田雷十分头疼，他觉得比让他徒手爬十层楼还难。

“田雷，答应我，好好学习好吗？你不是想成为英雄吗？真正的英雄有勇有谋更有智慧，没有学识，算不得真英雄。只要你愿意，我天天辅导你学习，好吗？”林纾的眼神那样清澈、那样真诚。田雷看着林纾的眼睛，似乎看到了妈妈的笑脸，还有一团阳光。

一连几天，田雷没来上课，林纾非常着急，拨打电话，关机。她给田雷所有的联系方式留了言，一直不见回复。她找到田雷姑姑，姑姑说田雷和朋友租住房子，不和她住在一起。左右打听，找到田雷租住的房子时，天快黑了。敲门，没有声音。再敲，还是没有声音。天飘起了细细的雨，雨淋湿了林纾的头发、衣裳。林纾蜷缩在墙角，冷得瑟瑟发抖。

田雷推开了门，把林纾拉进屋里。他冲着林纾嚷：“你这个傻瓜，干吗淋雨也不肯走？”林纾望着他，轻声说：“田雷，抱抱我好吗？我好冷。”那一夜，田雷拥抱着林纾，暖干了她淋湿的衣裳，他觉得自己冰冷的心，也暖热了。

看着电视新闻里自己的哥们儿被警察带走，田雷暗自庆幸，幸好林纾来找他，幸好那场雨淋湿了林纾的衣裳，幸好有那个温暖黑夜的拥抱。

“看来英雄真的是难过美人关啊，我的魅力是无穷的啊。”林纾调皮地对田雷吐了一下舌头。

那天，林纾无意中看了田雷的日记：11月11日，是我的生日，这一天，我要做一件惊天动地的大事，此事完成，我就可以笑傲江湖了，可是我心里很乱，我不知道这次能不能成功，我不知道以后还能不能再见到林纾……不管了，哥们儿说点已踩好，12楼，目标是富商家的保险柜。林纾，保重！再见！嗯，也许是，再也不见……

林纾对爸爸说了之后，爸爸与她商量了这个“美人计”。

田雷说：“谢谢你，林纾。”林纾笑了，羞涩地低下了头。

校长说：“田雷，相信有一天你会成为真正的英雄的，有勇、有谋、有学识、有智慧、有责任、有担当！”田雷很自信地点了点头，眼里充满了感激。

阳光暖暖，照在身上，像极了谁的拥抱。

用云朵织成的蓝围巾

坐在窗前，他抬头望着天上的云，一团一团，像洁白的棉花。他忽然想：用云朵一样的棉花织成的围巾一定很暖和。他想象着她围上围巾时温暖又幸福的样子，禁不住笑了。

他在网上发了一个帖子，寻求可以帮他织围巾的人。一直没有人回应。他有些着急了，因为她的生日越来越近。

一个星期后，有人回了他的帖子：织什么样的围巾呢？他赶紧把自己的想法说了出来。那人又发帖说：围巾送给谁呢？他对发帖人说："我们私聊吧。"

一番交谈后，回帖人欣然答应帮他织围巾，而且一分报酬也不要，他非常感动，他觉得胸膛像覆盖着一团棉花。

11 年前，他还是个十三岁的少年，无忧无虑汲取着世间温情的露，浑然不知恶魔已悄悄向他靠近。那是个初冬的上午，天气透着清寒。正在学校上课，他突然感觉全身失去知觉，浑身好像触电般麻木，一碰就钻心地疼。接到消息匆忙赶来的父亲赶紧把他送到了医院，经过一系列检查和专家会诊，他被确诊患了颈椎脊髓血管瘤。血管瘤压迫到神经，导致脖子以下都没有了知觉。

突如其来的变故、严酷的病情，让小小年纪的他感到了绝望，也让父亲有些慌乱、茫然不知所措。父子俩对望着，都强忍着不让眼泪流下来。她匆匆来到医院，对愁容满面的父子俩说：“不管再苦再难，都要把孩子的病治好。”她的态度那样坚决。

治病需要钱，他的父亲去打工，她独自一人承担起了带着他辗转各地治病的重担。

经过一场脊椎减压手术后，他的双手和胸部慢慢有了知觉。这让她欣喜万分。她不停地为他按摩，日夜陪在他的病床前，实在困极了就在医院走廊的长条椅上眯一小会儿。

听说省城有一位中医针灸技术高超，或许能治好他的病，她立马花了 80 元钱买来一辆旧三轮车推着他去治疗。处处高楼林立，道路纵横交错，不认识路的她手持一张地图，漫无目的地推着他走在街上。一个下坡，疲惫不堪的她双手紧紧拉住三轮车，但他的体重超她很多，三轮车飞速下滑到平路，翻倒了。她用尽浑身力气扶他起来，心疼地抚摸着他被擦破的手说：“我真是太没用了。”他拂去她脸上的泪水：“是我拖累你了。”两个人抱头痛哭，而后擦干眼泪，继续向前走。

不到 10 里路，三轮车翻了两次，走了整整一个上午，终于找到了那个知名的专家。专家诊断过后，含蓄地对她说：“要康复的希望几乎为零。”她听了，眼泪瞬间决堤。即使这样，她也丝毫没有放弃他的念头，她对他说：“只要今天比昨天好，哪怕是好一点点，就有希望。”

2007 年，她发现自己怀孕了，她没有放在心上，只要听说哪里能够治好他的病，就毫不犹豫地推他出门。过度的劳累，加上营养不良，导致孩子流产了。他知道后，用手捶打着自己，他恨自己把她害得这样苦。

在她的精心照料下，他的身体渐渐好转，2010年，他自己能够从床上坐起来，随后竟然奇迹般地能够拄着拐杖在她的搀扶下慢慢挪动了。望着她憔悴的面容，他想："我现在身体好转了，不能再让她那样辛苦。"但他只有右手两根手指能正常活动，思来想去，他想到了上网做网购客服。得知他的想法后，她很支持他，爽快地向亲戚借钱为他购买了电脑。

一个月后，老板给他发了工资，300元钱，虽然不多，但是他完全凭着自己的能力挣来的，他非常高兴。

10年来，她一直为他付出和操劳，他想用自己挣来的第一笔钱为她买份小礼物表达一份当儿子的孝心。三岁时亲妈去世，作为继母的她对他那样好，亲妈在也不过如此。

蓝围巾寄来了，天空一样的蓝色，长长的绒毛密密地连接在一起，像一团蓝色的云，手指轻触，就能感受到它的煦暖。

她围着蓝围巾，温暖瞬时融化了所有的辛酸。11年，4009天，她将母爱毫不保留地给了与自己毫无血缘关系的儿子，没有一句怨言，像一条围巾，为儿子驱赶寒意。

现在他能够自食其力了，他找老板预支了一些钱，他说："妈妈，你不是说想去看看大海吗？你生日那天，我们一家人一起去看海，好不好？"她点头同意了。

蔚蓝的大海边，海风吹拂着她的蓝围巾，快乐和幸福似浪花，在他们心底轻轻翻涌。

继母的爱似白云，化成雨，润泽儿子苦难的生命，让他枯木般的人生逢遇春天；继母的爱似大海，博大到可以消融任何苦难。

泪花也是花

放假后我没有回家，我讨厌那个家，那个家里没有爸爸妈妈，只有一个年迈的爷爷。花光了所有的钱，我也不想回家。饿得厉害，我已经三天没吃饭了，看着街边小吃摊上的人吃得满嘴流油，我使劲咽着口中的唾沫。

第四天，我再也受不了饥饿的折磨，走在街上，我左右踅摸，希望天上掉下个馅饼来。真是天助我也。在一个行人不多的小巷里，我捡到了一个蓝色的钱包，还没来得及打开看，迎面走来一个中年妇女，眼睛左看右看，看到我问："你见到一个蓝色的钱包吗？"我违心地说"没有"。

看她走远，看不到了身影我才拉开钱包一层一层翻找，只有几十元钱，虽然有点少，但足以让我吃几顿饱饭了！

找一个僻静的小饭店我走了进去，一个和我差不多年纪的小姑娘在，见我进来，忙过来招呼："小哥哥，你要吃饭吗？"

我应了一声，要了一盘最爱吃的清炒土豆丝，因为模糊记忆中的妈妈清炒的土豆丝是那么那么香。

我三口两口就把那盘土豆丝吃完了，小姑娘又给我端来一碗面条，说这碗面条是免费送的，不要钱，我迟疑了一会儿，还是吃掉了面条。

我拖着胀鼓鼓的肚子要离开的时候，小姑娘说，欢迎你下次再来吃饭，我家饭店位置偏，你以后一定要常来照顾生意。我笑了，心里充满了被人所求的满足和虚荣。

一连几天，我都去小店里吃饭，依旧是一盘清炒土豆丝，一碗免费的面条。

那天，我去店里吃饭，这是我最后一次来店里吃饭了，因为我又没钱了。那个小姑娘坐到我对面说："小哥哥，咱们聊聊好吗？"我点点头。

小姑娘说她与奶奶相依为命，奶奶不是她的亲奶奶，但对她特别好。

我不由得也说起了自己的身世。我出生在一个贫穷的小山村，爸爸去世后，妈妈就离家出走了，那一年我才7岁。爷爷又当爹又当妈，拉扯我长大，我今年13岁了，我不想再拖累爷爷。我对小姑娘说："以后我不再来吃饭了，我要去闯荡江湖了。"

"不行，你看我们这个小店顾客这么少，你答应我要常来照顾生意的。"还真是，每次我来吃饭，只碰到三两个客人。

"可是……我实话告诉你，我没有钱了。"我脸红红的，不敢看小姑娘的脸。

"没事，奶奶说了，不收你的钱，免费供你吃饭。"

"奶奶？"

"嗯，奶奶出去了，一会儿就回来。"小姑娘正说着，从门外走进来一位中年妇女，我一下子惊呆了！正是那个丢钱包的人。

我走也不是，不走也不是，心跳加速，眼神慌乱，只好故作镇定地望着远方。

"小陶是吧？"奶奶一下子就叫出了我的名字，我十分惊奇地看着眼前这位慈眉善目的老人。

“乔老师是你的班主任是吧？我是她的妈妈，你这小子，可把我女儿气得够呛，我女儿每天放学后都对我说你的‘英雄事迹’，她表面上很生气，我知道她在心里有多爱你们这些孩子，特别是你，这不，听说你放假没有回家，她很担心你，特意找了学校给你留着门，她本来想把你接到家里来，可前几天她生病住院了，这不，特意叮嘱我照顾你……”我听着听着，眼里溢满了泪花。

“奶奶，对不起，您那个蓝色的钱包是我捡到了，我当时因为太饿了，所以才没有把钱包还给您，您能原谅我吗？”我如果再不说出实话，我想我一辈子都不会原谅自己。

“孩子，我早就原谅你了。那天我在那个小巷来回找了好几趟都没找到钱包，我估计多半是你捡到了，因为钱包没丢几分钟我就发觉了，而且短时间内经过那条街的人除了你我，没有其他人。我听街边的人说你是附近学校的学生，回家我就把你的样子告诉了我女儿，女儿拿出你们班的照片，我一眼就认出了你。她说你虽然调皮，但本质不坏，即使真的是你捡了钱包不还也一定是另有原因，要我一定原谅你。正巧你来吃饭，我就躲到后厨房，我害怕你见到我会逃到别处去，那样，你会受难为的……”我一下子扑进奶奶的怀里，哭得稀里哗啦。

“小哥哥，你看看，你的眼泪都开花了！”小姑娘指着奶奶衣服上那片被我的眼泪洇湿的地方说。

我流着泪笑了，是啊，泪花也是花，从此以后，我的前程将繁花似锦，因为身边有那么多温暖如春的身影。

心灵的天花板

这是一间窄小的屋子，光线昏暗，墙壁上贴着泛黄的旧报纸，让人感觉压抑。可是有什么办法呢？还没有找到工作，只好找一个房租最便宜的，暂且寄身。

房东临走的时候说：这是一间可以住两人的房子，因为床是双层的，会随时安排别的房客进来住。他无奈地摇摇头，心里说：这么小的房子还住两个人？还有放脚的地方吗？

他选择住在上铺，因为躺在下铺总能闻到一股发霉的味道。简单整理好行李，简单吃过晚饭，他躺在床上，望着天花板发呆。天花板很低，伸出手臂就能摸到。天花板有的地方黑黑的，有的地方暗黄色，看着脏脏的，让他想起自家低矮的草房，也是这样布满了岁月的尘埃。他深深地叹了一口气，闭上眼睛，旅途的颠簸和疲累让他很快进入了梦乡。

被一阵敲门声惊醒时，窗外已是天光大亮。开门，是房东，还有一个大男孩，看上去比他年轻几岁的样子。

他和男孩共同住在了这间蜗居里。

他对男孩说："这间屋子这么小，房东还租给我们两个人，真是钻到钱眼里了。”男孩笑笑：“生意人嘛，可以理解。”

男孩是才毕业的大学生，也是来自农村，也是暂时没有找到工作。

每天早晨，他们从小屋出发，奔向不同的方向去找工作。晚上吃过饭，没有电视可看，他就爬上上铺，对着低低的天花板发呆或是唉声叹气。

一个星期后，男孩找到了一份推销员的工作，他更加郁闷了。可是自己没有高学历，而且身体还承受不来重体力的活，从家里带来的钱也快花光了，该何去何从呢？他感觉一片茫然。

那天男孩下班回来，买了一些酒菜，说向老板预支了一些钱，在他没有找到工作之前，不用担心生活问题，找到工作了回请就是。吃过饭，男孩对他说：“今晚我睡上铺可以吗？”他答应了。

第二天起床，男孩去上班，他爬上上铺，收拾行李，他准备回家了，他觉得自己好没用，不能以己之力回报父母也就罢了，现在还要拖累毫不相干的室友，他于心何忍呢？

就要离开了，心里竟有留恋和不舍。躺下来，望向天花板的那一刻，他惊呆了：脏兮兮的天花板不见了！蓝天白云旁，几只鸟儿在嬉戏；青山绿水间，几座房舍若隐若现。多么美的一幅风景画啊！躺在铺上，再也不感觉压抑，眼前的世界一下子变得高远、空阔，优美的风景让他觉得心情豁然开朗。

他一骨碌从床上爬起来，决定继续出去找工作。而结果，还是一样让他失望落寞。晚上，男孩对他说：“虽然我们不能拥有一整片天空去驰骋翱翔，但总有一片天花板是属于我们自己的，属于自己的天花板是怎样的风景，就要看自己的心境了。心怀清明，自有风光万里。我觉得你应该带着一份明媚的心情出去找工作，你想想，谁愿意与一个愁眉不展的人共事呢？你说是不是？”

原来男孩看他郁郁寡欢的样子,听着他故意压低的叹息声,决定帮他抖擞起精神来。于是买了颜料,与他换铺睡,趁他睡着,悄悄开了灯,在天花板上画下了一幅景色秀丽的山水画。

他带着满身阳光、满脸笑意出门,发觉每个人都在对他微笑,喧嚣声也成了动听的音乐,风吹树叶沙沙响,是多么优美的歌声。第一次,他发现这陌生的城市竟如此温暖而美好。他在一家饭店找到了一份帮厨的工作,开第一个月的工资时,他请男孩去自己工作的饭店,亲自做了拿手的菜招待他。

多年后,那座矮小的房子早已换成了气派的高楼。他已在城市娶妻安家,天花板洁净明亮。但他永远忘不了那画满蓝天白云、青山绿水的小小的天花板,那是他今生心灵最明媚的晴空。

一念之差

她提着一篮子菜上楼，红的西红柿，绿的青豆角，嫩嫩的韭黄，还有一只大公鸡，都是儿子喜欢吃的。今天儿子要回来了，她的脸上满是欢喜。

哼着小曲儿在厨房叮叮当当备菜，听到有人敲门，她看看表，自言自语：提前了二十分钟啊。然后僵住笑容，打开门没往外看，拿起抹布擦桌子。她多天前就想好了：儿子回来，一定不给他好脸色看。

桌子擦完，还没听到关门声和那声盼了好久的“妈”。她禁不住回转身看。呀！她差点叫出声来，身后站着一个蒙面男子，黑丝袜状的头套套住了脸，戴着一顶鸭舌帽，手里拿着一把尖刀，寒光闪闪。

“抢劫，快把钱拿出来！”男子的声音低沉，带有几分威胁。

“我……我一个老太太，哪有钱……”她望着蒙面男子，忽然心头一疼：高高瘦瘦，虽然蒙着脸，但她看得出这还是个少年，不超过18岁，多像少年时的儿子啊。

十年前，一天她下班回家打开门，一下看到一个蒙面人，吓得她转身就逃。蒙面人喊她：“妈！妈！”原来是儿子把她的丝袜套在了脸上。

儿子说这叫“演习”，想看看蒙面了，妈妈是不是还认识他。她给了儿子脑门一指头：“都吓死我了，我哪还顾得上细看是谁啊！”

后来，儿子渐渐夜不归宿，逃学打架。她那时忙啊，没时间和儿子沟通。儿子18岁时，因为抢劫伤人进了监狱，刑期十年。

十年了，每一天她都在挂念儿子，挂念得月亮瘦了，日子瘦了，她的身体也瘦了，头发白了，皱纹早早地爬满了脸。

“老太太，我再说一遍，快点拿钱，要不然……”蒙面人把刀贴近她的脸，翻转着。

“我，你容我想想……”她望着门口，多希望有人经过啊，可是不可能，她家住在顶楼，对门邻居去儿子家看孙子，好久没回来过了。

楼道里响起脚步声，是儿子回来了！她有一种强烈的预感，这一定是儿子的脚步声。她觉得母亲都有这个特异功能。寂静的楼道，脚步声越来越近，一声声踏在她的心上。

她有些紧张，欲动又止。

“老实点儿！”蒙面人又朝她晃了晃手中的刀。

“我儿子回来了，你看这样行不行……”她的眼神那么温柔，她看到蒙面人的眼神也有了温柔之意。

儿子的脚步声快起来了，隔着门就开始喊：“妈！”她赶忙应答着，走向门口。儿子紧跑几步，一下拥抱住悲喜交加的她。

“这位是？”儿子看到了蒙面人——他刚收起手中的刀，正在摘帽子和头套。

“附近学校组织演习呢，让大家伙儿学习怎样应对突发事件。”她望着那个蒙面人。露出真面目的蒙面人，真的是一个青涩的少年。

“我的演练完成了，我走了，谢谢阿姨。”少年有些慌乱，帽子掉在了地上，他赶忙捡起来，下了楼。

儿子仿佛明白了什么，他走出房门，对着楼道喊：“小兄弟，好好活，别让你妈妈牵挂操心！”少年停了一下，轻轻嗯了一声。心头一热，他有一年没有回家看妈妈了，妈妈一定着急了，他决定马上回家。

儿子对她说：“希望妈妈的宽容和善良能让他悔悟，不要走上我的老路，一念之差，造成一辈子的悔恨。”她望着儿子，十分欣慰，儿子还保留着善良的本性。

两年后的秋天，有人敲门，她打开，不见人，门口有一封信，展开：谢谢阿姨和哥哥，我现在是一名合格的士兵了，谢谢两年前的那场“演习”，让我从歪道上转了回来。落款是一个大大的笑脸。

她笑了，笑得满眼泪花。

独 吞

“今天是个好日子，心想的事儿都能成……”刁新哼着小曲，喜滋滋地往家走，他怎能不高兴呢？天底下今天谁都不高兴，他也高兴。他今天领到了房屋拆迁补偿款，整整的120万元呢！“从今再不受那奴役苦……哈，串调了。”他暗自笑着，因为心情极度好，脚下格外轻盈，飘飘乎，似是神仙了。

“刁新，刁新……”咦，谁在喊我的名字？刁新“落”到地面上，四下看。身后不远处站着他的岳父，不对，准确说，是他的前岳父。

“刁新，听说你们这片的拆迁款下来了，你现在有钱了，给小震一些吧，他是你的儿子啊，咳咳咳……”老人扶着路边的树，剧烈地咳嗽着。前几天，外孙小震说不想念大学了，说不想拖累他和姥姥。的确，学费常让没有稳定收入、年事渐高的老两口愁锁眉头。

“想得美，小震他妈死后，小震一直跟你们生活，十多年了，他连一声爸都没叫过我，早跟我没啥关系了。如今看我有钱了，你又来找我，是何居心？我要是把钱给你，你们老两口独吞了我也不知道。”刁新一脸的不屑和冷漠。

“你咋说这样的话？当初小震他妈去世后不到一年，你又组了新家庭，有了女儿，小震和继母相处得不融洽，才让小震过来跟我们一起生活，再说这些年，我们也没问你要过一分钱，现在我和小震姥姥都老了，挣不了钱了，还多病，你就能看着小震不去念大学吗？再怎么说，小震都是你的亲儿子啊。”

“我不管，爱谁管谁管。”刁新一摆手，留给老人一个决然的背影。

“我要起诉他！”小震愤怒地说。

“小震，别闹，他是你亲爸爸呢，将来我和你姥姥没了，他就是你唯一的亲人了。学费的事儿你不要担心，我再想想别的办法……咳咳咳……”隔着听筒，姥爷的咳嗽声震得小震眼泪哗哗。

小震知道姥爷和姥姥的艰辛，也知道姥爷心疼钱不去医院治病。他把勤工俭学挣来的钱，都给姥爷买了药，他多希望那些药是神药，姥姥和姥爷健健康康，他才有温暖的家啊。

放寒假没几天，姥爷雪天去捡垃圾，摔倒了。看着病床上的姥爷越发显得苍老，小震常偷偷落泪，他恨自己不是男子汉，不能给姥姥、姥爷幸福的晚年，还拖累他们。

小震在医院附近的超市找了一份钟点工的活，他18岁了，他想他应该学着撑起家了。白天黑夜地熬，小震有时候感觉很疲惫，疲惫的时候他就想妈妈，想那个叫刁新的男人为啥那么狠心，为啥得了120万元钱，一分钱都不给他。想着想着睡着了，梦里的妈妈还是他7岁时记住的样子，那么年轻、那么和蔼。

一天深夜，同病房住进来一位女孩，一阵慌乱过后，几个人相对目瞪口呆。那个女孩是小震同父异母的妹妹小美。没想到一家人以这样的方式相聚。气氛有点尴尬。大家都装作陌生人一样，偶尔打一下招呼。

小美只是擦破一点皮，恢复得很快，没几天就可以出院了。爸爸去办理出院手续，妈妈去退租来的床、被。小美凑到小震耳边说："哥哥，你放心，我不会让爸爸独吞那些钱，将来我也不会独吞爸爸的家产的。你是我哥哥。"

原来，小美听爸爸显摆如何拒绝小震的外公后，说爸爸不给哥哥钱是不对的，爸爸坚持自己的立场，小美吓唬爸爸说如果他不要哥哥，她也离开家。爸爸把她锁在房间里，她就从窗户跳了下去，幸好是二楼。她一直想找机会让哥哥回家。

看着小美纯真的笑脸，小震感觉有一股热流瞬间传遍了全身。想起小时候他推倒刚学会走路的小美，恶狠狠地对她说：要是没有你，爸爸就是我一个人的了！他是多么霸道自私啊，想起这些，他有些愧意。

手机响了，是小美的电话："哥，爸爸晕倒了！"姥爷一听，让小震赶紧去看看爸爸。刁新因喝酒引发脑出血，病情危急。小震让小美照顾姥爷，因为姥爷身体恢复得差不多了，昏迷的爸爸需要人不分昼夜地按摩、翻身。直到刁新恢复意识，医生说已度过了危险期，小震才松了一口气，他推开病房的阳台门走了出去，风已不再凛冽，远处的树梢已有了隐隐绿意。春天就要来了。

刁新望着儿子，泪眼蒙眬。

新房子分下来，刁新来接姥爷、姥姥，还有小震。小震没有说话，抬头望向天空那暖暖的太阳，他不想让幸福的泪水落下来。

世间有些东西，永远独吞不了，比如空气、阳光、亲情。

纠 结

冬夜10点，路上行人渐渐稀少。街灯闪耀，好似无数的星星；天上的星星闪闪，好似无数的街灯，高挂在缥缈夜空。老张拖着疲惫的身体骑上三轮车赶往出租屋，老伴一定给他温好了饭菜，那饭菜都是老张爱吃的，老伴这些年都不记得自己最爱吃的是啥了，她说老头儿喜欢吃啥，俺就喜欢吃啥。想到此，老张心里暖暖的，不由用力蹬了几下，三轮车轻快前行。

忽然感觉浑身没有力气，头晕眼花，老张想是自己太着急回家，骑得太快了，便下车推着车子走。走着走着，两眼一黑，摔倒了。他的意识一会儿清醒，一会儿迷糊。他想睁开眼睛，但觉得眼皮好像两座山，沉沉的，怎么也睁不开。他想喊，嗓子像塞了一团棉絮，憋得他几次都感觉自己要窒息而死了。他只好那样躺着，一会儿迷糊，一会儿清醒。

“这人摔倒了。”

“谁敢扶啊……”

“看着挺可怜的……”

“老先生，把你的钱收好哦！”

老张隐约听到有人聚拢在了他的周围,他多想对大家说:“救救我,求求你们救救我吧。”他用尽浑身气力,还是没有喊出一丝声音。他太累了,他想休息一会儿,迷迷糊糊睡了。

再次醒来的时候,一个清脆的女声传来:“哥哥姐姐,你们好,你们帮我做个证好吗?只要你们说不是我碰倒的老人,我就救他,我是护校的学生。”老张心里一喜,觉得自己有救了。等了好一会儿,老张都没有得到女生的救护。老张想哭。

老张努力让自己不睡,万一睡着了醒不来就糟糕了。他真不能睡啊,他之所以这么拼命卖煎饼,是为儿子挣救命的钱啊。他要是有个三长两短,儿子也活不成了。儿子活不成,那老伴还怎么活?

今年五月,26岁的儿子和相恋几年的女友领了结婚证,婚礼还没举行,儿子感觉身体不舒服,去医院检查,确诊为白血病。那些日子,儿子终日以泪洗面,他舍不得离开女友,可自己的病看不到希望,几番纠结之后,儿子决绝地取消了婚礼,和女友离了婚。然后一家人来到异乡。老张和老伴为了给儿子筹治疗费,就卖起了煎饼。

“大爷,您帮我拍个照吧,帮我做个证。”又是那个女生的声音。

“我不会拍照啊,人老了,没用了。”

老张听到这,内心异常难受。他多想说:“姑娘,你不用纠结啊,快救救我吧,我不会赖你的,我会感谢你的。”可是他无法传递这样的信息,他连动一下眼皮都不能。

女生走到老张身边:“大爷,大爷……”蹲下来,晃晃老张的身体,老张没有任何反应,她不知道老张的坚持。

“喂,‘110’吗……”

“喂,‘120’吗……”

女生终于打电话报警了！老张高兴、激动、欢欣鼓舞，甚至想手舞足蹈！

很快，警察来了，扶起老张，给老张披上了衣物，老张觉得好温暖。救护人员也来了，给他喂水，甜甜的，是糖水，接着又喂他吃了一碗方便面。老张觉得自己有力气了，慢慢睁开了眼睛。一圈人围着他，看到他醒过来，有人兴奋地鼓起掌来。

医生让老张去医院做进一步的检查，老张坚持不去，去医院得花很多钱，不能去，这个容不得半点纠结和迟疑。

老张说："谢谢大家伙儿，我没事了，就是今天只顾着卖煎饼，一天没吃饭，饿的，时候不早了，大家回家吧，我也该回家了，老伴肯定等着急了。"

"等一等，我正想明天买些煎饼呢，正好，我买10元钱的。"人群中走出来一个中年妇女说。

紧接着，很多人都说要买煎饼，丝毫没有"扶不扶"那样的纠结。

不多会儿，人群渐渐散去，老张望着那些10元、20元、50元的钱塞满了他装零钱的盒子，而煎饼基本没少，不觉流下了热泪。

街灯闪耀，给冬夜的街道洒满了温煦的光晕。走在街灯下，老张的心，亮堂堂，暖洋洋。

救

乡村的夜是那样安静。风也收起了翅膀，怕惊扰夜的酣梦。

杨文起身走到母亲的门前，把耳朵贴到房门上，母亲已经睡熟了，发出轻微的鼾声。他回到床上躺下，翻来覆去，依旧难以入睡。

下午，杨文正准备去学校接儿子回家看母亲，接到邻居的电话，说母亲犯了心脏病，幸亏发现得及时，病情已得到控制。杨文一听火急火燎，赶紧接上儿子，开车直奔乡下老家。此时太阳落山，暮色渐浓，行人稀少，杨文加快了速度。

自从父亲去世后，母亲一个人在乡下，几次叫她来城里住，她都不肯，说在城里生活不习惯。杨文只好依着母亲，每个周末都回家看母亲。母亲还有腰疼病，是因为他才落下的。那年他上大学，学费不够，母亲瞒着家人去码头扛麻袋，学费凑齐了，母亲的腰弯了，一到阴雨天，还隐隐作痛，年纪大了，疼的次数越来越频繁。想到此，杨文恨不得立马就到家看到母亲。

“爸，前面有车！”后座儿子的喊声把杨文恍惚的神经拉回来，他猛地一下踩住了刹车，但还是和前面的车来了个“亲密接吻”。杨文赶紧下车查看，前面是辆农用三轮车，侧翻，车上没人。他看了看自己的车，有些剐痕，不碍事，便转身上车。

“救命啊，救命啊，我的腿断了啊！”杨文一惊，心想坏事了，肯定是自己撞上了三轮车，三轮车侧翻，上面的人跌下车摔断了腿。

“好人啊，救救我啊，救救我……”杨文围着三轮车看了一圈没看到人。仔细听听，声音是从路边的沟里传来。杨文忐忑着走到沟边，借着车灯的光往下看，是个老妇人。躺在那里，不时地呻吟着。

“好心人，救救我，不是你撞我的，我不会赖你的，救救我吧，哎哟……”杨文掏出手机按下“110”，电话却接不通，他仔细看看手机，原来是前几天换下不用的旧手机。他犹豫了一下，快步走回车上，开车离开了。

“那个老人怎么样了呢？”睡不着的杨文头脑更加清醒了。“我不是不救人，我拿错了手机。”

“杨文，你不要为自己开脱了，见死不救，非君子！”有一个声音说。

“我担心母亲的病，你知道当时我心里有多着急吗？要是母亲有个好歹，我就成了不孝之子，令人耻笑。”

“杨文，你不要拿母亲的病做挡箭牌，母亲叫你见人危难不伸出援手吗？那个受伤的人她也是个母亲！”那个声音厉声喝道。

杨文打了个激灵，从床上坐了起来。

母亲最恨见人有难不帮的人。自打懂事起，母亲一直对杨文说，要做个善良的人，他小时候落水是陌生人救起的，要不然早就没命了。所以遇到有人落难，一定要帮。想到母亲的教诲，杨文的心猛地一颤。

杨文穿衣起床，轻轻推开母亲的房门看了看，母亲睡得很安然。他悄悄关上门，然后蹑手蹑脚走到院子外的胡同口，他的车停在那里。上车，启动，杨文开着车来到了老人出事的地方。

三轮车还在歪着。四周静静的，静得悄无声息，仿佛连空气都不舍得流动了。杨文拿着手电筒往沟里照看，不见老人的影子。又沿着路来回寻找了几遍，依旧不见老人的影子。杨文深深地舒了一口气，顿觉神清气爽，浑身轻盈了许多。

几天后，有人敲门，是一个陌生的年轻人，问："这是杨小乐家吗？"杨文点点头。

"太好了！杨小乐呢？"年轻人满脸笑容。

"你找小乐有事？"杨文上下打量着年轻人。

"嗯，是杨小乐救了我，我要当面谢谢他。"

"小乐救了你？"杨文有点丈二和尚——摸不着头脑。

年轻人说："那天我急着去外地接女朋友，没注意小岔路口拐出来的三轮车，等反应过来，减速已来不及，结果把三轮车连车带人一下子剐倒在路边，老人摔到了沟里。当时天已黑路上没人，我又着急接人去，就起了逃逸的念头。与女朋友说起撞人的事儿，她狠狠批评了我。第二天我去自首，了解到老人已被送到医院。我去医院看望她，大夫说：'幸亏报警及时，救助及时，不然老人体弱又重伤，会发生死亡事故。'后来才知道是杨小乐报的警。小乐，谢谢你！要不是你报警，老人家有个三长两短，我就完了。"

原来，那天爸爸说拿错了手机，但愿很快有人救老人。小乐没有告诉爸爸：今天参加交通知识安全培训，老师特意让同学们带了手机。授课的民警告诉学生交警大队的微信、微博等信息平台及报警的方法，同学们纷纷加了交警大队的微信和微博。

小乐从书包里掏出手机向交警大队微信平台发出了发生事故及地理位置等内容的微信。

杨文内心充满了愧疚。他对小乐说:“儿子,你真是个善良机智的好孩子。”

“很多很多人都很善良,就像最疼爱我的奶奶犯了心脏病,如果没有邻居及时救助,奶奶的病情就得不到及时控制,后果不堪设想。”13岁的小乐严肃认真地说。

奶奶正坐在太阳下晒暖,小乐偎进奶奶的怀里,祖孙俩笑得那样灿烂。

烤饼里的深情

林子拿出一块烤饼递给我说："有一家新开的烤饼店，老板的促销方式真新颖，他说饼要是与妈妈一起吃，拍张合照给他，可以返还一半钱。"

我无辜地望着林子："拜托，我还不到奶奶级别呢。"林子给了我一个漂亮的白眼："你想得美，我是让你尝尝饼的味道。我要回家和我妈一起吃饼、拍照了，我好久都没和妈妈拍过合照了呢。"

看着烤饼，我的心里充满了好奇，轻咬一口仔细品味，除了面的香味、油盐的香味、星星丝丝的花椒味儿，没有什么特别。

路过烤饼店，长长的一队人排着等买饼，熙熙攘攘，好不热闹。闲来无事，我也加入了排队的行列。

"老板，我妈妈非常喜欢吃你烤的饼，看，我和妈妈的合照，我发给你。"

"好，返还你的钱是用饼代替还是给您现金呢？"

"饼，另外您再给我来三张饼。"

"好咪。"

就在这样的重复节奏里，半个小时后，终于轮到我，我仔细打量着老板:洁白的卫生帽下露出鬓角的霜白,笑纹满脸都是岁月的痕迹,看上去是个接近六旬的老人了。我说我要两张饼,他说记得与妈妈一起吃,拍张合照给我,返还一半钱。我点点头。拿着饼往家走,突然有些难过,他不知道,在一年前,我的妈妈病逝了。

一个人吃着烤饼,想念和妈妈在一起的时光,有些伤心,也有些美好。

再去买烤饼,老板问拍没拍照片,我低低地说我母亲已经去世了。他说,和别人的合照也行,比如和你的婆婆、姑姑、姨妈等,她们都是母亲。

老板如此做生意真让人摸不透,一定会亏本,除非他卖的价高,是暴利,可是他的烤饼价格本来就是很低的。这是精明的林子的演算结论。

一个阴雨绵绵的下午,路过烤饼店,店里没有顾客,老板一个人坐在那里,望着满墙的照片发呆。那些照片都是顾客和妈妈的合影。我走了进去。他立即起身招呼我。

“带照片了吗?”他问。

我没有回答他的问题,在凳子上坐了下来。我说我妈妈一年前去世了,我没有妈妈了。我的声音有些哽咽。他端了一杯热白开水放在我面前,在我对面坐下来。他说是啊,妈妈没有了,就再也没有妈妈了。但妈妈不会远离,她一直在。

有雨的天气,适合诉说一些往事。他轻缓地说:我童年的时候,日子穷啊,一家的白面没有多少,只有过生日时,妈妈才会给我做烤饼吃。那一年爸爸病逝,欠了很多债,生日别说是吃烤饼了,连口干粮都没有。妈妈抱着我欲哭无泪。前邻居知道那天是我的生日,我和她家的孩子是同一天生日,特意送来了一张烤饼,还有一点白糖。白糖在热热的饼上溶化,黏黏的、甜甜的,真香。长大后远离家乡,常想起那带着糖的烤饼。现在做梦都觉得嘴巴甜甜的。他的脸上溢满幸福。

临走,他给我两张饼,执意没收钱。

我对林子说,从没见过这样做生意的。

林子说:“我摸查了这个老板的底细,他在A城拥有很大的公司,现在交给他儿子打理了,根本不差钱。要是这烤饼能白送就好了。我妈妈特别喜欢吃。”我白了林子一眼:“想得美!”

还真让林子美着了。没过几天,老板又推出新的促销方式,说只要六十岁以上的老人,每天光顾该店的前十名顾客,凭身份证免费赠送烤饼,此前的优惠继续。

一个敢于做亏本买卖的老板,图的是什么呢?我百思不得其解。更让我想不到的事情还在后面。

一个星期后,老板又出新花样,说只要在吃烤饼时,与你爱的人和爱你的人分享,拍一张照片传给他,就可以享受优惠。这是嫌赔得不够多吗?

我终于忍不住,对老板说:“您这样做生意很快会把店赔掉的。”

他说:“我开烤饼店本来也不是为挣钱。”看我疑惑的样子,他继续说:“妈妈最喜欢把自己做的烤饼分给左邻右舍,看着别人喜欢,她就欢喜得不得了。九十岁的妈妈,手把手教我做烤饼。几天后,我独自成功制作出了烤饼,妈妈尝了一口说和她做的味道一样。那晚她睡得很安详,再也没有醒来……今天,是她去世后的三七。”他的眼里蓄满了泪水。

我也禁不住泪光盈动。母亲的爱,总是这样平凡,细小而又伟大。

克制悲伤,把温情分享。一张张烤饼,凝聚着一个儿子对母亲浓浓的爱和最深情的缅怀。

报箱里的砖头

杨凡一路哼着小曲，脚步轻松，愉悦挂满了脸。今天是他升任局长的第一天。他才三十多岁，人人都夸他年轻有为，前途无量，他怎能不欢欣鼓舞、神采飞扬呢？

杨凡习惯性地打开报箱，伸手拿出报纸，忽然停止了哼唱，眼睛直直盯着报箱里，一块红色的砖头静静地躺在那里。他一时愣神。

拿出砖头放在垃圾桶旁。喜悦没有了，杨凡一脸疑惑地往家走。走到家门口，他舒展开眉头，他从不把自己的坏情绪带回家，这是他多年的习惯。他觉得本来陪家人的时间就少之又少，怎么舍得还要家人看自己的脸色呢？

吃过晚饭，杨凡走进书房，点燃一支烟，踱来踱去，忽然一个激灵，手中的烟差点掉到地上。他想起半年前，前任局长下班路上曾被不明身份的人砸砖头，幸亏是砸在肩膀上，要是砸在脑袋上，危及生命也说不定。后来局长违纪被撤职查办。副局长主持工作，几天前被举报收受贿赂，关进了看守所。单位举行公开投票选举新任局长，杨凡的票数一路飙升，意外地当选。说意外是相对而言，他在单位没有“亲友团”

“朋友圈”，只有一颗真诚的心。父亲告诉他：以诚待人，这不是优点，是做人的本分。到单位近十年，他一直牢记父亲的话，本分地工作，本分地做人。砖头，是谁放进他家的报箱里的呢？且在他刚刚升任局长的第一天……

夜在杨凡的翻来覆去中晨曦微露。他穿衣起床，悄悄去楼下花园跑了几圈。他不想让人看到他脸上的困倦。

刚到办公室，老黄一瘸一瘸走了进来，满脸堆笑：“杨局长，您看这次分房，能不能给我家调换一套大一点的？”老黄曾救过杨凡的命，在一次下乡途中遭遇山体滑坡，老黄奋力推开他，自己被石头砸到腿，成了瘸子。杨凡一直对他心存感恩。

杨凡处理完紧要的公事，马上通知相关人员开会讨论老黄的问题，多数人都说：虽然老黄家的房子旧点儿、小点儿，但是两室一厅，儿子结婚后住在一起，也不是不可以，如果都拿儿女的婚事要求换房子，那还得了？老黄听了，不再言语了。

很多事情，杨凡都听取大家的意见，尽力把事情处理得公平、公正，政务公开、透明，这令大家十分服气，一时间，单位的气氛一派春和景明。

这几天，报箱里的砖头没再出现。或许是调皮的小孩故意捣乱的吧？杨凡这样想。他家的报箱从不上锁。上锁干什么呢？谁会闲着没事去拿一份报纸呢？

转眼三个月过去了。这天下班，杨凡打开报箱拿出报纸，惊呆了！一块红色的砖头静静地躺在那里。

回到家，妻子说今天收到一个快递，不知道是谁寄来的，是黄金首饰，价值一万余元。

杨凡拿着那盒黄金首饰到了单位，打电话让小邱来他办公室，小邱是才到单位的大学生，正待转正。杨凡对他说："小邱，你转正的事儿局里研究通过了，要好好干啊，不要辜负了爹娘的期望。"杨凡说金首饰就送给女朋友吧，祝福你们！小邱说杨局长，您是我的榜样！

那块砖头仿佛是个"预言家"。只要砖头一出现，准有"好事"找上门来。这砖头是哪位"高人"派来监督警示他的呢？杨凡百思不得其解。

那一晚，他做了一个梦，梦见父亲一脸严肃地望着他，不说话。少年时他犯了错，父亲不打他不骂他，只平静地用严厉的目光看着他，他认识到了自己的错误后，那目光才会变得温柔。他心一疼，梦醒了。自己升任局长以来，半年多了，就只给乡下的父母打过一次电话。想到此，他满心愧疚。

周末，杨凡回到了乡下，不见父亲的身影。母亲告诉他父亲在城里找了一份传达室的工作，半年多没回家了。父亲就是这样，不麻烦别人，连自己的儿子也不麻烦。

几个月过去，报箱里的砖头再没出现。杨凡觉得砖头跑进了他的心里。

父亲生日那天，杨凡请了假，接来母亲，说今年不去饭店了，就在他家里，他要亲自下厨，给爹娘做几样可口的饭菜。饭菜做好，左等右等不见父亲来，杨凡下楼去迎父亲。

不见父亲的身影。杨凡向小区门口走去，他想去拿了报纸如果还不见父亲，就再给他打电话。父亲正与保安说话："老王啊，谢谢你替我保密，没把我在报箱里放砖头的事儿告诉我儿子。还有你家大妹子，帮我打探消息。"

"老杨，你有个好儿子，老杨，你更是个好父亲。"

"老王，我是怕这小子年轻，思想活，犯错误。一个官，为民做主，不贪不占，才是本分。你说对吧？”

父亲停了停，又说：“我儿子是我们那个小山村唯一走出来的大学生，我是怕他当了官，忘了自己是谁，丢我们庄稼人的脸啊。不过，现在我可以放心地回家种田了。”

望着父亲微驼的背影、花白的头发、那天长日久被风吹日晒得黑里透红的脸膛，杨凡禁不住热泪滚滚。

· 风中读诗的男孩

男孩十来岁的样子。

男孩站在风口，双手努力捏住一张纸，风把纸吹得哗哗响。风声太大，且是风的逆方向，我听不清男孩读的什么，只看见他的嘴一张一合，神情那么专注而认真，像在诵读一篇入心的诗文。

好些天了，男孩都站在这个风口读着手中纸上的文字，小小的单薄的身影，稚嫩的脸，严肃的神情，让我生出无限猜想。我极想听清楚他在读什么，但我不能靠近他，不能打扰独属于他的小小世界和幸福时刻。我知道，人在专注于一件事的时候，心里是温暖的、美好的。

一天清早，我看见一个老大爷站在男孩身后，欲言又止，最后无奈而不舍地离去。

一天中午，我看见一个年轻的女子领着个刚学会走路的孩子站在男孩身后，静静听男孩诵读完，女子用手轻拭着眼睛。

一天黄昏，我看见一个老太太站在男孩身后，夕阳照在她的身上，她站在那里一动不动，静止成一座雕塑。

一个天上飘着毛毛雨的下午，我撑起伞，走下楼，向男孩走去。

我在离男孩两米左右的地方停住脚步，目不转睛望着他。男孩的头发上，雨滴凝成的水珠闪着光，像晨曦中草尖上的露珠，清澈、晶莹。

男孩还在读着纸上的字，而我，除了细细的风声、细细的雨声，没有听到一声男孩的诵读。我的心里长满了疑问。我轻轻迈动脚步，像一只轻巧的猫，慢慢靠近。

“小南，下雨了，别读了，咱们回家吧。”是那个老太太。老太太看到我，笑笑，很慈祥的笑容，像我的母亲。

男孩太专注，没听到老太太的话，老太太用手指轻轻戳戳男孩手中的纸，男孩停止了诵读，抬起头望着老太太，老太太轻抚去男孩头发上的雨滴，牵着他的手，向附近的一个居民小区走去。我的心，莫名地多了几丝伤感。

接下来的几天，那个风口中的男孩，不见了。我站在窗边，使劲地张望，张望，一点也没有男孩的影子。我的心里挤满了失落。

我站在风口，因为少了男孩，风口显得那么孤独。我站在风里，学着男孩的样子，无声地诵读着无声……

忽然，男孩出现在我面前，望着我，腼腆地笑着。我像等待久违的故人般，一下把男孩搂在了怀里。冷静下来，我望着男孩，满脸不好意思。男孩倒是十分坦然。

“你叫小南是吗？你在读什么？能给我看看吗？”我看着男孩手中的纸。男孩点点头，把纸递给我，上面是手写的几行字：“凯风自南，吹彼棘心。棘心夭夭，母氏劬劳。凯风自南，吹彼棘薪。母氏圣善，我无令人。爰有寒痓？在浚之下。有子七人，母氏劳苦。睍睆黄鸟，载好其音。有子七人，莫慰母心。”我知道，这是《诗经》中的《凯风》。这首诗赞美的是母亲的辛勤、劳苦、明理，颂扬母亲的美德，还表达了自己不成器难回报、宽慰慈母之心而惭愧不安的心情。

男孩接过我手中的纸，站在风口，读了起来。他的嘴在一张一合，我依旧没听到他的声音。

“到这边坐坐吧。”是那个老太太。

“小南在给他妈妈读诗。这个孩子，小小年纪，很懂事。前几天生病了，在医院也没有停止给妈妈读诗。”

“他妈妈呢？”

“在南方的一个偏远山区支教。”

“小南为什么非要站在风口读诗？”

“他告诉我，风有翅膀，能把他的声音传到妈妈耳朵里。”

“小南的妈妈，是我的女儿。六年前查出得了子宫癌，她决绝地提出离婚后，一个人跑到山区支教。这些年病魔好像忘记了她，她总说是孩子们给了她第二次生命，所以她要把自己的生命奉献给孩子们。可就在不久前，一场特大暴雨引发的泥石流，席卷了她所在的小学校，她的身子弓成船状，护着身下的孩子，自己被砸晕，到现在还没醒来。小南听医生说亲人的呼唤也许能唤醒她，就每天为妈妈读诗，这首诗，是我女儿教给他的，也是我女儿……最……喜欢的……”老太太说着说着泣不成声。

稍后，老太太用力擦擦眼中的泪，喉咙里使劲吞咽着什么，好像要把所有的悲伤都吞到肚子里去。

“小南，是我女儿初到南方支教那年，收养的聋哑弃儿。”

我的泪再也忍不住了。我努力平复着自己的情绪，然后走到小南身边，与他一起大声念着：“凯风自南，吹彼棘心……”

忽 略

“你打我啊！你过来打我啊！”范小龙望着爸爸，眼神和语气里充满了不屑和挑衅。老范怒气冲冲指着范小龙：“你给我滚！我没有你这样的儿子！”范小龙推开门，狠狠地关上，噔噔地下楼去。

范小龙今年17岁，却早已是个“老江湖”，12岁那年开始上网吧、泡酒吧、蹦迪，他不喜欢说话，在酒吧嘈杂的灯红酒绿中，一个人闷头喝酒。喝得醉眼迷离后便到街上去耍威风，拿着水果刀在自己胳膊上比画，看到不顺眼的人就追着人家打。他觉得这样很有“男子气概”。

范小龙在街上漫无目的地走着，一枚叶子落在了他的手臂上，他抓起叶子，瞬时撕得粉碎抛在空中，看着叶子纷扬的样子，他笑着嚷：“来，来啊，比比谁厉害！”

有一个年龄比范小龙稍大的男子跟上来，搂住他的脖子，在他耳边耳语几句，范小龙露出惊讶的表情。男子搂着他的肩膀，一起走进了一家僻静的旅馆。

房间里，一个女子瑟缩在床的一角，在男子的唆使下，范小龙扑向了女子……忽然有人猛踹房门，同来的男子早已不知去向，惊慌失措的范小龙只穿了内裤就慌不择路地从3楼窗口跳了下去，立时感觉双腿刺痛难忍，站立困难。他坐在地上，呻吟着，而男子和那个女子手牵手，冲着他笑了笑，大步流星地离去。

范小龙忽然想起来了，在一次打架中，他曾把一个男子的左脸划了一刀，女子是那个男子的妹妹。“居然勾结起来报复我，看我以后怎么收拾你们！”范小龙在心里恨恨地说。

范小龙央求路过的人给他爸爸打电话，爸爸看到他的样子，无奈地叹了一口气，把他送进了医院。躺在医院里，范小龙看着忙前忙后的爸爸，感到了从未有过的温暖。

范小龙5岁那年，妈妈得病去世，留下了十几万元的欠债。爸爸把他送到奶奶那儿，出去打工还债和供养一家人的生活。

12岁时，奶奶去世了。范小龙回到了爸爸身边。爸爸没时间管他，一个月留给他一次生活费，让他一个人安排自己的生活。每天放了学，守着孤零零的家，看着别人家的孩子有父母的疼爱和呵护，范小龙心底的不平衡疯狂滋长。他想获得同学、老师的认可，可是他学习成绩不好。后来他找到了平衡方式——通过欺凌，让别人屈服获得成就感。

范小龙看着爸爸的背影，心里有些疼。爸爸明显老了，头发霜白，背已不再挺拔，笑容里有掩藏的疲惫。他有些恨自己，恨自己的没出息和不争气。其实他出去喝酒、打架，是为了向看不起他的人展示自己的存在，就像现在的人刷微博、刷朋友圈，其实刷的都是存在感。而要威风，不过是为了逃避自己的羞耻感。

范小龙躺在病床上想了很多，那一晚，他对爸爸说了自己做过的一些错事，郑重地向爸爸道歉，请求爸爸的原谅。爸爸哽咽着说：“儿子，对不起，是我忽略了你……”父子二人抱头痛哭。

几天后，爸爸陪着范小龙自首。他获刑三年零六个月。

去往未管所的路上，爸爸再一次说：“小龙，都怪我，是我忽略你了。”范小龙第一次流下了情真意切的泪水。以往他那些攻击性的行为，就是为了引起爸爸和别人的注意，比起被忽略，他更愿意受到责罚，获得爸爸的爱。

爸爸叹了一口气：“儿子，你要好好改造。以前爸爸给你的太少太少了，今后爸爸能做的，以后都会努力给你做。”范小龙的眼泪抑制不住地淌下来。

“爸爸，你每天彻夜开大车，撑起我们的家，真的很辛苦，而我以前却忽略了……”父子二人依偎着哭泣，哭着哭着，又都笑了。

挂着泪光的笑容，那么动人。

温暖冬天的手

冬天来了。去散步，一个人迎着风，凛冽之意在脸上丝丝划过，微微地痛。戴着手套，手指头依然敏感地觉察到冷。将手揣进兜里，有了温暖之感。

在一家超市门口的一角，蜷缩着一个小女孩，破烂的衣衫那样单薄，蓬乱的头发看上去好久没洗了，都凝成了绺儿。她蜷缩在那里，瑟瑟发抖。每当有人走过她身边，她就举起手中的残破的瓷缸子，一双眼睛那样明亮。

有的人会给钱，有的人犹豫一下就走了，有的人连看也不看她径直走去。我走到了她面前，她举起破瓷缸，望着我，眼神清澈得像一朵栀子花。我掏出十元钱，郑重地、轻轻地放进瓷缸里。她笑了，笑着冲我鞠了一个躬。我笑笑，起身走去，我不知道她为何小小年纪就沦落到乞讨，唯愿她早早有一天结束这样的生活，寻得一份安暖的生计。

落光了叶子的树努力把树枝伸向天空，它是不是也感觉到了冷，想要离太阳近一点、再近一点呢？

我的前面，有一对母子，年轻的母亲领着幼小的孩子。走一会儿，母亲就蹲下来,并紧双手来回搓,搓热之后握住孩子的小手,轻轻地说:“不冷了吧？暖和了吧？”孩子使劲点点头,奖给妈妈一个响亮的吻。

我走在她们身后,不舍得超过去。这是多么温馨的画面啊,让我的心头暖意融融。

不禁想起了小时候,母亲也是这样为我暖手,她的手那样粗糙,握住我的手有细微的疼痛,但又是那样温暖。母亲用粗糙的双手,温暖了我人生所有的冬天。现在我也成了母亲,也把一双手,像母亲一样握紧孩子的手,把温暖一度一度传递。

眼前的母子拐进了一条巷子,我站在那里看着她们,直到她们的身影消失不见,心上的暖温热依旧。

扫街的大妈挥着手中的扫帚,把街道扫得宽敞明亮。忽然她站住,望着向她走来的男人笑了。男人走到她面前,笑着,不说话,伸出手,摘掉手套,握住大妈的手,四目相对无语,我分明看到了那眼睛里的最深切的爱。这爱无声无息,却呼吸可闻,紧紧相牵,即使相隔天涯也温暖。这种历经风霜岁月的爱,早已融入了生命的真实,在流年里相依相伴。

微笑着折返身往回走,风不那么清寒了,它的心里仿佛也是喜悦的,喜悦地抚摸着我的脸,我感受到了它的愉悦。

又到超市门口,此时,那个女孩面前站着一位头发花白的老太太,身材瘦削,面容憔悴,凌乱的头发在风里飘着。她用满是皱褶的手握住女孩的手:“孩子,冻坏了吧？”女孩摇摇头。

“都是我不好,你看你的手冻得冰凉冰凉的,现在暖和点了吧？”女孩点点头。我看着她们一老一少,心里的温暖禁不住地徜徉。

在超市工作的邻居说,那一老一少都是苦命人,老人是孤寡,因为终身未育,老伴去世后,她就孤身一人了,靠救济过日子,偶尔也捡拾些废品卖钱。女孩是她几年前捡来的，两人相依为命。最近老人生病了，可是住院要花钱，女孩就瞒着老人乞讨，她说想给老人治病，她不想没有家。

邻居是个热心人，她在超市门口讲述着一老一少的故事，一双双手如一束束光，汇聚成链，封锁寒冷，映亮了幸福的泪滴。

我的心和眼被温暖的潮润泽着、感动着。红尘有痛，但更多的是希望。因为，无论多冷，总有一双手会为你保持着温暖。

回 家

听到有人开门进来，林飞腾地一下站起来，眼睛望着门口，面无表情。

进来的是个女孩，细细瘦瘦的个儿，白净的面庞，看到林飞，不自然地笑笑。林飞侧头看着女孩，眼神里布满了轻狂和不屑。

是的，林飞有个比他大八岁的姐姐，他的姐姐是全家人的骄傲。

十年前，林飞的妈妈生他时难产死亡，所以一出生他就被送到了乡下的爷爷奶奶家。因为是家里唯一的男孩，爷爷奶奶特别宠他，什么都依着他，渐渐养成了他飞扬跋扈的性格。

七八岁的年纪，林飞拜村里一个会武术的人为师，日日习练，不久就成了村里孩子们的“老大”，指挥一伙儿男孩女孩，看谁不顺眼就二话不说一顿打。

13岁，林飞小学毕业，爸爸把林飞接回到城里上中学。林飞有些兴奋，也有些激动，回到爸爸身边是他一直盼望的。第一次，他见到了姐姐。姐姐很文静。如果他是一只粗瓷碗，姐姐就是精致的青花瓷。

姐姐功课很好，亲朋好友们没有一个人不夸赞姐姐的，说姐姐长得好看，学习好，懂事，有礼貌。而他，爸爸从没有主动向亲朋好友介绍过他是他们的儿子,除非正巧他在家,而客人正巧问起,爸爸才无精打采地应承:“嗯,这是我们的儿子林飞,自小在乡下,不成器。”

爸爸的态度,令林飞严重失落,火热的心像被泼了一瓢冰冷的水。他与姐姐也很少交流,基本是井水不犯河水,相安无事。有时候和姐姐一起出门,姐姐从没说过林飞是她的弟弟。

得不到家庭温暖的林飞开始泡酒吧,在酒吧里,他很快熟识了一些“社会上的人”,平时没事的时候聚在一起喝酒,打架的时候一叫就走,让揍谁就揍谁,因为有在乡下练就的底子,县城没几个人打得过他。他觉得自己很威风,很有男子气概。

有一次,林飞打了同校的一个学生,老师把他的爸爸“请”到了学校,爸爸当着众多师生的面指着他的鼻子怒吼:“你就是一摊烂泥,你看你姐姐多优秀,真是作孽,你妈当初真不该拼命生下你……”

面对全校师生鄙夷的目光,林飞的心里有了深深的自卑,他开始克制自己去酒吧、去打架的冲动,他告诉自己:一定要乖一点,像姐姐一样讨人欢喜。

但在爸爸和姐姐的眼里,林飞的努力改正如同空气,被视而不见,不但如此,爸爸开始限制他的活动,把他关起来,这激起了他叛逆的本性,跳窗逃跑后,林飞开始报复爸爸,他越不喜欢他做什么,他就越做什么,想着法儿不让爸爸开心。然而却让他自己越陷越深,直到制造出把人捅成重伤的惨剧。

“奶奶没有救过来……奶奶嘱咐我一定要为你求情,她说你还那么小。”女孩眼泪汪汪望着林飞,声音低低地说。林飞瞬间蔫耷了脑袋。那惊心的一幕在眼前回放。

那天下午,15岁的林飞睡醒午觉,想到游戏厅打游戏,才发现口袋里空空的，没有一分钱了。他走进了某小区，随便进了一座楼，随便敲开了一家的门，开门的是个满头白发的老太太。林飞拿出刀子指向老太太，恐吓威胁她拿钱，就在这时，女孩回来了。女孩一声惊叫，慌了神的林飞把刀子刺向了老太太，然后在女孩惊恐的眼睛里落荒而逃。

逃跑的林飞很快被警察逮到，关押进看守所，已经五天了，爸爸和姐姐都没有来看过他。只有女孩每天都来看他，告诉他奶奶的一些情况。冷静后的林飞期盼奶奶能够活着。当听到女孩说“奶奶没有救过来”时，林飞第一次感觉到了害怕。

林飞获刑十一年零六个月。每隔一段时间，女孩都到未管所看林飞，告诉他别想太多，好好学习改造。转眼八年过去，林飞积极改造，获得减刑，提前释放。

走出监狱大门，女孩站在明亮亮的阳光下向他微笑。一向冷漠的林飞再也控制不住，泪水哗哗而落，他拥抱住女孩，深情地叫了一声“姐姐”！

女孩轻声说：“林飞，回家吧，你看……”不远处，站着他的爸爸和姐姐。

爱与被爱

清晨，湖边公园。高兴跟在妈妈身后，手拿一把笤帚，东一下西一下扫着地上的落叶和杂草。晨练的人从她身边经过，她热情地跟每一个人打招呼：“你好呀！”如果有人对她笑，她会笑得比阳光都灿烂，如果没人理她，她就笑嘻嘻地自言自语：“嗯，我很好呀！”

妈妈看她傻样儿，吼她：“高兴，快干活，别偷懒。”高兴望一眼妈妈，笑笑，低头哗哗地扫落叶。

忽然，有人喊：“来人呀！有人跳湖了！”高兴扔掉笤帚，飞快地跑向湖边，妈妈也放下大扫帚，紧随其后，边跑边喊：“高兴！高兴！你慢点，等等我！”

湖边已集聚了不少人，人们七嘴八舌：“是个女孩，挺秀气，唉……”

“好像是附近学校的学生，我昨天下午见她在湖边，呆呆的，像有什么心事似的……”

“我们小区的，上高三了，学习很好，一直是班里的前几名，她爸爸妈妈对她要求很高，成绩稍有下滑，就要挨罚……”

“……”

“看！白丝巾！”有人指着湖面大声地说。湖面上，一条白丝巾随波荡漾，像一片零落的没有一丝生气的叶子。

高兴哇的一声哭起来：“姐姐，是姐姐！救救姐姐！”

高兴望着湖面，满脸都是泪：“姐姐，你昨天教我写‘爱’字的，昨天你教高兴背的话高兴都记住了，小鸟爱蓝天，鱼儿爱江河，妈妈爱高兴……姐姐，你说爱是幸福，是快乐，就像花一样美丽，姐姐，我想告诉你，高兴也爱姐姐……呜呜呜……”妈妈用手擦着她脸上的泪，安慰她：“姐姐是个好女孩，姐姐不会有事的。”高兴抱住妈妈，使劲点着头。

已有好几个人下水搜救女孩，平静的湖面不时泛着浪花。水声拍岸，像谁低低的呜咽。

女孩的父母来了，握着白丝巾声嘶力竭地喊：“小美，我们都听你的，你就报考你喜欢的专业吧，你回来啊，是我们委屈你了，你回来啊，我们是爱你的啊……”

终于，女孩找到了，捞救上岸，她已停止了呼吸，平静的脸上再也没有了悲喜。

“妈妈，姐姐死了。”高兴张开嘴，孩子一样放声大哭起来，边哭边望着女孩的父母说：“你们不爱姐姐，你们不爱姐姐……”

人群逐渐散去。妈妈拖着高兴离开，继续去干活儿。高兴一直哭，一边哭一边扫落叶，手中的笤帚乱挥一气，隔着很远还听到她的哽咽。

有几个人走过高兴身边，轻轻说：“那个女孩那么聪明秀气，竟还不如一个有病的弃儿命好……”高兴望一眼妈妈，没心没肺地笑了。

高兴今年18岁。

高兴6岁才会走路，12岁才会开口叫第一声“妈妈”。

高兴的身高只有1.2米，是个永远长不大的孩子。

高兴是个被遗弃的婴儿。

高兴的妈妈是个清洁工，捡了她，一直未嫁。

高兴愚傻到底，不怕迷失。妈妈的爱蜿蜒成一条河流，给她源源不断的滋养和护持。

高兴不懂很多事，但她懂妈妈爱她，她也很爱妈妈。

高兴的智力停留在7岁，是个智障女孩。

爱与被爱，与智力无关。

· 秋　水

“山村的秋天，赤橙黄绿青蓝紫，你喜欢什么颜色，它就有什么颜色。”秋水一双大眼睛清澈明亮，仿佛一面镜子。

“有你说的那么美吗？”文嘉眯着眼睛看着秋水，语气里几分怀疑。

“真的，我不骗你，不信，你跟我去乡下看看。”

“去就去！要是没有我想要的颜色，有你好看！”看文嘉去房间收拾行李，秋水笑了。

秋水16岁，今年刚初中毕业，爹对她说：“一个丫头，上个初中就行了，这么大了，该帮衬家里了，你弟弟可是一定要上大学的。”对于爹的话，秋水一句怨言也没有。村里同龄的女孩子上初中的都不多呢，她觉得自己已经够幸运了。

掰完玉米，田里的农活基本结束了，秋水不想窝在家里，她想出去挣钱，但爹不同意，爹说：“外面的花花世界啥人都有，被骗了咋办？”

秋水去找憨子叔，他的女儿静雯在城里的一家中学当老师。

“秋水，你能辅导得了小学生的功课吗？”憨子叔说。

“能！我的学习成绩很好的，我保准辅导得了！”就这样，静雯把秋水介绍到了文嘉家，负责给文嘉辅导功课。文嘉今年13岁，上小学六年级。

下了公交车，文嘉左右张望。深秋的田野一片衰败的景象，除了柿子树梢几枚残留的柿子招摇着一抹黄，难寻其他颜色。

“秋水，你个骗子！我要回家！”文嘉气呼呼地往回走。

“文嘉，我没骗你。你相信我。走，我带你去个地方。”秋水拉着文嘉的手，向村后走去。

一座破旧的房子外，一圈长长的篱笆墙，篱笆墙上开满了各色的喇叭花，素雅的粉白、艳丽的深红、夺目的酱紫，每一朵花都开得那么热烈。

“这是什么地方？”文嘉问。

“嘘！不要大声说话，学生们正在上课。”

“周末也上课？”

“周老师是唯一留下来的老师，身体不好，所以只能趁她身体好的时候上课，也就不管是不是周末了。”

不一会儿，放学了，孩子们似一只只蝴蝶飞了出来。

“周老师！”秋水跑过去扶住慢慢行走的一位老妇人。老妇人苍白的头发，沧桑的面容，身子瘦得像一枝野菊，但她的眼神亮亮的，秋水一样清澈。

文嘉走进低矮的教室，不由大吃一惊：屋子的墙壁上有很多裂缝，墙皮黄黑，有的地方已大块脱落；课桌张张“面容憔悴”；有的凳子，腿都是不同的木材组合成的……这与她所在的宽敞明亮的教室相比，真是不可想象。文嘉要不是亲眼所见，真的想象不出还有如此残破的教室。“在这样的教室里上课，多没有安全感啊。”文嘉不禁说。

“是啊，可是，有什么办法呢？原来村子里的大多数人家都搬到镇上去了，只剩一些特别依恋故土的人家还在坚守着。而留下来的人基本都是中老年，家境几乎都不怎么富裕，谁还有心思修建学校呢？”周老师说完这些话，坐下来大口喘着气。她说她患有肺气肿，如果哪天自己不行了，恐怕再也没有人来教孩子们了。

回城的路上，文嘉眉头紧皱，表情深沉。

不久，一个工程队来到学校，测量、画图设计、打地基，没用多长时间，一排崭新的瓦房建起来了。搬进新教室那天，孩子们高兴得手都拍红了。

原来，文嘉把自己拍的照片给爸爸看，她知道爸爸一定会帮助那些同学。她的爸爸不仅是企业老板，还是一个慈善家。

秋水用尽全力辅导文嘉，文嘉考进了市里的重点中学，得到这一消息的第二天清晨，秋水悄悄地、放心地离开了文嘉家。

秋水要回乡下去，接替周老师教村里的孩子们。她当初进城打工挣钱并不只是为了弟弟，给村小学盖几间新教室才是她的最大梦想。

暖亮亮的太阳照着崭新的教室，明亮的教室里，周老师正在教孩子诵读“自古逢秋悲寂寥，我言秋日胜春朝……”秋水禁不住在心里暗暗说：阳光真美，周老师真美，这个世界真美！

第四辑

那些暖，无声流淌

下班归来，常常是暮色深浓时。拐过街口，我就开始张望，看看那间小屋有没有亮起灯盏。只要那盏灯亮着，心里便有温暖流淌，驱散净夜色的寒冷。有一段时间常常加班到深夜，他嗔怪道：“能不能不那么拼命工作啊？”一双手伸过来，将我的手安放进手心，我的手如鸟儿那样栖息在他掌心筑成的巢，顿觉温暖踏实，岁月安稳。

别人的事

小梁大学毕业，分到一家企业销售科做销售员，跟随师傅老刘学习。老刘做销售已经快二十年了，经验丰富，专业能力强，小梁很高兴有这样一位师傅。

那天，师徒二人谈完一笔业务，坐火车回单位。火车开到半途，停下了，通知说因天降暴雨，前面不远处发生泥石流，掩埋住了部分铁道。满车的人立时炸开了，很多人都嚷着说：“啥时候车能开啊？我还有很重要的事呢！”

老刘很淡定。老刘也有很重要的事儿。再过两天就是母亲 88 岁的生日，昨晚老婆打电话说这几天母亲的心脏病又犯了，住进了医院，情况不太好，她和母亲都盼他早些回家。老刘觉得对不住母亲，母亲 40 多岁的时候，父亲去世了，母亲一个人守着他和妹妹，风里雨里，没少遭罪。他上了大学，有了一份喜欢的工作，但从此却很少能在母亲面前尽孝。老刘觉得也对不起老婆，由于自己的工作性质，常年出差，把母亲和家都舍给了老婆一个人，老婆从没抱怨过他。想到此，老刘的眼睛有些发涩。

人们熙熙攘攘走出车厢，有的打电话寻求帮助，有的蹲在车边发呆……老刘对小梁说："我们转乘别的车回去吧。"

"嗯。"小梁跟着老刘走向售票窗口。

忽然，一阵嘈杂声传来，原来是前面排队买票的一位老人突然昏厥，倒在了那里不省人事。

老刘对围观的人说："让我看看！"老刘看到老人手里还拿着"速效救心丸"，知道可能是心脏病犯了，药还没来得及吃下，就晕倒了。自从母亲得了心脏病后，老刘就和老婆学会了急救方法。

老刘让众人帮着把老人仰卧着放平后，自己跪到老人身边，解开他的上衣衣扣，左手抵住老人前额，右手抵住老人下巴，捏住老人鼻子，进行口对口人工呼吸。紧接着又对老人进行胸外心脏按压，就这样交替反复进行着。汗水顺着他的脸颊滴滴答答，汇成了一条明亮的小溪。

乘警联系了距离最近的一家医院，救护车车门一开，老刘和小梁帮着把老人送上救护车，并跟到了医院。老刘为老人垫付了医药费，看到老人脱离了危险，家人到来了，老刘才和小梁离开。

坐在车上，小梁问老刘："你为什么把别人的事看得比自己的事重要？"他知道老刘着急母亲的病情，昨夜一夜没合眼。

老刘给小梁讲了一件事：那年他 18 岁，考上大学，父亲去送他，也是坐的火车。那是他第一次坐火车，因为新奇和激动，十分兴奋。

午夜，火车上的人渐渐安静，只听到断断续续的鼾声。突然，一个女孩大声叫起来："流氓！流氓！"

是本节车厢最后一排的一个女孩，她的旁边坐着一个油头粉面的年轻男子，看着人们质问的目光，男子说女孩是他的女朋友，末了又说了一句："看什么看，没见过年轻人谈恋爱啊？"人们收回目光，继续迷糊。

没过几分钟，女孩又大声地喊："流氓！"父亲忍不住了，走到了最后一排，对男子说："这是公共场所，请你注意自己的举止！"女孩趁机挣脱男子的搂抱，站到了父亲身后。

父亲让女孩走前面，意外发生了，恼羞成怒的男子拿出水果刀从背后刺向了父亲，父亲完全没有防备，就那样像一堵墙轰然倒下，再也没有起来。

父亲对他说的最后一句话是："记住，自己的事重要，但有时候，别人的事儿更重要。"说到此，老刘的眼里泪光盈动。

老刘说："那个女孩后来成了我的干妹妹，这些年，不管生活多苦多累，她都一直坚持做义工、去山区支教，还时常照顾我的母亲，她说她牢记着父亲的话……"

车窗外，阳光灿烂，茂盛的草木青枝新芽，用温情拥抱着冷峻陡峭的山壁，把世间的温暖一一点燃。

团　圆

太阳真好。橙黄色的光辉给世界盖上一层暖色。杨老汉一手拄着拐杖，一手摸摸衣服上的阳光，抬起手，抹掉眼角的泪，向养老院门外走去。今天他请了假，不住养老院，他要回家去。

前天夜里，他梦见自己的老伴喊他：“老头子，你回来啊，回来跟我们团圆。”说着把手伸向他。他高兴地伸出手握住老伴的手，老伴的手竟是温热的，他喜出望外，说：“老伴啊，你等着，我这就回。”老伴笑了，笑着笑着，不见了。杨老汉一着急，梦醒了。老伴已去世十多年了，这是他第一次这么真切地梦到老伴。

“嗯，是该回家看看老伴了。”杨老汉这样想着。当初他来养老院是特殊照顾。他身无分文，养老院里的老人，只有他是“吃白食”，只因为院长张鹏和他儿子是朋友。杨老汉执意回家还有一个原因，那天他看电视上说有老人突然病死在养老院，死者亲属大闹养老院。人家院长好吃、好喝、好住地照顾了他近十年，临了了，不能再给人添麻烦。

十年前，老伴患病受尽折磨离世，杨老汉十分悲痛，然而，上天还嫌他的心伤得不够，又给他加了一把盐。半年后，儿子驾车和张鹏外出，路遇大雾，遭遇连环车祸。张鹏受了重伤，没有危及生命，儿子当场死亡。经过两次人生悲痛至极的打击，杨老汉觉得自己的身子一下子空了，像极了一片摇摇欲坠的叶子。

儿媳受不了睹物思人的折磨，带着杨乐回了省城娘家。杨老汉不怨儿媳，儿媳还年轻，替他照顾孙子已很好。想起孙子杨乐，十年未见，该是大小伙子了吧？杨老汉突然改变了主意，向汽车站走去。

到省城已是黄昏，人车如流，杨老汉沿着马路边小心翼翼地走着。一个转弯处，杨老汉望着红红绿绿的交通指示灯，犹豫了一会儿，正要走，一辆汽车戛然停在了他的一侧，杨老汉吓得一下子蹲在了地上，司机是个小伙子，摇下车窗说："大爷，咋？碰瓷啊？您这演技也太差了吧。"

杨老汉自己努力站起来，说："小伙子，不是每个老人都喜欢赖人。我只是被你的刹车声吓到了才摔倒的，不会赖你。我就是倒也不会故意倒在人家车上的。"

杨老汉记得亲家的商铺就在车站附近，过了马路，走几百米就到，只是十年前的省城还没有这么多的高楼、汽车和人。"杨乐商铺"，杨老汉看到这几个字，停住了脚步，躲到行道树后偷偷向商铺里张望。

商铺里，一个小伙子热情地招呼顾客，眉宇间透着英气。"杨乐真像他爸爸啊，越来越像了。"杨老汉的眼里蓄满了泪水。杨老汉决定不去打扰儿媳和孙子，知道他们生活得很好就心满意足了。杨老汉找一家旅馆住了一晚，第二天一大早坐车回了老家。

老家的房子年久失修，已破败不堪，东厢房因为邻居在里面放杂物，尚完好。见杨老汉回来，邻居帮他收拾了杂物，搬来一个折叠床给他睡，杨老汉没说谢谢，只一个劲儿地说："远亲不如近邻，这话一点也不假啊。"

第二天杨老汉没回养老院，张鹏来接他，他说：“我想在家多待几天，我想家啊。”张鹏依了他，交代邻居好好照顾他。

杨老汉坐在阳光里，眯着眼睛想往事。中年丧妻，又失去儿子，他偷偷哭醒过很多个夜晚，那些日子，他觉得自己的心和身都麻木了。儿媳带杨乐回省城后，杨老汉看着孙子的照片，混沌的心智清醒了许多。他告诉自己不能再待在家里，便出去找活干，谁知从高架子上跌下来，伤了脊椎，医生说怕是从此再也不能干活。出院后，张鹏把杨老汉接到了养老院，亲爹一样侍奉。以前杨老汉总慨叹自己命苦，今天一番回味之后，他觉得自己好幸福。

夜里，杨老汉又梦见老伴喊他团圆。天色微微亮，他起床穿戴整齐，向村外的墓地走去。老伴的坟上荒草丛生。旁边儿子的坟上也荒草丛生。一阵眩晕，杨老汉在老伴和儿子的坟中间缓缓地倒了下去……

不知睡了多久，杨老汉听到有人喊他：“爷爷，爷爷，我是杨乐……”杨老汉缓缓睁开了眼睛，笑了。

“爷爷，我妈说这几天修房子，房子修好了，我们立马搬回来和你一起住。要不是我外公瘫痪了七八年，我们早就回来了……”

杨老汉指着张鹏对杨乐说：“这些年，都是你张鹏叔在照顾我，你要记得。人要懂得感恩。”

张鹏说：“其实这些年，是杨乐妈妈拜托我照顾您的，她每月都到养老院悄悄看您，交费用，你的衣服鞋帽也都是她买的。她后来又嫁了人，做到这样，很不容易啊，比有些亲女儿都强……”杨老汉嘴巴抖动着，一句话也说不出来，眼里挤满了泪花。

沉默的银杏树

他站在那棵银杏树下，温暖的阳光透过树叶的缝隙照在他身上，暖暖的，像父亲的抚摸。带着凉意的风拂过，树叶有时疏，有时密，阳光随着树叶摇曳，有时有，有时无，像父亲的手，有时近，有时远。想到父亲，他的心一阵阵疼，无声地流泪。

这棵银杏树是父亲生前栽下的。母亲走过来对他说："孩子，别难过，你爹没走，他变成了这棵树，还替我们娘俩遮风挡雨哩。"母亲说着，手扶着银杏树，泪水顺着双颊滑落。

是啊，父亲还在，只是化身成了银杏树，用另一种方式存在着。

父亲是个聋哑人，快40岁的时候才娶了体弱多病的母亲。上天眷顾，健康的他降临在这个清贫的家，给他们增添了许多快乐。但他觉得这个家让他有了烦恼。那年他上幼儿园，父亲去送他，小朋友嘲笑他是聋哑人的儿子，都不跟他玩，那一刻，他小小的心房第一次有了刺痛的感觉。从那以后，他再也不让父亲送他上幼儿园。

他上小学的那一年春天，父亲不知从哪里弄来一棵银杏树苗。栽在院子外，然后指指他，又指指树苗，母亲对他说，你爹是希望你像小树一样健康成长。父亲很爱护小树，经常抚摸它，用眼神和它说话。而他，躲得远远的，不让父亲抚摸自己。

初中毕业后他没考上高中，便一个人去城里打工了。漂泊、流浪，偶尔会给母亲打个电话。母亲说："儿啊，你回来看看吧，银杏树长高了，长粗了，开始结果子了呢。"他嗯了一声，依旧不回家。

8年后的冬天，母亲打电话说父亲病重，怕是熬不了几天了。他的心一颤，这么多年，无声的父亲在他的世界里仿佛不存在一样。处理完手头的事，他急忙往家赶，赶到家，屋里已不见父亲的身影，空荡荡的屋子里，只有憔悴的母亲。母亲望着他，没有说话，深深地叹了一口气，眼泪溢出了眼眶。一刹那，他感觉天都塌下来了，他禁不住靠在母亲身上放声大哭。

母亲说："人死都死了，哭不回来了。你长大了，以后你要好好做人，知道吗？"他点点头。母亲又说："你爸要不是帮你还债，没日没夜地干活，不会走得那么快。"他一惊。母亲擦擦眼泪继续说："你眼里没有你爸，你爸心里时刻都装着你，他把你看得比他的命还重要。你在外面打工，他一直悄悄跟着你，你到哪座城，他就去哪座城。你染上了赌博，欠了赌债还不上，看着那些人打你，你爸心疼啊。他偷偷去找那些人，告诉别人他替你还债，要求他们不要告诉你，也别再难为你。他白天当装卸工，夜里帮人守仓库，拼死拼活地干，这都是为了啥啊？儿啊，你咋就一直看不起你爸呢？你的赌债还完了，你爸也病倒了。没钱看病，我说给你打电话，他不让，他说你在城里过得苦，不能拖累你……"他的眼泪像断了线的珠子，止不住地往下流。

原来，父亲一直默默替他撑着天。他扑通一下跪在父亲的遗像前，捶胸顿足，仰天长泣，"爸，我真该死啊……"母亲说："你知道就好，以后心里要想着你父亲，他泉下有知，不会怪你的。”

银杏树已长得很高大，隔着墙就能看见它的枝干。他说想把院墙拆掉，把银杏树圈进院子里，母亲同意了。

银杏树默默生长，春天时抽枝展叶；夏天时浓荫蔽日；秋天时一树金黄；初冬时风起，花瓣一样的树叶随风舞动。

母亲常和他一起看银杏树，母亲说：“你爸就像这棵树，不说话，但他时时在瞧着家啊。”

他点点头，是啊，父亲没有远离，父亲化身成了银杏树，用另一种方式存在着。

一份纯美的怀念

1

我自幼喜欢吃烤红薯，莫名的喜欢，没有理由，没有原因。于是，隔三岔五，我总要买上几块烤红薯，在那绵甜的味道里，心情变得格外轻松和满足。

初三下学期的早春，天气时冷时热，倒春寒频发，我得了感冒。老师安排同学陪我去校医务室拿了药，送我回宿舍休息。谁知第二天，我竟然发起了烧，头晕晕的，感觉身体没有一丝力气，更要命的是，我的腮上和舌头上起了很多水疱，钻心地疼。

我坚持着不给家里打电话，因为父亲要上班；母亲知道了一定会步行到学校。几十里的路，如果她因为着急，走得汗流浃背也不肯歇息，会再次引发她的腰疼病。

晚自习时，我一个人病恹恹地躺在宿舍，一口一口喝着舍友帮忙打回来的粥。这时，门外响起了敲门声，一下一下，不疾不徐，却不间断。

我打开门，原来是我们的班长，一个清瘦的帅气男孩。

“好点了吗？”他有些羞涩。要知道20世纪80年代，男女同学之间还是有“鸿沟”的。

“吃了药后好多了。”因为口舌生疮，我说话有些含混不清。

“你怎么了？说话怎么都不清楚了？我陪你去医院看看吧。”他很认真地说。

说话太疼太费力，我拿来纸笔写：我没事，口舌生疮，疼得厉害。他看了，点点头。

“那你想吃什么？我给你去买。”他望了一眼碗里的粥，又说：“光喝点粥怎么行？不吃饭病好得慢。说吧，你想吃什么？我去买。”

我在纸上写：我什么都不吃，吃不下去，也不想吃。

“不吃饭怎么行？我知道你口舌生疮疼，但总得坚持着吃点东西啊，这样病才能好得快。”他是那样诚恳真诚。

“你等着。”说着，他转身急急地走了。

2

有一节课的工夫，他才回来，从怀里拿出来一个纸包，不好意思地说：“我知道你喜欢吃烤红薯，尝尝我特意挑的，很软，你用勺子挖着吃，应该能行。”他腼腆地、不知所措地挠着头。

“你一定要吃啊，我先回去了，晚自习快结束了，我回教室收拾一下，一定要吃啊。”说着，他转身，飞快地走了出去。

我剥开纸包，烤红薯的香静静地在空气里缭绕。那块烤红薯，很软很糯，在以后的很长时间里，一旦回忆当时的味道，依旧是无与伦比地香甜。

后来听同桌说，他打听了我最喜欢吃的东西，然后出去买。因为已是春天，卖烤红薯的人少了，加之是晚上，更不容易买到。转了好多地方，终于在一家超市买到了最后一块烤红薯。

那块烤红薯，让我的心里升腾起丰沛的暖，病仿佛一下子好了很多。随后紧张的复习、测验、模拟考试，我和他再无交集，但烤红薯的香在我的心间久久弥散，挥之不去。

再后来，我们考上了不同的学校。毕业、工作，失去了联系。

多年后一次偶然相遇，说起那块烤红薯，他说："作为班长，我应该给你关心。再就是，我知道一个人生病时很需要别人的呵护。我是一个孤儿，我知道那种情景有多凄凉。"

他居然是个孤儿，这是我多年后才知道的秘密。

15岁那年的烤红薯，一份纯美的怀念。

那些暖，无声流淌

1

小时候，父亲在贵州工作，母亲每天要下地，我便成了外婆家的常客。

记忆中，那是个秋天的夜晚，天黑了母亲还没有来接我。外婆点起煤油灯，我缠着外婆讲故事。外婆拿来针线笸篮儿，一边纳鞋底，一边用细柔的声音说："从前有座山，山上有座庙，庙里住着一个老和尚，还有一个小和尚……"

微风拂过，煤油灯的火苗左右摇曳，我的眼睛一闪一闪，看看外婆，外婆的眼睛里也有两汪光泽在闪烁。

灯芯短了，光显得暗淡了。我拿起外婆手边的针，学着外婆的样子想把灯芯挑长拨亮一点，火苗子一下子跳起来，吓得我一头钻进外婆的怀里。

外婆搂着我，轻轻拍着我："不怕不怕，那是灯在感谢你呢，你看它现在多亮，它感谢妞妞帮它亮起来呢，你看，它好像在跳舞给你看呢。"

我望着灯火，果然，那灯火摇摇摆摆的，似是在跳迪斯科。我笑了。

橘黄色的灯光把外婆的身影映在墙上，好大好大，覆盖了整面墙。灯火微光，映照着外婆脸上那些深深浅浅的皱纹。白色的麻线在外婆瘦削的手中来回穿梭，鞋底上早已布满了一行行、一列列整齐而斑驳的印迹。我又缠着外婆讲故事，外婆笑着，轻轻讲起："在很久很久以前，有一个不幸的孩子叫牛郎，父母双亡，他和哥哥分家只得了一头老牛……"

"那后来呢？"我总是担心七仙女丢下自己的孩子。"后来鸟儿搭桥，让牛郎一家团圆。"外婆笑着摸摸我的头。"那个天上的王母也是外婆，咋那么坏呢？我的外婆最好。"我又缠进外婆的怀里。

"不是王母坏，是人和神仙不是一路人。等你长大了就懂了。"外婆放下针线，把我揽起来。

外婆的怀抱真暖和，我不知不觉睡着了。

2

中学的时候需要住校，一个星期才能回家一次。

星期天早上还没起床，就听见母亲在厨房里叮叮当当地忙活，饭菜的香夹着疼爱的味道，勾引着我的味蕾，睡意全无，穿衣起床，顾不得洗漱，直奔厨房，饭桌上的咸肉粥升腾着暖洋洋的热气，我舀一勺吸溜着喝入嘴里，顿时，满嘴萦绕熟悉的香。

那些咸肉，是父亲用在单位省下来的伙食费买来的，母亲用最少的食材，做出尽可能多的食物，她自己却很少吃，只笑着看我们吃。仿佛我们吃得开心，便是她最大的欢愉。

她用那些在田地里长出的普普通通的时令蔬菜或者野菜，炒制成独到的特色小菜，让我们的清苦岁月，活色生香，吃得贴心暖胃。

那个早春，我得了病，对任何食物都没有食欲。看我日渐消瘦的脸，父母很着急。那一天，我随便说："不知道苦菜长出来了没有？"

母亲让父亲照顾我，自己走出了家门。

直到天擦黑，母亲才回来，头发凌乱，满身尘土，原来她去挖苦菜了。她与父亲轻声说："今春冷，苦菜还没长出来，真难找，我几乎是趴在地上才能看到它们的一点点痕迹……"我的眼泪不自觉地流了下来。

那一盘清炒的苦菜，我吃得津津有味，胜过那些绝顶的珍馐。

父母的爱，如桌上饭菜的热气一般，蒸腾弥漫，温暖着所有凄苦的日子。

3

结婚时，他说："我也许给不了你优越的生活，但我会永远做守候你的那盏灯。"

那时，我们租住在一个农户家里，房子很小，只有小小的一间房。

下班归来，常常是暮色深浓时。拐过街口，我就开始张望，看看那间小屋有没有亮起灯盏。只要那盏灯亮着，心里便有温暖流淌，驱散净夜色的寒冷。

有一段时间常常加班到深夜，他嗔怪道："能不能不那么拼命工作啊？"一双手伸过来，将我的手安放进手心，我的手如鸟儿那样栖息在他掌心筑成的巢，顿觉温暖踏实，岁月安稳。

生活的艰辛难免疲累脆弱，但一回到家，心就变得饱满充盈，因为身边有一个那么在意我的人，给我微笑，给我鼓励，给我一个坚实的臂膀让我依靠。

小屋没有暖气，寒夜里，我们只能和衣而眠，他用体温的热量，传递着爱，给我营造一个温暖的港湾，一个饱满的爱的空间。我们依偎着相互取暖，在陌生的城市里相依为命。

他是我迷路时亮在不远处的那盏灯，是我记忆中永远不变的温存。记得有人说，每一盏灯亮的地方，都是一个家，一个温暖的家。

家，一个多么暖和的字，透发着热力，照亮着我，温暖着我，我感激着，却不用说出口。

冰箱里的春天

“老婆，你快来看看，‘春天’跑到咱家冰箱里来了！”听到老公的“惊叫”，我赶忙跑进了厨房。

“春天在哪儿？”我迫切想看到这个与众不同的“春天”。

“你看！”老公指着冰箱冷藏室里的栗子说。我伸手拿出几颗栗子，果然，在芽端已冒出细小的、白白的芽。

这些栗子是冬初的时候，家在山乡的外甥给我们送来的。他说是他亲手从山上的野生栗子树上采摘下来的，保证绿色无污染，在市场上花多少钱都难买到呢。

外甥是个苦命的孩子，在他上初中的时候，二姐就因病去世了。十几岁的孩子，假期里就跟着父亲上山打石头，顺便采摘点野山货，比如蘑菇、松球、酸枣、栗子……晒干了拿到集市上去卖些钱贴补家用。

就这样，外甥上了初中、高中，考上了大学。

春节前，女儿说：“妈妈，我哥哥要请我们吃饭哩。”

“哪个哥哥啊？”

“就是二姑家的哥哥，他说他挣到了奖学金，而且他设计的图纸得了一等奖，奖了好几千块钱呢。他说请我们去饭店吃饭。哥哥真棒！”

我对女儿说：“帮我和你爸爸谢谢你哥哥。就说谢谢他的心意，他有这份心我们就知足了，让他留着钱干点正事，或者攒起来，饭我们不去吃了，以后等他工作了，挣的钱多了再请我们吃饭。”

外甥是个很懂事的孩子，懂得记挂和孝顺亲人，比如记得大舅爱吃山蘑菇、二舅爱吃栗子、表弟爱吃花生、表妹爱吃山楂……他每年放了寒假，就挨家给我们送山货，他说他没有什么贵重的礼物送给我们，只能送这些。他有这份心，已让我们感到无比的欣慰。

我把那些发了芽的栗子小心地拿出来，搬来一个空的大花盆，填上土，一个个把栗子排放在里面，覆土、浇水，把它安放在阳台上的暖气边。

“妈妈，你想在花盆里种栗子树吗？”女儿问。

“不，我想等栗子树苗长高的时候，让你哥哥带回去栽在山上，说不定几年后就会成为一片栗子林呢。”阳光透过玻璃照在花盆上，也照在我的身上，暖暖的。

春天，真的来了！

绿色的风

电视切换到中国国际频道，这是身在异国的乔风一家每晚必做的事情。

“呀，你看，这沙漠真是冷酷，连一棵草都不长呢。”乔妈说。

“妈，沙漠无情，人是有情的。我相信人如果爱着沙漠，就可以把沙漠变成绿洲。”乔风目光透着信心。

乔风自小生活在国外，但从没忘记过自己是炎黄子孙、中华儿女。这来自爸爸妈妈的熏陶。爸爸妈妈从小教他写汉字、背诗词、熟悉中华文化。乔风也曾在假期和爸妈一起回国探亲，但短暂的行程总是不能让他尽情游览祖国的大好河山，好好感受中华文化的博大精深，为此他常常觉得遗憾。

乔风在航空大学上学，是飞行员专业。他多想有一天可以驾驶着飞机飞翔在祖国的蓝天，看看长江、长城、黄河的雄奇。妈妈说等他毕业，一家人就回国。

“妈妈，你知道我许了一个什么愿望吗？”乔风吹灭二十二岁生日蜡烛后，趴在妈妈耳朵边说出了自己许下的愿望。妈妈听了，使劲鼓起掌来："好儿子，我为你骄傲！"

乔风还没毕业，爸爸和妈妈就提前回国了，他们没有回家乡，辗转几天后，来到了在电视上看到的那片沙漠——新疆塔克拉玛干沙漠。白花花的沙子一望无际，太阳照在沙子上，蒸腾的热好像灼烧的火。乔妈弯下身子，用铁锨挖着沙子，一会儿挖出一个沙坑，沙坑里的沙子依然干涩，没有一点潮润感。她站起身对乔爸说："得先解决水的问题，如果没有水，栽上树，恐怕几天就成了干柴。"

"是啊，我们最好找有经验的人请教请教。"乔爸说。他们正要离开沙漠时，忽然大风起，立时整个天地间黄沙弥漫，天昏地暗，让人寸步难行，迷失方向。乔爸和乔妈紧紧拥抱着，迎接这沙漠给他们的"见面礼"。

"一定要让绿色的风把这黄色的风挡住！"乔妈使劲吐着嘴里的沙子。

排碱、推沙包、打井、拉电、修路、铺滴灌，一切准备就绪，乔爸和乔妈买来胡杨、竹柳、沙棘、沙枣、梭梭等树苗，一棵一棵仔细栽植。

沙子是那么淘气的孩子，它不想让乔妈好好栽树，悄悄跑进乔妈的鞋子里，硌得她的脚生疼。乔妈坐下来脱掉鞋子，倒出里面的沙子，再穿上鞋，继续栽树。不一会儿，沙子又灌满了她的鞋子，她不得不再次脱掉鞋子倒出沙子。望着沙子，她笑了，这些调皮的沙子多像年少时的儿子乔风啊。乔风童年时，喜欢往忙碌的妈妈的鞋子里轻轻倒沙子，妈妈觉得硌脚了就会停下来坐到凳子上脱掉鞋子，把沙子倒出来。乔风趁机扑进妈妈的怀里："妈妈，我不是捣乱，我是想让你歇歇。"想到此，乔妈的眼睛禁不住湿润了。乔爸说："你不舒服了吗？"

"没什么没什么。"乔妈赶紧擦掉眼角的泪珠继续栽树。

第二年春天到来的时候，亲朋好友不知道从哪里得来的消息，从四面八方聚拢来，帮乔爸和乔妈种树。没几天，亲友的亲友也来了，一时间，到处都是栽树的人，绿色向沙漠深处伸展，伸展……

乔风毕业了。乔风回国了。爸爸和妈妈带他在一排排的树间行走。那些树苗已长得有一米多高，拇指粗细。

“风儿，你看，你的愿望实现了。”乔妈抚摸着用红布包裹着的骨灰盒说。

三年前，乔风假期旅行途中，遇到暴风雨，为救一名老人，付出了年轻的生命。

乔爸和乔妈把乔风的骨灰埋在了离居住的帐篷不远的一棵胡杨树下。

风又刮起来了，把帐篷吹得猎猎作响，已不见黄沙肆虐，只有油亮的树叶迎风招展。

友情是最珍贵的温暖

离别来得那样突然。我们都来不及好好告别。

站在站台，你拿出你的红丝巾递给我说："留个念想吧，你不是一直喜欢红丝巾吗？"

我接过红丝巾，说："可是我没有东西留给你。"你说："你给的友情就是最珍贵的念想。"

火车就要启动，我抬起头，指着一片洁白的云朵对你说："我就赠你一片云吧，你想我的时候，我就是云朵，静静飘在你的窗前。"

梅，我一直珍藏着你送我的红丝巾，看到它，就想起我们共同度过的温馨时光；我赠给你的云，你是不是也珍存在心的天空，时时刻刻感受着友情的温暖？

梅，你是那样清婉的女孩。在你面前，我总是像个不谙世事的小丫头，你总是包容我、庇护我。我俩被分在一组，是上天对我的眷顾。你只比我大一岁，很多时候却似母亲一样照顾着我。

梅，我知道你家境不好。那天你没来上课，我去问老师，老师轻轻告诉我说你的母亲是个残疾人，你的父亲是个聋哑人。你的母亲当年冒着生命危险生下你之后,再也不能干活。你的父亲没有一技之长,只能靠着当搬运工挣些力气钱。而你的笑容总是那样晴朗,似乎你的天空从来都没有过雨雪。

梅,你是那么坚强的弱女孩。那天,我们相约去爬山。是春末夏初时节,沉默了一冬的山林已是生机一片。我们像两只鸟儿在山间尽情追逐。无名的野花开得悠然自在,你摘下一朵别在发间,我也摘下一朵别在发间。忽然草丛里传来“扑棱棱”的声音,你小心走过去,拨开草丛,原来是一只鸟儿被暗藏的铁夹子夹住了一只腿。那只鸟儿望着我们,眼神里满是哀怜。你小心翼翼地打开铁夹子,救下鸟儿,鸟儿单腿蹦跳着要离去,你赶紧去捉它,要给它包扎伤口,没注意脚下的石头松动,一下子跌倒了,手被石头划出好几道口子,流出血来。我扶着你站起来,你笑着,一个劲儿说着“没事,没事”,我以为你真的没事儿。等我们回到宿舍,你的脚已肿得鞋子都脱不下来了。原来你跌倒时扭伤了脚,你怕我担心,一路忍着痛,坚持着自己走回宿舍。

梅,你多像一片洁白的云朵啊,纯洁、善良、善于给予。

梅,如果我们还能够再次相遇,我一定还赠你一片云,一片洁白的友情的白云。

打个电话让你放心

朋友在倒车进车位时没怎么踩刹车，不小心把一辆电动车撞倒了，车停稳，我赶紧跳下车，去扶起电动车，仔细看了看，没什么大问题。朋友走过来，我说电动车没事，我看过了。朋友弯腰又看了一下，说：“好像后车胎瘪了，是不是后车胎撞坏了？”

“也许不是呢，走吧，反正又没人看见。”我说。

“那可不行，把人家的电动车撞坏了，人家车主万一有急事要用车，很耽误事的。”

“那你说怎么办？”我用眼神责怪她“多事”。

朋友从包里拿出来即时贴，在上面写下：对不起，倒车的时候不小心把您的电动车撞倒了，如果哪里有问题，请您给我打电话。我的手机号是136……

我说你就傻吧，留个纸条道个歉也就算了，还真留下自己的联系方式啊，要是万一碰上一个不讲理的人诚心讹你，看你怎么办？她笑笑说：“我不管别人会怎样，只求心安。我相信我诚心对待人，别人也会诚心对待我的。”

中午，和朋友正在吃饭，朋友的电话响起来，我说还是别接了，要是是那个车主怎么办？肯定是打电话想要你赔钱的。

“喂，您好，请问您是……嗯，是，上午是我倒车的时候不小心撞了您的车，真是不好意思呢，没耽误您的事吧……”

朋友放下电话，满脸笑意，我说那人没找你要钱吗？

“没有，人家车主打电话是想让我放心，并不是你想的那样让我赔钱。”看我疑惑的样子，朋友继续说：“人家车主说推车时没有发现车被撞的痕迹，看了车筐里的纸条后才知道的。是车子被撞倒后，车胎内的钉子把轮胎扎穿了，别的地方没有损坏，花了十元钱修补了车带，但这十元钱人家车主也不要我赔，打电话只是想让我放心，别再把这件事情放在心上。”

我为自己此前的“小人之腹”而感到深深的愧疚。

纷扰世间，冷漠、诚信缺失等问题让我们深深受伤，遭遇这些的时候，有没有反思过我们自己的言谈举止是否踏实、安稳，值得信任呢？

就像朋友所说：你心安，世界才会让你安心。

一路温暖

那天打出租车出门，走到半道堵了车。司机下车查看，一会儿他对我说：“您稍等，前面有辆车起火了，我去帮一下。”说着去后备箱拿了反光三脚架、灭火器和反光衣朝前跑去。我走下车，只见前方不远处，一辆小货车停着，冒着浓烟，车主正拿着一根铁棍子想把火扑灭，但火势较大，他有些慌乱和茫然。

出租车司机跑过去，把反光三脚架支起来，把灭火器递给车主，不一会儿，火就被扑灭了。

出租车司机又用手势疏导拥堵的车辆，一会儿，道路就不拥挤了。我在心里暗暗敬佩这个好司机。

司机回到车上，准备开车，车主追过来，握住他的手，不停地说着“谢谢”！司机说这没什么，只是帮帮忙而已。而车主的眼神里，充满了那种遇到危险困难时有人帮助的感激。

“您真是好人。”我由衷地对司机说。

“没什么，谁都有遇到困难的时候，能给人一点力所能及的帮助就帮一下了，社会本就是个大家庭嘛。”他的脸上盛开着快乐幸福的笑容。

那次和朋友出门，在路边行走时，看见一处护栏歪倒了，尖锐的一角直指快车道。朋友说："这多危险啊，快车道车速快，不容易看到，不如我们做个记号。"我们把歪倒的护栏扶正，朋友解下丝巾绑在上面，远远看过去，像一朵盛开的蔷薇花。

这样的小事的确是小事，但我们应该为能够做点小事而高兴。因为一个小小的、善意的举动，带给别人的，也许是莫大的帮助。

有个同事是个志愿者，参加过献血、关爱特殊儿童等不少志愿服务。她常挂在嘴边的一句话是："我相信爱心是会传递的，别人遇到困难时，想起自己曾经被人帮助过，他肯定也会伸出援手。你心存一颗帮助别人的心，别人的心里也会存一颗帮助别人的心，这样，我们的人生路上就没有障碍了。"

说得多好啊，心存一颗帮助别人的心，路见不平时伸出援手，别人也会在你遇到险途的时候给予帮助，那么，世间之路，便是条条通向温情的大道了。

用放大镜看小快乐

朋友得了癌症，在医院化疗，我去医院看她，她表情凝重，一脸的阴郁，看到我，勉强挤出一丝笑容。她的老公小心伺候着她的每一声吩咐，仔细揣摩着她的心意，大气都不敢出的样子。

其他病人，也都是唉声叹气，陪床的家属，脸上没有一丝笑意。沉闷的肿瘤病房，有一种让人压抑的气息，使我真想快快逃离。

走出病房的时候，朋友的老公送我到电梯口，说："你俩是要好的姐妹，常来看看她吧，陪她说说话，我一句话也不敢多说，生怕哪句说错了，惹得她心情不好……"说着，泪水就盈满了眼眶。

我点了点头，走出医院的那一刻，我的眼睛涩涩的，有一种想哭的冲动，毕竟朋友才三十多岁，为她心痛，更为生命的脆弱无奈。

好几天，没去医院看朋友，怕见她那阴郁的脸，怕听那一声声轻轻的却沉重无比的叹息。

朋友的老公临时有事情，让我去医院陪朋友一下。强打着精神走进病房，朋友看到我，笑了，很自然的笑，还有几分阳光的味道。看我诧异的眼神，朋友说："是不是喜欢我那张愁眉不展的脸啊？"又笑起来，我也笑了,顿觉心里的压抑倏然消散。

和朋友说着曾经经历的趣事,不时有笑声脱口而出,其他病人和家属也都附和着笑,顿时,整个病房充满了阳光的明媚。

“你怎么会有这么大的改变啊?”我禁不住问朋友。

“因为我有一个放大镜。”朋友神秘地说。“放大镜?”我疑惑地望着她。朋友使劲点了点头,说:“等我打完针,就带你去看我的放大镜。”

输完液,朋友带我进了隔壁的病房,一位银发苍苍的老太太输着液,嘴里哼着戏调,听得出,她哼唱的是《穆桂英挂帅》。

“老太太,今天你打针比我慢了吧?”朋友说。老太太笑着说:“嗯,慢有慢的好处,我要是快,你能来看我吗?那我得去看你了。这是谁啊?”说着,拿起放大镜,对着我瞧。我不知老太太这是什么意思,一下愣在那里。

“呵,看到了,笑笑嘛,笑笑更好看。”老人的笑容带着孩童般的纯真。

原来,朋友得知自己的病情后,整天不是唉声叹气,就是默默流泪,觉得生活没有了一丝一毫的快乐和希望,失去了活下去的勇气。

那天在病房的楼道里,朋友碰到了拿着放人镜的老太太,老人看她愁眉不展的样子,把放大镜递给她说:“用放大镜看看身边吧,快乐总比痛苦多一点的。别让自己的病痛给家人增加伤害和困扰了。”

朋友细细思忖着老人的话,看着爱人那么周到的照顾,渐渐地不再悲观厌世,并积极配合医生治疗。

每天,她用心中的“放大镜”找出身边那些细小的快乐:比如今天输液时刺激反应减轻了一点点;吃了一些肉没有引起呕吐;头发掉的根数少了;从杂志上看了一句喜欢的话……这些小快乐,虽然抵抗不住难忍的病痛,但多了,就有了优势。

她把自己的快乐传给同病房的病友，还有陪床的家属，他们的脸上笑容多了，病情似乎都减轻了不少。

遭遇不幸时，人们总是习惯把悲伤放大，变得焦虑、痛不欲生，越这样越觉得世界暗无天日。不如拿起“放大镜”寻找身边的小快乐，让它们汇成欢乐的溪流，去冲淡生活的苦难。那么，我们就会更能体会生命的可贵、生活的美好。

最庄严的升旗仪式

五岁那年，母亲把我送进了村里的幼儿园。那时候的幼儿园条件不好，院子里只有一个大大的滑梯，但足以让我们感受天大的快乐。

老师姓曹，是城里去的知青。不上课的时候，她喜欢给我们讲她在北京时候的事，说得最多的是观看天安门的升旗仪式，每当此时，她的眼睛里都充满着自豪。

父亲当兵的时候，曾在天安门站过岗，他说：每当听到嘹亮的国歌声响起，虽然看不到庄严的国旗在晨风里徐徐升起，但他的心情是自豪的、骄傲的，甚至会感动到流泪。

小小的我便在心里埋下一个大大的愿望：参加一次升旗仪式。

我知道，这个愿望是很难实现的。我们幼儿园的院子里根本就没有旗杆。

一天午休，我怎么也睡不着。曹老师看我翻来覆去的，怕影响别的小朋友睡觉，把我带到了她的休息室。她拿出来一张黑白相片，照的是三个解放军叔叔抬头望向国旗的镜头。我看着照片，从心里溜出一句话："老师，你说我会亲自参加升旗仪式吗？"曹老师怔了一下：

“怎么？你想参加升旗仪式？”我点了点头。“可是咱们学校里连旗杆都没有呢……”老师小声地说。

我很失落，大约在遥远的小山村，小小的幼儿园是不会升旗的，我这样想着，也就渐渐淡忘了这件事。

七岁那年的春末，曹老师找来村里的几个小伙子，在院子里埋下了一个高高的杆子。后来在班里挑了六个个头相近的同学，其中包括我。每天放学后，曹老师开始了对我们的军事化训练，抬头、挺胸、正步走……我们不知道她的葫芦里卖的什么药，问她，她也不说。再后来她拿来一面崭新的五星红旗，我终于明白了她的心意。

那是我在幼儿园的最后一个“六一”节，一大早，我换上母亲给我缝制的新衣服，飞快地跑向幼儿园。曹老师早已准备好了从中心小学借来的音箱，激扬的国歌声震撼着我小小的心灵。

八点，升旗仪式终于开始了。首先是迎国旗，我们六个孩子举着国旗迈着正步，雄赳赳气昂昂地走到旗杆下，曹老师和另一个同学接过国旗，迅速地绑好。仪式开始，国歌声中，那个同学用力地把国旗抛向空中，国旗慢慢升起，随风飘扬，村里的老百姓也来了，和我们一起目睹国旗冉冉升起……

国旗高高地升到了旗杆的顶端，掌声立即响起来，大家久久不愿离去。

后来，我参加过很多升旗仪式，有时候是作为升旗手，有时候是迎送国旗的仪仗队员。但我永远忘不了那个遥远的小山村里，那个小小的幼儿园里，那次最简单、最隆重、最庄严的升旗仪式。

幸福不卑微

表哥一进门,满脸憨厚地笑:“我脚臭,你找双布鞋给我换上。”

“不用换鞋,快进来,一家人不用见外。”我招呼道。表哥轻手轻脚地走到了沙发边坐下。

“幸亏我有你们这样的好亲戚,孩子上网查资料,老来麻烦你,幸亏妹夫好脾气,幸亏小侄女懂事,不嫌弃俺这穷亲戚,幸亏……”表哥就是这样,对别人给予的点滴方便都放在心上。

表哥今年 50 多岁了,以前在劳务市场跟着那些建筑师傅做小工,后来不小心从架子上摔下来,腿骨折了,干不了了,再后来经人介绍做了环卫工人。

表嫂是个残障人,没有工作。10 岁的儿子今年上小学四年级。

“眼看着天冷了,那么早就在街上扫地,挺受罪的吧?”我给他倒了一杯水。

“也没啥,幸亏有这个工作呢。虽然相比有点脏累,但对于我来说有这样的工作就不错了。我每天扫地的时候还能回收些废品卖钱呢,一个月卖废品的钱就能支付孩子的书本费呢。”说着,脸上的笑容透露出满足。

“嫂子身体还好吧？”我问。

“嗯，这段时间还行，没犯病。她虽然智力比常人低，还有病，但我很感激她，她比我小10岁，能看得起我，甘愿嫁给我，我很知足。你看，还给我生个儿子。是她让我有了一个家，我吃点苦受点累，心里也是暖的。”表哥看了一眼正在上网查资料的儿子，脸上有幸福的光芒。

“你的腿还疼吗？”

“不打紧了。他们娘俩需要我照顾，心里有了牵挂，我就一心地把工作做好，总是想着多挣些钱，让日子好点，就不觉得自己身体有什么不舒服的了。”

面对清苦的生活，表哥没有抱怨、没有悲观，而是心里充满了对亲人、对生活的感激之情，因为心怀感恩，所以他淡然面对清贫和苦难，让原本艰辛的生活也弥漫出了幸福的味道。

原来，不管生活多么低入尘埃，幸福从不卑微。

藏在酒里的爱

一天，女儿告诉我一个秘密：成成买了一瓶酒，偷偷藏在了他的房间里。

成成是我远房表哥的儿子。表哥是个环卫工，表嫂智障，生活很清贫。他租住的房子没有暖气，所以我把成成接到了我家住。这孩子平时很懂事，怎么会染上喝酒的恶习呢？

吃过晚饭，我问成成：“成成，你最近是不是结交朋友了？我听门口商店的老杨说你去他家买酒了，你买酒做什么啊？要请同学吃饭还是……”

成成低下了头，小声地说：“没有，我没买酒，真的。”他不直视我的眼睛，但从语气里听得出他的话里没有底气。

我不便再追问，就示意他先去写作业。

怎样才能让孩子自己主动把酒拿出来呢？孩子住在我家，照看好他是我的责任，可是怎样才是两全的办法呢？我一夜辗转，终于有了主意。

星期六早晨，成成起床后，我开始收拾床铺，把被子抱到阳台上晾晒，揭下床单放进洗衣机清洗。成成站在旁边默默地看着我，眼里满是心事。

我开始清扫房间，墙角旮旯也不放过，当我蹲下身子清理鞋柜的时候，成成终于说话了："姑姑，我向您承认错误，我那天是买了一瓶酒，藏在鞋柜里了。但是我买酒不是要自己喝的。真的，姑姑，你要相信我。你会把酒拿走吗？"他眼泪汪汪地看着我，我的心一下子柔软了下来。

"那你为什么买酒啊？你买酒的钱是谁给你的啊？你现在还是个孩子，还不到能喝酒的年纪，你看你爸妈那么辛苦，你要懂事才行……"

"姑姑，我告诉你实话，你不要生气了好吗？"我拉他在床边坐下。

"姑姑，我爸爸以前当建筑小工的时候腿受过伤，天一冷就疼，他总说要是有点酒就好了，喝了酒就不觉得那么疼了。妈妈身体不好，我还要上学，爸爸从不舍得为自己花一分钱。那天，我看到他收拾那些捡回来的酒瓶，拿着一个瓷酒瓶自言自语说这种瓶子装的酒一定很好喝，然后摇着头叹着气说价钱一定很贵。爸爸连瓶装的矿泉水都没喝过，更别说是瓷瓶装的酒了。这次我参加全校的作文比赛，获得了二等奖，得了100元钱奖金。再过几天就是爸爸的生日了，我怕到时候会忘记，就提前给爸爸买了一瓶用瓷瓶装的酒，我想给爸爸一个惊喜……"

我忍住将要流出的泪，把成成紧紧搂在了怀里："好孩子，姑姑错怪你了，这样，等你爸爸生日的那天，姑姑陪你回去看他们好不好……"

成成流着泪笑了，那些眼泪开出的花像一朵朵初绽的满天星，虽然稚嫩小巧，但每一朵都是爱的绽放。

半片瓦

那年暑假，正好是我十八岁的生日。我在心里想：我已经是大人了，要为家里减轻些负担了，我就想着去打工。可是去哪里打工呢？

邻居小磊是我的初中同学，他没考上高中，跟父亲一起做建筑小工。我去找了他，他父亲说帮我跟工头说说，让我等消息。

第三天，小磊告诉我工头答应了，我很高兴，那天天不亮，我就起床，跑到了小磊家，我怕睡过头晚了去工地上班。

正巧那天是新房上瓦，工头让我协助把瓦运送给屋顶上贴瓦的人。有人把瓦运送过来，我负责把瓦放在一个大筐里，然后拴好绳子，瓦就稳稳地被上面的人拽上去了。

我发现了一些半边的瓦，心想：这半边的瓦大约是没用的。就随手把它扔在了一边。

瓦一片片被请上了屋顶，我也累得腰酸背疼、汗流浃背了。

我坐下来稍事休息。

“有没有半边的瓦啊？这儿还差一块呢。”这时屋顶上的人大声喊。

“今天怎么没把半边的瓦拿上来呢？怎么做事的啊？” 我赶忙起

身，把那些半边的瓦放进了大筐里。

放工的时候去洗手，我才发现我的手被磨出了血泡，而且已经破了，一直流血。工头说：“你一看就是个娇娃娃，怕是做不了这样的活，明天你还是别来受罪了。”

我看着流血的手，却倔强地说没事，明天我会继续来的。工头拍了拍我的肩膀。

第二天，我们到另一家盖新房，是挖地基，我的手又被磨出了好多血泡。

中午吃饭的时候，工头对我说：“怎么样？我看你还是别坚持了。”“不，我行的，我都十八岁了。”工头让我坐下来，“还记得你扔掉的那些半边的瓦吗？”我点点头。“其实每个人就像一片瓦，无论是整片的，还是半边的，都有自己的位置。只有找到合适的位置，才能发挥出它的价值，是吧？”“可是我不会干别的啊。”我有些恨自己，连这么简单的体力劳动都做不了。

“你读的书多啊，可以找到更适合的工作的，我相信你能。”工头又拍了拍我的肩膀。

我终是没在工地上坚持下来，因为我的手感染了。

后来，我去城里找了份在餐厅做服务生的工作。

但我永远不会忘记那个工头的话：只有找到合适的位置，才会体现出存在的价值。

开出属于自己的花

听同事说她的孩子得了脑瘤，才十几岁的孩子，就要忍受病痛的折磨，真让人心疼，我想去医院看她。同事说孩子什么都不缺，不让我买东西。

路边，有一个老人在卖花，有很多品种，我一眼看中了吊兰。青翠的吊兰那样朝气蓬勃，我想：就送孩子一盆吊兰吧，至少可以给她一缕清新的空气。

孩子正坐在病床上听MP3，听妈妈说我给她买了一盆吊兰，高兴极了，伸出手来摸索着。同事悄悄告诉我：脑瘤压迫到了视神经，孩子现在只能看到一点点微光，和瞎子差不多了。说着，眼睛红红的，强忍着不让眼泪掉下来。

“阿姨，吊兰开花了吗？我最喜欢吊兰花了，我在家里养了一盆呢，都是我管理的，开的花可漂亮呢，不信你问妈妈。”孩子微笑着，脸上透露出一份自信和从容。

“嗯，吊兰开花了，可漂亮呢。你看：绿色的花柄、洁白的花瓣、嫩黄的花蕊，玉洁冰清、清纯可爱，就像你的笑脸。”我把孩子的手放在吊兰长长的穗子上，孩子再一次笑了。

同事轻声告诉我："医生近期要给孩子做手术了，如果是良性的肿瘤，孩子还有一线希望，如果……"

我说："没有如果，一定是良性的！"我知道这只是安慰同事的话，但我又能为她和她的孩子做些什么呢？

"妈妈，我不害怕动手术，动了手术我的眼睛就能看见了，你不要难过，我一定会好起来的，因为吊兰花会保佑我的。"孩子神色有些黯然，但看不到忧伤的影子。

"阿姨，你知道吊兰花的花语是什么吗？"

"我不知道呢，是什么？"

"吊兰花的花语是'无奈，又给人希望'。很少有人赞美欣赏吊兰花，但它并没有放弃开花的机会，依旧开得那么自然。我虽然生了病，但我一定会坚强面对的。"我的眼泪再也忍不住了。

生活中有多少让人无奈的事情啊，但只要我们不放弃，从容面对，就没有过不去的坎。就如小小的吊兰花，虽然开放的时间很短，虽然开的花小到常常令人视而不见，但它不自卑、不自弃，郑重地开出属于自己的花，谁说这不是最美丽的一生？

阳光照在吊兰上，我看见它那长长的枝梗上鼓起了小小的花蕾。

好人需要证明吗

和女儿在公园里玩，一个衣冠不整洁的中年男人老是尾随着我们，不远不近。

“妈妈，那个人是不是坏人啊？他跟着我们做什么？”女儿也觉察到了那个人的“不轨”行为。

“不怕，公园里这么多人的，他不敢做坏事的。”我虽然在安慰女儿，但心里还是有些忐忑的，毕竟我是个女人，不由得握紧了手里的钱包。

“坏事了，钱包哪去了？”我的天啊，我的钱包竟不翼而飞了。钱包里没有多少钱，但是那里面有我的身份证、工作卡，要是丢了，会很麻烦。

我和女儿沿着我们来时的路仔细搜寻着：“都怪那个该死的跟踪者，要不是他，钱包就不会丢了。”我在心里咒骂着。

“我想和你说句话。”那个人突然站到了我们面前，“请问你在找什么？”

“要你管啊？你走开！”我态度很恶劣。

“我不是坏人。”

“你不是坏人？难道坏人把坏字写在脸上了？你赶紧走开，要不我喊人了！”看我不耐烦的样子，那人从身后的包里拿出一个钱包，我的天啊，那个钱包居然和我的钱包一模一样。

“你看看这个钱包是你的吧？”

真是我的，里面所有的东西都在。

“我在前面路口捡到的，不好意思，我好像看见是你丢的东西，但我不敢确定，所以一直尾随着你；如果是你丢的，你一定会找的，所以没敢冒昧打扰你。那次我捡了东西追人家，被当作坏人打了一顿……”说着，他憨厚地笑了。

“真不知道现在的人怎么了，当个好人真不容易。难道好人需要证明吗？”他轻轻地叹了一口气。

想起了曾经读过的一篇文章：一个陌生的男人送一个女子回家，女子要求查看他的身份证，开始的时候他没有给，等把女子安全地送到目的地，他扬了扬手中的皮包说：我的所有证件都在包里，可我认为好人是不需要证明的，所以刚才没有让你看我的证件。

是的，好人不需要证明。

那人转身走了，我半是内疚半是感激地看着他的背影越走越远，我忽然想要对他说句话：谢谢你！你是好人！可是他已经消失在我的视线里了。

父爱无声

“您一点也不关心我,您不是我的亲生父亲!”这是我成长的年月,对父亲说得最多的一句话。

父亲是那种少言寡语的人,对我的成长很少关注,我眼里的他是那么冷漠无情。

上小学的时候,别人的家长都接送孩子,而我没有人接送。每天,我一个人背起书包,看着别人家的孩子被父母用自行车载着去上学,轻松又惬意,我就开始恨父亲。母亲每天下地很辛苦,父亲每天骑着自行车上班,总比下地要轻松,所以我不愿意去体谅他。

我得了表扬或者奖状,总不肯第一个告诉他,因为他的脸不会像母亲那样,为我骄傲和微笑。

中学离我们家十多里路,我借住在一个远房亲戚家,一个月回家一次,父亲看到我,仍没有母亲眼里的欣喜和亲热。父亲曾经做过老师,有时候我遇到难题向他请教,他总是冷冷地说:“课本上的公式都记住了,没什么难题,就是举一反三的事,遇到问题自己去想,长了脑子不用,岂不是白长了。”我真是恨透了他,为什么要让他做我的父亲呢?

青春叛逆的我，便开始无视他。

一天，父亲犯了胃病，住进了医院。母亲说让我去医院看看他，他想我。

“我才不要去！我又不是他亲生的。”我执意不肯去医院，母亲哭了。母亲对我说：“哪个父亲不疼爱自己的孩子呢？你误会你的父亲了，其实他疼你比我多。你五个月大的时候生病，是他抱着你去医院，然后又抱回来，我说替替他他都不让。回到家你就变得爱哭了，是他抱着你，又拍又哄，那个夏天，他因为抱你太多，硬是把胳膊上热得起了很多痱子，后来就成了皮炎。到了你上学的年纪，他说你长大了，要学会自立，女孩子更要自强，不能太依赖别人。每天早晨你走出家门，他在背后悄悄跟着你，直到看你进了学校的大门才折回来匆忙去上班。下了班回来，他第一个问的是你回来没有，看你在做作业，他才放心地去吃饭。你上中学了，他说你到了爱美的年纪，让我给你多买几件新衣服，他自己穿的可是洗白了的旧衣服……”听着母亲的叙述，我才明白父亲给我的是默默无声的爱，不比母亲少一分。

我擦了擦脸上的泪，和母亲向医院走去。

医院里的父亲有些疲倦的病态，他看到我很高兴，忙叫我在他身边坐下。我发现他手里拿着一些照片，凑过去看，一张一张，全是我的照片。

原来，陪我长大的，不只是母亲，还有他——这个一直暗恋我，已生出皱纹和白发的老男孩。

转眼，他已经离开我们20年了。我站在阳台眺望远方，我知道我永远都不会望到他的身影了，但我知道他在哪，因为他的目光如同闪烁的星子，那是我生命中的灯塔。

天上掉下个哥哥来

1

爸爸领回来一个男孩，对十三岁的暖暖说："从今天起，他就是你的哥哥了，他的名字叫顾清。暖暖，明天我单位有个重要的会，你带着哥哥一块儿上学，对了，小清在五班，在你隔壁的教室，记住了没？"

暖暖从眼角的余光中看了一眼这个除了瘦还是瘦的男孩，一声不吭进了自己的卧室。

暖暖躺在床上想：这个男孩到底是怎样的性格呢，弄个陌生的"男人"住在家里，多危险啊，还有要共用一个卫生间、淋浴器……正胡思乱想，手机响了起来："暖暖，以后你跟小清就是兄妹了，要学会互相谦让……""嗯，好，我知道了，尽量。"暖暖挂掉了妈妈的电话。

不管暖暖情不情愿，第二天的阳光还是一如既往地来了。吃过早餐，暖暖看了一眼早就收拾妥当的顾清，故意放大步子走出了家门。"暖暖，慢点走，等等你哥哥，小清脚不方便！"爸爸在后面喊。

“脚不方便关我什么事。”暖暖小声地嘀咕。

其实关于“哥哥”这件事，爸爸妈妈事前告诉过暖暖的，说要领个孩子回来，只是她没想到这么快，她还没来得及想怎样和一个陌生人相处。

暖暖在前面走得急，顾清怯怯地跟在后面，因为腿脚的不方便，尽管他很努力地快走，但还是被落在后面一大截。

暖暖回头看了一眼顾清，看着他努力奔走的样子，自觉放慢了脚步。

2

在学校门口，暖暖等顾清走过来，叫住一个男同学说：“王思宇，他是你们班新来的同学，你带他去教室。”男同学看了看顾清：“好吧，你跟我来吧。”

走进教室，顾清明显感觉到别人对自己的不同，有些同学凑在一起窃窃私语，但是他不在乎，他像一座孤城里的王子，没有人能看到他的笑颜。

暖暖是个高傲的女孩，她有高傲的资本。她不光人长得漂亮，学习也好，是班里的学习委员，还是学校文学社团的副社长。没有人敢说她闲话。

“王思宇，下个星期天文学社有活动，不能有任何理由迟到或者不参加。”这样简单清晰的言语让人感觉到一股寒气。她就像一只白天鹅，没有谁配做她的朋友。虽然暖暖透着冷漠，但主动来嘘寒问暖的男生却不少，可是他们只会讨好她，却不知道她需要的是什么。渐作鸟兽散，她成了没有朋友的人。

“暖暖，听说顾清是你哥哥，你怎么会突然冒出个哥哥来？是不是你爸爸年轻的时候惹的祸根？”“暖暖，你妈妈年轻的时候想必也挺风流吧？”“……”暖暖听了这些风言风语，肺都气炸了。她从来没受过这么大的侮辱，她不允许。

放学的时候，她狠狠地看着顾清，说：“请你离开我的家！别来破坏我的家庭！你没有资格在我家！”顾清怔怔地望着她，胸口处涌起了说不出的心酸。

顾清真的没有回家，这下急坏了爸爸。“暖暖，你是我的孩子，小清也是我的孩子啊。这整个城市对他来说都是陌生的，他什么都没有，他只有我们……”爸爸痛苦地说。

听了爸爸的话，暖暖眼角滑落出一滴泪。她和爸爸分头去找顾清，只要是他有可能出现的地方，她都不放过。她边找边抽泣着说：“顾清，只要你回来，你就是我的哥哥……”

天黑了，路灯散落出哀伤的光，在脏乱的垃圾箱旁她发现了他。他瘦弱的身躯蜷缩在角落，眼泪润湿了脸颊。暖暖哽咽着说：“哥，天黑了，我们回家吧。”

顾清根本不理会暖暖，一句话也不说。爸爸站在远处没有过来，他想让两个孩子自己解开心结。

暖暖因为哭得厉害，开始一阵阵地干呕。顾清站起身，向“家”走去。

3

顾清在家里话依然很少，但在他的眼神里少了凛冽。一天，爸爸打电话说出差几天，让她和顾清自己解决吃饭问题。暖暖看了一眼顾清，进了厨房，别的菜她不会烧，就煎个鸡蛋吧，她这样想着。

“哎呀，疼死我了！”听到暖暖的尖叫，顾清跑进了厨房。暖暖的手被溅起的油烫起了泡，顾清拉过她的手，放在自来水管下冲洗了一会儿，暖暖感觉不那么疼了。顾清让她自己去找点风油精之类的软膏涂上。

这顿饭是顾清做的：清炒土豆丝，还有一个西红柿炒鸡蛋，味道都不错。暖暖开始对他另眼相看了。

坐在沙发上看电视，暖暖忽然很想知道他的过去。可是怎么开口呢？

“哥，咱们说说自己的故事好不好？我先说：我基本没有故事，就一个字：傲，别人都这样说我。你呢？”暖暖的眼神流露出真诚的期待。

“我的故事也很简单，爸妈遭遇车祸死了，我没有死但成了瘸子，唯一的奶奶前几天也死了，然后我就来了你家。”顾清说得那么清淡，仿佛说的是别人的悲伤。

接下来的几天，顾清不让暖暖做饭，她像个公主似的享受着顾清的照顾。爸爸打电话问暖暖过得怎么样，暖暖用手机拍下顾清做饭、她看电视的照片，传给爸爸看，还在下面写了一行字：你看你看，做一个小妹有多么的好！

4

顾清和暖暖开始肩并肩地去上学了，有人问：“这是你哥哥吗？”暖暖骄傲地回答：“那当然！”

久而久之那些谣言也随风去了。春天来了。

“暖暖，我们去爬山吧。”他露出了一个久违的笑容，很好看。

“好啊，我奉陪到山顶！”她给了他一个最灿烂的笑容。

暖暖变了，变得热情大方，她身边的朋友渐渐多了起来。

顾清也变了，他不再沉溺于自己的痛苦身世中，他变得爱笑了。

一场雨的洗礼后，顾清和暖暖坐在阳台上看星星，他们发现：雨后的夜空，星星是那样明亮。而这样的亮是用亲情凝成的，不管以后怎样，他们都需要这亲情的如影相伴。

暖暖爸看着两个孩子快乐的眼神，轻轻念起了泰戈尔的那句诗：你是天空，你也是巢。你的巢里有你的爱，这爱以色彩、声音和芳香拥抱灵魂。

一半和一个

中秋节放假前夕，同学送给他一个月饼，是他从来没吃过的蛋黄馅的。他拿着月饼闻了又闻，真香啊！香味让他馋涎欲滴。

他想起了母亲。父亲去世得早，母亲一个人拉扯他长大，起早贪黑，吃苦受累，很不容易。自从父亲去世，他们家的中秋节就再也没买过月饼，一年之中也只有过年的时候，母亲才买一点肉。

他走在回家的路上，手里握着那个蛋黄月饼，禁不住地咽口水。他慢慢地、小心地一点点揭开包裹在月饼上面的纸，把月饼放在唇间，轻轻地闻着，真香！他轻轻咬了一小口，然后再也控制不住，又咬了一小口。他干脆用手掰下一半月饼吃了起来。一半月饼吃完，他把另一半月饼用纸重新包好，放进了书包里。

回到家，母亲正在剥刚从地里拔回来的花生，正如他想的一样，今年的中秋节，母亲依然连最普通的月饼都没买，别说是蛋黄馅的了。

转眼就是晚上，母亲炒了一盘花生，还有一盘青菜。吃过饭，他迫不及待地从书包里拿出那半块月饼递给母亲，母亲问月饼是从哪儿来的，他说是同学送的，稍停顿一下，他又补充道：是同学掰给了我一半。

母亲用手摸摸他的头，满脸笑容地说：俺家儿长大了，知道有好东西给妈妈留着了，真乖！母亲把月饼递到他手里让他吃。他让母亲吃，母亲含着泪光，吃下了那半块月饼。

这一年，他七岁。

又是一年中秋节，他已长大成人，去城里打工，却是诸事不顺，做点小生意，赔得一塌糊涂。他本来想自己挣了钱，中秋节买月饼回家，再也不过没有月饼吃的中秋节了，可是，唉……他长长地叹了一口气。

回到家，母亲已做好了晚饭，吃过晚饭，母亲拿出来一个月饼，说：这是东边邻居送的，说是肉馅的呢，你尝尝好吃不？

他在母亲执意的规劝下，吃下了那整个月饼。

这一年，他十八岁。

多年后的中秋节，他有了家庭，有了孩子，母亲依旧在乡下，他给母亲买了月饼寄回家，母亲把家里收获的所有新粮和新鲜蔬菜托人捎给他。

闻着新粮和新鲜蔬菜的芬芳，他突然泪流满面，他让妻儿收拾行装，要赶回乡下陪母亲过中秋节。

母亲还没有睡觉，正一个人坐在院子里望着天上的月亮发呆。看到儿子一家人归来，她喜极而泣。

他对妻儿说：子女往往给父母的爱只有一半或许还少，而父母给予子女的，是满满的一整个。作为儿女，在父母年老的时候，要记得还给他们一份满满的爱。

那个悄悄种爱的少年

靠窗的病床上，住进来一位年轻的母亲，三十多岁的样子，极其虚弱，走路都慢慢的，喘得厉害，她一个人慢慢走到病床边，躺下来，闭上眼睛不说话，清瘦的身体随着呼吸起伏着。

第二天，是个周末，那个女病人床边来了一位少年，十多岁的年纪，眼睛不是盯着床上的女人，就是盯着输液瓶。快到吃午饭的时间了，我走到少年的身边，问他要不要从食堂给他捎点饭。他说吃不下，等妈妈想吃的时候陪妈妈一起吃。原来他们是母子。

第三天，女病人似乎病症减轻了一些，睁开眼看着少年，说："别告诉你外婆我病的事，她年纪大了，会受不了的。"少年点点头，问："妈妈，你想不想吃点东西？"女病人点点头，少年的脸上露出了笑容，嘱咐我帮他看着妈妈输液，飞快地向医院食堂跑去。

女病人慢慢地对我说："麻烦您了！"我说病友们相互照顾是应该的，不用客气。她很努力地笑笑。

几天过去，少年和我熟了，我知道了他的名字叫亮亮，今年上初一。偶尔在走廊里，他会告诉我一些他家的事。他的爸爸在他三岁的时候就病逝了,是妈妈和外婆抚养他长大的。现在外婆年纪大了,干不了活了,每天做的事就是祈祷一家人健康平安。妈妈在外面打工,供养三个人的生活,很辛苦,说着,眼里闪着点点泪花。

我安慰他说妈妈的病一定会好起来的,他点点头。

那天晚饭后,我站在病房的阳台上望向花园,发现一个熟悉的身影,对,是亮亮。他站在花园的假山后面,背对着我的视线,他蹲在那里,手里挖弄着什么,不知道在玩什么。

我的病基本好了,输完液,我便找护士请了假,回家去。几天没回家,心里有些牵挂。

清早回到病房,对面病床的病友悄悄对我说:"昨晚你没在,28床(亮亮的妈妈)病危,抢救了,差点过去,吓死人了……"我心头一震,望着亮亮的背影,他的肩头一抖一抖,似是在哭泣。

病友说:"她孩子不懂事,昨天晚上还偷偷跑到花园去玩,他妈妈都这样了……"我听了病友的话,在心里嘀咕:这个贪玩的孩子啊。我决定今晚不回家,抓亮亮一个现形,好好教育他一下。

我在阳台上张望,亮亮的身影又出现在了花园里,我开始行动了。

我轻悄悄地来到亮亮的身边,只见他双手合十,闭着眼睛,嘴里念叨着什么。

他不断地重复着,我听清了,他在说:"种子种子你快发芽,你发了芽,我妈妈的病就会好了……"

原来,他是在种爱啊!

我默默站在他身后,感觉眼睛涩涩的,有一种想哭的冲动。

亮亮说,他曾经看过一本书,上面说:尘世因缘,种什么就会得到什么。为了让妈妈早点康复,所以他选择为妈妈种下红色的康乃馨。因为红色康乃馨的花语是“祝母亲健康长寿”。

我的眼泪终于忍不住了，我拥抱住这个瘦小的孩子，说：“康乃馨一定会发芽开花的，你妈妈的病一定会好起来的。”

每个早晨，我经过花园的时候，都去看看那些康乃馨发芽了没有，在心里默念它早日发芽开花，并告诉管理花园的人不要再在这块地上栽植别的花草。

那一天，我惊喜地发现康乃馨发芽了，我飞奔到病房告诉了亮亮，他笑了，笑容有着孩子特有的明媚。

没过几天，我康复出院了，但不知为什么，我总忘不了亮亮和他的妈妈，还有那些康乃馨。

第五辑

阳光下的星星

多年后，卡尔成了一名小有成绩的学者。他依旧时不时地流口水，但没有人再嘲讽和讥笑他，人们都很佩服他。爸爸、罗斯和彼特都为他骄傲和自豪。创造奇迹的不是上帝。是罗斯从外婆那里移来了一棵树苗，栽植在大大的木桶里。几年来，每隔几天，彼特就会细心地重新摆弄那些树叶，让阳光透过树叶散射在地面上时都是星星的形状。阳光下的星星，一闪一闪亮晶晶，那是世界上最温情的眼睛。

只有一个要求

凌晨两点，某企业周总经理被急促的手机铃声惊醒，摸索到手机，接听：“喂，谁啊？有什么事不能……”他的“不能”还没出口，对方的话让他打了一个激灵，猛然睁大了双眼，蓦地从床上坐起来：“你说什么？！好，我马上去厂里……”

两名交警已在办公室，值班的保安、车间值班负责人等也在。

“车祸，肇事车辆逃逸，我们希望能尽快联系到死者家属。”一名交警说。

周总招手让一个人过来：“王主任，你看看你认识这个林小乐吗？”周总看着工作牌上的照片说。

“是，是我们车间的林小乐，还在试用期，才招聘来不足一个月。而且他是在下班后出的事故，不符合工伤赔偿。”王主任说。

“他家庭状况你了解吗？”周总点燃了一支烟。

“他有一个姐姐，听说在南方城市打工，是为了供林小乐上学辍学的。父母都是农民，好像他母亲还有病，干不了活，唉，真是造化弄人啊，再有两个月过了试用期，他就能多挣些钱贴补家用了。”王主任也点燃了一支烟。

“要是他们家里又哭又闹，撒泼耍赖让我们按工伤死亡赔偿怎么办呢？”王主任不无担心地说。

“如果他们真狮子大开口，我们就只好按照法律程序来了。如果他们的要求不太过分，我们就尽量满足吧，毕竟老来丧子，是人生之大不幸。”周总说。

王主任说：“林小乐是个不错的小伙子，下班之后没事，就义务帮车间做些板报什么的，还自愿利用业余时间拣挑垃圾等，虽没为厂里做多大贡献，但也树立了好榜样。”

“哦，四点了，打电话通知林小乐的父母吧，王主任，他父母来了后直接领他们来我办公室……”

天蒙蒙亮，王主任领着一个衣衫简朴的老人走进了周总的办公室。他就是林小乐的父亲。

“老人家，我有责任啊，我没帮您老看好孩子……”周总握住老人的手，哽咽着说。

“瞧您说的，是孩子给您添麻烦了……我……想……想看看孩子……”老人低低地呜咽起来。

周总一行人陪同老人去了医院，在太平间，老人看着血肉模糊的儿子，抚摸着他的头发、他的脸庞，拂去他衣服上的灰尘，把他的衣服整理得平平整整，始终没落泪。最后，老人蹲下身子，替儿子系好鞋带。此时静寂无声，所有的人仿佛停止了呼吸一般。

突然，老人一下子瘫坐在了地上：“我的儿啊……”这一声呼唤，划破了寂静，仿佛炸雷一般，惊得人心颤抖。悲凉的呼唤，引得在场的所有人都禁不住流下了眼泪。

一切妥当,老人说孩子已经走了,尽早入土为安吧。办理完手续,周总说安排人送老人回家。老人站起来,又坐下,又站起来……

"老人家,你有什么话就直说。"周总说。

"我,我……我实在张不开口啊,孩子说在厂里人人都照顾他、帮助他,领导好,师傅们好,工作干着可舒心呢。从孩子嘴里,俺知道大家伙儿都是好人,俺也看到了,你看这一天,领导都陪着俺跑前忙后的,俺是乡下人,也不会说啥客套话,俺就代表小乐给大家伙儿鞠个躬了……"周总立即搀扶起老人。

"临来的时候,俺和老伴商量了,俺们只有一个要求。"老人擦擦眼角的泪。

"您说,只要是我们能做到的,一定办到。"

"老伴说啊,儿子上了大学,当了工人,成了城里人,有那么好的同事,知足呢,本来不该再提什么要求,可是他还没结婚啊,年少孤坟,光秃秃的,怪可怜,所以就想……就想……"老人显得有些局促。

"您尽管说,我们一定帮您办到。"周总握住老人的手,无比真诚地说。

"俺们只有一个要求,就是,你们……能不能……给小乐买个花圈啊,以厂里的名义……"老人的话一落地,所有的人都愕然了,继而眼里都泪光闪闪。

半个月后,周总亲自上门把一张银行卡交给了林小乐的父母,他说林小乐是个好员工,员工们一致同意厂里出钱给他按"工伤死亡"给予赔偿,他们同意为他破例。

旧的好

老李家的二儿子刚娶媳妇不到十天，大儿媳就嚷着要分家。老李坐在屋檐下抽着旱烟和老伴商量，老伴说这家早晚得分，早分早安生。于是，老李叫了家族里德高望重的四爷爷来主持分家一事。

“这是我新买的碗和盘，你们一家各自十个碗、十个盘。”老伴把两摞碗和盘放在方桌上。大儿媳看看新盘和新碗，说：“俺不要新的碗和盘，俺要你们一直用的那些盘和碗。”

“要旧的？”四爷爷一脸疑惑看着老大媳妇。

“嗯，俺要旧的盘和碗，新的留给爹娘用，他们也该换新盘新碗了，瞧，这新盘新碗多光亮，看着就舒心。”四爷爷点点头，赞许地说：“老大媳妇真懂事。当嫂子的，就要给弟妹做个榜样。”老大媳妇听了，脸上开满了花。

分家很顺利，老大媳妇全要了旧的，包括旧桌子、旧椅子、旧板凳，把结婚时置办的新家具全给了公婆。看着一屋子新家具，老李和老伴喜笑颜开：“这老大媳妇平时有些奸滑，没想到分家时这么给脸面。”“是啊，还真是不能从小事上去判断一个人的品性，关键时候才见人心。”老两口觉得平日里老是嫌老大媳妇爱占小便宜，没想到是错看了人家，心里有点愧疚。

此后，老李和老伴在人前总是有意无意地夸赞老大媳妇懂事、孝顺，渐渐地，满村子里的人都开始夸赞老大媳妇懂事孝顺了。老大媳妇走在巷子里，也不自觉地挺胸、收腹、提臀。

那天，老二媳妇来看老李和老伴，说："听说我大嫂把奶奶的嫁妆——那个雕花桌子卖了，卖了好几万元呢。"

"好几万元？不会那么贵吧？不就是一个破桌子吗？"老李满脸狐疑地望着二儿媳妇。二儿媳妇没再说什么，幽幽叹了一口气，走了。

老李下地回来，碰到张六，张六是邻村的，以收破烂为生。张六说："你家大儿要发大财了，那些个旧家具，值老鼻子钱了，加起来卖的钱，能盖座小洋楼呢，老李啊，您家大儿媳那么孝顺，您就等着住小洋楼吧。"老李说："那些旧家具真这么值钱？""那当然，家具越老越值钱。前些天，你家大儿媳专门托我去城里打听过，还是我帮着联系的南方来的专门收旧家具的大老板呢。你不懂。"张六冲老李摆摆手，拐进了另一条巷子，扯开嗓子喊："收破烂喽！"

老李心里七上八下的，回到家，也不吃饭，老伴问他话他也不吱声，坐在屋檐下吧嗒吧嗒抽烟。

张六真是神嘴儿，没多久，大儿子就把才盖几年的瓦房拆掉了，春去秋来，一座崭新的二层小楼赫然矗立，在一座座民房群里，显得大气、高端、上档次，却也那么突兀。

搬进新房，大儿媳妇请了娘家所有的亲戚来参观，笑得眼睛眯成了一条线。老李和老伴偷偷唉声叹气。二儿和媳妇冲着爹娘一甩脸，走了。

自从住上楼，老大媳妇再也没登过老李家的门，老二媳妇偶尔来，来了也说不了几句话就走。

老李病了，心里堵得慌，像是大儿家的那座楼压在了心上一样。医生说是严重的心脏病，得手术，放支架、做搭桥。手术费、医药费成了大问题。

老李是地道的农民，一辈子的积蓄都给两个儿子盖了房子、娶了媳妇，手里没剩几个钱。老李在病床上，有气无力地说："不治了，回家，不能糟蹋钱。"老伴握着他的手哭泣："老头子，不能不治啊，你要是走了，我可咋活啊？呜呜……"

"爹，我回家取钱，不管咋样，这手术一定得做！"二儿子转身走了。大儿子跟随弟弟走出了病房。"老二，你去哪里取钱？前几天你岳母生病，你的钱不是全给她治病了吗？你还有钱？"

"我……我回家卖房，说啥也得给咱爹治病！不能眼睁睁看着咱爹等……"二儿子说不下去了，蹲在那里，放声痛哭。

"你哭啥？不是还有我吗。别哭了，听哥话，还有哥呢……"兄弟俩一起回了老家。

老李的手术很成功，不久就康复出院了。回到家，大儿媳已把家里收拾得整洁干净："爹，您和娘住堂屋，我和老大住东屋，老二一家住西屋，您看这样行吗？"老李点点头："行，行，没想到我这场病，害得你们两兄弟连新房都卖了……"老李有些哽咽。

"爹，这不是还有旧房吗？旧房多好，大家住在一起，互相照顾，还乐呵。"二儿媳抚摸着圆鼓鼓的肚子，自己的宝宝出生在一个温暖有爱的家庭里，她觉得幸运、幸福。

阳光暖暖，风吹拂花香。炉灶的烟囱里升腾起袅袅炊烟。烟火人间，温情依旧。

·让　道

绿灯亮起,他发动车子,刚开过斑马线,一个女子飞跑而来,他猛踩刹车,幸好车速不快,戛然刹住。他惊魂未定地说:“着什么急啊,多危险!”女子连声说着“对不起”!继续飞速跑去。

又过了两个路口,红灯,他停车等候,这个路口红灯时间稍长,他打开音响,是那首《常回家看看》,他今天回家看母亲,自从父亲去世后,母亲一个人在旧居,他三天两头儿回家陪母亲,他不想让母亲像个留守老人,孤单冷清。他和妻子商量好了,等单位的房子分下来,他就接母亲来一起住。一家人在一起,多好。

后面传来救护车的鸣笛,一声声那样急切。他回头看看,救护车在他的右后方。他在左转车道,旁边那辆红色轿车的司机好像没听见救护车的鸣笛一样,稳如泰山。

救护车的鸣笛急促、急切,像绝望中的呐喊,声声呼唤希望。他的心焦急起来,救护车上的病人病情一定很危重,急需要救护,救护车早到医院一秒,病人就有一份早日康复的希望。他的父亲就是因为救护车在路上被堵,才错过了抢救时机,失去了性命。他抬头看看,正面红灯还有30多秒。他看看左转的路口，左转还是红灯。他发动车子，打转向灯，冒险左转，毫不犹豫。救护车随即飞驰而去。他长舒了一口气，笑了。

他对母亲说："自从开车以来，我今天是第一次违章，但这次违章我觉得不违心。"母亲说："儿子，你虽然违章了，但我觉得你今天做得很对，我给你点赞！"母亲对他竖起了大拇指，他和母亲都幸福地笑了。

第二天下午，他来到交警大队，主动坦白说自己昨天在哪个路口闯红灯违章了，愿意接受处罚。交警查看了当时的监控录像，确认是他违章。

这时，走进来一个女子，对交警说："警察同志，我想请你们帮忙找一位闯红灯的司机。"女子说出时间、地点后，警察指着他说："喏，这就是那个闯红灯的司机。"

女子看到他，一下握住他的手说："大哥，谢谢您！如果您当时不让道，我父亲的手就没有希望了。"他认出她了，是昨天飞跑闯红灯、差点被他撞到的那个女子。

"警察同志，这位大哥是因为给救护车让道才闯红灯的，救护车上是我的父亲，幸亏送医及时，我父亲的手保住了。我父亲反复说'我们一定要替这位大哥承担相关责任'。警察同志，你咋罚我都行，请您一定不要处罚这位大哥好不好？"

原来，昨天女子正在家附近的超市买东西，接到电话说父亲左手掌被电锯重伤，手掌毁损性损伤，伤情非常严重，需要尽快做再植手术。她才一路狂奔急着回家。

"救护车司机和救护车上的急救人员对我说：'那个司机冒险左转，给救护车让出一个通道，这是难得的善举，有些司机对急救车不避不让甚至还加塞儿。'大哥,我代表我们全家谢谢您!"女子给他深深鞠了一个躬。

"我们已经查证过了,您左转闯红灯是为救护车让道。您的本次违章取消。做好事值得鼓励,但一定注意安全,如果发生交通事故,还是要承担责任的。"他应答着,心里暖暖的。女子笑了,他也笑了,笑得很舒心。

半个月后,他收到了一个信封,里面有2000元钱,一个陌生人发来短信,说这钱是奖励好司机的。他想退回,但一直联系不上那个人。他把这些钱以匿名的方式捐给了公益组织。

爸爸回来了

妈妈正打电话，妮妮走过来说："妈妈，爸爸什么时候回来啊？"

妈妈急忙挂断电话，抚着她的头说："别急，快了。"

"爸爸在外面挣了好多钱吗？"妈妈点点头，眼里闪过一丝别人不易察觉的忧伤。

"会给我买那件红色的毛呢裙子吗？会给我买一整箱我喜欢喝的奶茶吗？会给我买我想要的学习机吗……"妈妈笑着说："嗯，你想要的，都给你买。"她高兴地偎在妈妈的怀里，期盼着爸爸早点回来。她今年都8岁了，还没有见过爸爸呢。

妮妮很努力地温习功课，她要考一个好成绩，作为给爸爸的礼物。

那天放学，她举着老师奖给她的本子跑向学校门口，妈妈疼惜地喊："慢点，慢点，别跑，要不一会儿又会憋得难受了。"

妈妈的旁边站着一个陌生的男人，男人很和善地冲她笑，她倚在妈妈的身后一侧，悄悄伸出半个脑袋，望着男人，有些害羞。

"妮妮，这是你爸爸，快过去，拉一下爸爸的手。"妈妈把她从身后拽过来。她伸出手，迅速又缩了回去，冲男人做了一个鬼脸，又跑到妈妈身后去了。

“这孩子，天天想爸爸，真见到爸爸了，又害羞了。”妈妈嗔怪道。男人温和地说：“妮妮小宝贝，我们一起回家好不好？”妮妮点点头。

爸爸真好，给她买了好多礼物，除了她梦想得到的礼物，还有好多好吃的，她望着爸爸，想了又想，终于鼓足勇气跑过去，轻轻在爸爸的腮上吻了一下，说：“谢谢爸爸！”

妈妈把大床收拾得干净舒适，她在中间，爸爸在左边，妈妈在右边。她一手握着爸爸的手，一手握着妈妈的手，每一夜的睡眠都是那样安稳踏实。

一天深夜，她突然憋得嘴唇发紫，没一会儿就昏迷了。妈妈马上打了“120”，爸爸抱起她，飞速奔出家门。

妮妮醒来时，已是清晨，新鲜的太阳照进病房，暖暖的。她轻轻抬手，爸爸妈妈一人握住她的一只手，她笑了，眼里含着泪花。她说：“谢谢你们，我知道你们不是我的亲爸、亲妈，我是个被遗弃的孩子，妈妈捡了我，一直给我治病。我知道我有严重的心脏病，治不好的那种。但我很快乐。妈妈，谢谢你给我租了一个爸爸。妈妈，对不起，那天我偷听你打电话了。”妈妈伸手，擦掉妮妮腮边的泪花。

“妮妮，我会照顾好你，也会照顾好妈妈的。”爸爸很坚定地说。妮妮很开心地笑了。

“爸爸，妈妈，我是最幸福的孩子……”三双手紧紧地握在一起。

妮妮不会知道，这个租来的爸爸，是当年因为妈妈执意收留她而离开的人。

风雨有情人更有情，他不再默默地关注，他懂得了一家人并肩行走，更温暖。

财从天降

夜风丝丝凉，月亮像朵水盈盈的花，高高地挂在灰色的夜幕上。王海送完最后一桶水，排放好空桶，擦擦额头的汗，抬头望着天上的月亮，轻轻地说：多美的月亮花啊。

回到出租屋，妻子小丽已热好饭菜在等他，他把今天的卖水钱交给小丽，然后洗漱、吃饭。小丽数点着那些零散的钞票说："每天收入才几十元钱，啥时候我们才能在城里买一套属于自己的房子啊？"

"莫急哩，俺努力争取多送点水，你那么会过日子，咱们一定会有一套属于自己的漂亮的楼房的。"王海呼啦喝一口菠菜粥，觉得心里暖暖的。

王海送水，小丽在市场摆地摊。他们从农村来城里打工，在城里安家是他们的梦想。

那天，王海刚进门，"王海，我告诉你个秘密。"小丽把耳朵凑到他耳边，小声地说，"我们要发财了，要发财了，我们要成富翁了。"

"你做梦呢还是发烧呢？"王海把手放在小丽额头上。

"我是说真的哩。你看，今天有人给了我一张一毛的钱，下午我去王姐的店铺兑换零钱，王姐说这张一毛的钱是假的，叫了另一个人来看，那人拿着左看右看，前看后看，上看下看，看了老半天，说：‘这是一张 1980 年的一毛错币，值老鼻子钱了。这个背面国徽颜色比较浅，右下角两处本来该有的文字标示是空白的，字母 YIJIAO 字样也没有，这张错币有 50%的背面面积都印错了，所以很罕见，很值钱。’我得好好收着。我们的苦日子总算有指望了。”小丽说着，把那张一角钱纸币用手绢层层包好，小心翼翼地放进柜子里。

第二天，王海正在送水，手机响起，接听：“喂，我是拍卖行的，听说您的手里有一张错币啊，我们能过去看看吗？”王海答应了。那些人看后说：“这是一张十分难得的错币，起拍价 200 万元到 300 万元。”王海听后，半天没说话，这不是惊喜，简直是惊讶！

一连几天，王海都接到数十个自称是拍卖行工作人员的电话，给的起拍价一般都在 100 万元以上，甚至有一家给到了 800 万元。王海和小丽觉得真的要时来运转了，更加宝贝那张错币，睡觉都要放在被窝里。

生怕错币会不翼而飞，王海和小丽的日子过得有些心惊胆战，他们决定尽快拍卖掉这张错币。可是选择哪家拍卖行呢？他们找王姐商量，王姐见多识广而且是发现错币的人。王姐推荐了一家出价在 500 万元的拍卖行。拍卖行的工作人员说需要收取一些前期的费用，不管成交与否，这些钱都要交给他们，一般按起拍价的 1%收取。500 万元，那么就需要支付 5 万元的费用。王海和小丽犹豫了。他们来城里打工五年了，才存了 5 万元钱，那可是他们起早贪黑、不辞辛劳挣来的。

回到家，王海和小丽心情大坏，晚饭也没吃，就上床睡了。可躺在床上，两个人像筛筛子，翻来覆去，怎么也睡不着。

没过几天，王姐被警察带走了，王海对小丽说：“她是骗子！该抓！”

原来，小丽经常去王姐的店里换零钱或者整钱，有一次两人聊起来，聊得很贴心，小丽就把存了5万元钱的事儿说了出来。她不知道，王姐经营小铺挣的钱，根本满足不了她和老公吸毒的钱，于是他们打起了歪主意，导演了“一毛错币拍卖天价”的大戏，想诱骗淳朴善良的农民工小夫妻上当。

那天从拍卖行回来，王海一夜未眠，他觉得“财从天降”的事儿实在太离奇，静下心来仔细分析，终于厘清了思路，认定王姐不是好人，为了不让更多人上当受骗，他果断报了警。

小丽将那张“天价一毛错币”装在镜框里，天天擦拭，提醒自己：不管什么时候，也不能让钱迷了眼睛，坏了良心。

槐花婶

晨曦微微露。院子里的槐树抖抖身子，打了一个清新的哈欠，枝条似乎发出唰啦啦的响声。槐花婶推开门，看看院子里的槐树，又抬头看看天，自言自语道："今天可别起风啊。"

槐花婶洗漱完毕，提起早已装好东西的布袋走出大门，锁好，拿出儿子给买的手机，粗糙的手指笨拙地在那些字母键上按动，终于拼出："我进城了。"看着信息发出去，她笑了。手机揣进贴身的口袋，背起布口袋，安心地向车站走去。

司机看到槐花婶背着个布口袋，说："槐花婶，又进城看儿子啊，这布袋里是啥好东西啊？"只有这一趟车经过槐花婶所住的小山村，槐花婶每次进城都坐这趟车，和司机很熟络。司机一边说着一边伸手去取槐花婶背上的布口袋："我帮你放到行李箱里吧。"

"别，我得带上车，这里面的东西，怕碰，我得护着呢。"槐花婶眼神里有几分乞求。"好吧，但不能占座位。"

槐花婶上车坐下，把布袋放在怀里抱着，像当年抱着儿子那般疼惜，脸上满是幸福的光泽。

两个多小时后，公交车到站了，槐花婶下了车，把布口袋放在脚边，直直身子，双手握成拳轻轻捶捶腰。天已经大亮了，太阳升起来了，亮亮的暖，有些晃眼睛。稍作休息，槐花婶背起布口袋，穿过一条条繁华的城市街道，到了儿子的住所。

拿出钥匙打开门，儿子小康从卫生间探出头来，嘴里含着牙刷，叫了一声“娘”，槐花婶应答着，把布口袋提进屋。小康洗漱完毕，望着布口袋问：“娘，这口袋里装的什么啊？”

“是白菜，你最喜欢吃的白菜。”

“娘，这么老远您就为给我送白菜啊，这城里的超市啥样的白菜都有。”

“我知道，但这三棵白菜不一样，前几天那场突如其来的雨夹雪，接着又是严寒，家里的白菜都被冻僵在了地里，这三棵白菜是住在村外的老孙……”

“啥？！娘，你找老伴我不反对，我爹走了这么多年了，你一个人拉扯我长大很不容易，我也希望你有个幸福的晚年。但娘，你离那个老孙远点儿好不好？他不是个好人，他是个杀人犯呢，这种恶人，就不应该被释放，应该老死在监狱里。娘，我不想让他玷污了你的名声。”

听着儿子的话，槐花婶一阵心酸，那些陈年往事，一一爬上心头来。20年前，她不愿意接受父母包办的婚姻，和心爱的人私奔到了几千里外的小山村租住下来。房东人心善良，待他们很好。房东家的妹妹在婆家常常受欺负，房东约了村里的几个壮年去给妹妹撑腰长势，其中有她的爱人。没想到双方打起群架，爱人混乱中失手致人死亡，进了监狱，他就是当年的老孙。那时槐花婶还不知道自己已怀有身孕。面对无期的刑期，两人互相嘱咐都要好好的。后来她嫁给了邻村的一个男人，只为给孩子一个身份。那个男人患有癫痫，儿子出生才几个月，男人就死了，从此，黑天和白夜，母子俩相依为命。半年前，老孙回到了村里，隔着20多年的光阴，两颗心温情如初。

“儿啊，这三棵白菜，是老孙的一片心啊，那夜雨雪下得急，半夜北风刮得厉害，老孙把自己的棉衣盖在了白菜上，这三棵白菜才没被冻僵。老孙，其实他，是你的亲生父亲……”小康一下子呆住了！

“这怎么可能？！这怎么可能……”小康蹲在那里，双手抱头，纠结痛苦。

“儿啊，你爹，哦，老孙得了绝症了，肾癌，是早期，还有救，咱们得救他啊……”小康听到此，心忽然猛烈地颤抖了一下。

“你知道吗？6岁那年，你严重烧伤，我急得没法，打电话到老孙服刑的监狱，老孙为你植了皮。他不让我告诉你这一切……”他眼中忽然有泪悄悄溢满。

稍作镇定，他和娘赶回了村里。

手术很顺利，小康给父亲捐了肾。

五月槐花开。父子俩出院那天，正好是老孙的生日。当年房东的儿子也来为他祝寿，几杯酒下肚，他说：“我爹临终前说老孙哥是替他去坐牢的。”老孙摆摆手说：“我和你槐花婶感恩你爹的收留之恩，我心甘情愿的。孩子，那些往事都过去了，我们不提了。”

槐花婶说：“嗯，别再提了。你们看，今年的槐花开得多好啊。”

洁白的槐花在阳光下温润如玉，清新的香在空气里静静弥散。

翟老汉的心事

“来咱农家乐的人必须到试验田看看我！看看我都不成吗？！”翟老汉拍着桌子说。儿子惊讶地望着爹，三十年来，他还是第一次见爹把桌子拍得啪啪响。

“爹，你莫生气哩，人家城里人来咱们农家乐，图的是亲近自然，接近绿色，品尝地地道道的农家饭菜，你说人家看您干什么？”儿子的语气十分温柔，生怕又惹起爹的火来。

翟老汉不说话，他望了一眼儿子，别过头，吧嗒吧嗒地抽着烟。

翟老汉今年六十二岁，年轻时当过几年兵，复员回村后，进了村里的林业队，他细心好学，勤于观察，没几年就掌握了果树栽培和管理的技能。近些年，村里很多人出外打工，闲置的土地越来越多，翟老汉看着那些长满草的荒地心疼不已。他挨家挨户去问：“能不能把你家的地承包给我？”

很多人家都同意把地承包给翟老汉。翟老汉很高兴，建起了一片面积近50亩的果园。翟老汉买来杏、梨、苹果、桃、山楂、核桃等树苗，一棵一棵仔细种植。翟老汉的果园坐落在村后一处梯次分明的丘陵上,由于缺水,近两万株苗木全靠他从村里一担一担挑来水浇活的。后来儿子看他累,找来水车拉水,可村里的路也不好走,翟老汉依旧“晴天一身汗,雨天一身泥”,但他甘心情愿,乐此不疲。看着一株株果树开花坐果,他的心里比吃了蜜还甜。

驻村干部来到村里后,修了一条通往城里的公路,村里面的道路也进行了硬化。在城里上班的儿子说:“现在交通方便了,采摘季节摘果那么累,不如搞个农家乐,来个观光采摘,这样轻松些,也不少挣钱。”翟老汉觉得儿子说得在理,便参加了乡村旅游协会,开始接待来自四面八方的客人……

“看你做啥?一个糟老头子,背弯了,脸黑红黑红的,满脸褶子,你就不怕吓到人家那些城里的娃?”老婆总是和儿子站在同一条战线。话不投机,翟老汉当当当磕掉烟锅子里的烟灰,背着双手走出了院门。

孩子们三三两两地去上学,一个个孩子像一棵棵挺立的小树苗,看着就让人生出满心的喜悦和希望。翟老汉想起了自己的孙子。八岁的孙子今年上小学三年级,上个周末回来,跟着翟老汉去果园,望着满树的果子,对翟老汉说:“爷爷,您是超人吗?是不是每天飞着管理果树啊?爷爷,您真幸福。妈妈说,您天天生活在世外桃源里,像个老神仙。”翟老汉听了,心里很不是滋味。这怨不得孙子,就连儿子,自打上学后,也基本断了和土地的联系。农耕的乐趣和艰辛只有亲身体会,才能真正懂得“汗滴禾下土,粒粒皆辛苦”的含义。

孙子指着李子树上的李子说:“爷爷,这是山竹吗?我最喜欢吃了。”翟老汉说:“这不是山竹,是李子。”

很多果树孙子都不认得,孙子说和电脑上的图片不太一样。孙子的懵懂让翟老汉有了新的想法。

翟老汉在果园里忙碌了好多天，规划出一片试验田，他想让那些来他们果园的城里人亲身体验耕作的艰辛，让那些只在电脑里见过庄稼、果树图片的孩子亲眼看看是哪种果树结了哪种果实。

翟老汉站在试验田边，深深地叹了一口气。太阳升起来了，暖洋洋地给每一棵果树都披上了一件金色的衣裳。翟老汉抚摸着一棵棵树，眼神里满是疼惜和爱怜。

“爹，听您的，我明天就在咱家的宣传网页上加上一条，来果园的客人都得先到实验田看您劳动或者亲自参加劳动，然后再进行别的活动。”不知何时，儿子站在了翟老汉的身旁。

翟老汉看了看儿子，继续走着，走到果园的最高处，从高处往下看，一层层不同的果树，茂盛葳蕤，有的结满了果实，一串串在浓密的叶子间探头探脑；有的枝头刚结出幼果，一颗颗如调皮的孩童，乘着枝条做的秋千荡来荡去……红黄青绿，令人目不暇接。果树下，有一家三口的，有一家三代的，脸上都洋溢着愉快的笑容。

翟老汉说：“乡村观光采摘，不仅要为孩子亲近大自然提供机会，还要让他们近距离接触我这个‘尘满面、鬓如霜’的种树人，让大人和孩子切身感受劳作的艰苦。这样，他们不但长了见识，以后也会更珍惜自己的生活。”

儿子笑着对爹竖起了大拇指。翟老汉笑了，满园的果树也笑了。

告诉你个秘密

暑热天气，太阳流火，便想着吃些清凉的菜。小区附近的小菜市场有家夫妻俩开的小店，专卖凉拌菜，我简单挑了几样，顺便去蔬菜店买些时令蔬菜。蔬菜店的老板姓吴，是个憨厚的小伙儿，待人热情、实诚，我经常在他店里买蔬菜，是他家的老主顾。

“姐，今天买的什么好吃的啊？”小吴问。

“买了点凉菜，夏天天热人心也热，想吃点凉的。”我边说边挑蔬菜。

“姐，从哪家买的凉拌菜啊？”

“拐过街角第一家，门朝东的那家。”我把挑好的眉豆递给他，又挑了几个土豆。

“姐，我告诉你个秘密。”我付钱的时候，他压低声音对我说。我有点意外，虽然彼此算是熟人，但我觉得没有熟到那种可以分享秘密的地步。

“姐，你可不要告诉别人哦，你自己心里有数就行了。”他声音轻轻的。

我点点头。他声音很低地说：“姐，街角这家卖凉拌菜的，你不要买，前几天这家男人的哥哥刚死了，你知道是什么病吗？肝炎，肝炎啊！你要是吃凉拌菜，去南面的那家，那家的凉拌菜很干净。”他的声音很低，但“肝炎”两个字却低沉而有力。我点点头，对他道了谢，提着菜走出了店门。

因为知道了那个秘密，看看手中飘着香味的凉拌菜，此时仿佛成了一坨污物，我的胃里不由得开始翻腾，赶紧像避瘟神般，快速扔进了垃圾桶。

人的猜疑和想象力的后作用真是魔力无限。好些天，一说凉拌菜，我都觉得胃不舒服。

那天，去离家一里多地的农贸市场买菜，碰到刘姐，她做海鲜生意。我们住在一个小区，不常见但也不陌生。

“你来买菜啊，不常见你来呢。”刘姐热情地跟我打招呼。

“嗯，我想买点附近百姓自家种的苋菜，凉拌吃。”我说。

“哦，你去中间那家买，看到了吗？那个老太太，她是个实在人，种的菜不用乱七八糟的肥料。”我应答着，去刘姐说的摊位买了苋菜。往回走，刘姐喊住我，“时间还早呢，来，我跟你唠两句”。

“你平时都去哪里买菜啊？第一次见你来市场。”刘姐递给我一个板凳。

“我平时买菜就近，就去小吴那个店，你知道吧？”

“小吴的店啊？”

“嗯。他人很好，不短斤少两的，卖的菜质量也行。”我实话实说。

“哦，这样啊。我本来不想说的，可是不告诉你，我良心过不去啊。”刘姐有些面露难色。“不想说就不说嘛。”我不喜欢知道很多事，知道很多事有什么好处呢？知道的事情太多，有时候会增添许多烦恼。

“不告诉你吧我心里过意不去。我跟你说了，你可不要告诉别人，你自己心里有数就行了。你知道吗？那个小吴最近生病了，肺结核哦，那天我去医院看个亲戚，看到小吴进了传染病区。我正巧认识那个医生，医生说他得的是肺结核。你以后多走几步路，来市场买菜。现在人生活好了，图什么呢？不就图吃得干净放心吗？你说小吴有传染病，谁能保证他卖的菜不会携带传染病菌啊。记住了，以后不要去小吴那里买菜了哈。”

谢了刘姐的好意，往家走。忽然觉得心里沉了很多，因为知道了这秘密。

一天去饭店吃饭，邻桌全是农贸市场和小菜市场的生鲜蔬菜商户，刘姐也在，唯独不见小吴。嗯，小吴有传染病，不能叫他到这公共场合来，我这样想。

去洗手间，听到刘姐在说话：“妈，小吴想抢我们的生意，没门。我妹妹和妹夫在小菜市场卖凉拌菜，碍他啥事了？是，我妹夫的哥哥是得肝炎死了，这并不代表我妹夫也有病是吧？不就是南面那个卖凉拌菜的女人是他未来的大姨子吗？他会到处跟人说秘密，我们也会。你等着瞧吧，他那个店就快关门了。”

“小吴真得了肺结核吗？”

“没，是他家远房亲戚得了肺结核。我这叫以其人之道还治其人之身……”

“闺女，这你可做得不对，人家小吴没得肺结核你怎么可以说人家得了呢？”

“他跟好几个人都说我妹妹家的凉拌菜不能买呢，我只是……”

“只是什么？唉，你这样冤冤相报何时了，咱们生意人，更不能这样昧着良心做事,人心是杆秤啊,以后你要是再说人家小吴得了肺结核,我就当众揭穿你,听到没?!”

“可是……”

“可是什么?没什么可是的,我做了一辈子买卖,从没亏欠过自己的良心。人在做,天在看。公道自在人心。”

听到她们走出来,我躲到了拐角。原来卖苋菜的老太太是刘姐的母亲。

这个秘密,却似一阵无比清爽的风吹向我的心田。顿时,眼前被滚滚暑热笼罩的世界,变得清凉、清亮起来。

真假存款单

儿子刚进门，就从口袋里掏出一张存款单给她："娘，这是我孝敬您的钱，6万元，您可收好了。"

"哎哎哎，收好，收好！"接过儿子递过来的存款单，她笑得满脸花开。

二十年前，丈夫查出身患绝症，在一个大雾弥漫的天气离家出走，至今生死不明，杳无音信。此后，她独自一人照顾年迈的婆婆、年幼的儿子。艰辛的生活如一条粗糙的绳子，把她柔弱的肩膀勒出道道血痕，她咬牙坚持着，人前总是笑着，暗黑的夜里，泪水一次次浸透枕巾。前年，婆婆在盼儿归的失望里离世，她披麻戴孝用儿子的身份安葬了婆婆。有她在，家就是完整的。

去年，儿子大学毕业，在深圳找到了一份工作，她忽然觉得身子轻了很多，腰杆也直了起来，心，也踏实了下来。她精心种地，庄稼也好像沾染了她的愉悦，长得喜气洋洋。

"儿子，你该交个女朋友了。"吃饭时，她对儿子说。

"娘，我还年轻，想再拼几年，现在的女孩都很现实。"儿子轻轻叹了一口气。

“我相信总有不虚荣的女孩的。”她抚摸着儿子，无限爱怜。

儿子睡了，她不睡。她把儿子换下的衣服拿来，掏掏左右口袋，确定没有东西后坐在月光下洗起来。夜晚洗衣裳是她的习惯。

日子如树上的果子怡然自得，春生、夏长、秋收、冬藏。转眼，又一个秋踏着金风而来。

她打扫庭院，擦桌擦椅，因为儿子今天要带着女朋友回家订婚。一切收拾妥当，她便来到村口张望。村口，是她无数次守候与期许的地方。

儿子的女朋友很乖巧，她很满意。吃过晚饭，她拉着女孩的手说："闺女，我没啥可送你的，这个你拿着。"说着从口袋里掏出一张存款单。

“66000 元，钱不多，你们买房子，多少是个贴补。”

“娘，这钱……”儿子走过来。

“这钱啊是你给我的那 6 万元，我又存上了 6000 元。六六大顺，图个吉利。”她一手握着女孩的手，一手握着儿子的手，目光慈祥而深情。

秋天过后又是寒冬，树叶随风飘零，轻声诉说着一段故事的结束。生命就是这样，有开始就一定会有终结。她病了，病得很厉害，儿子和儿媳守在她身边。

她对儿子说："我死后，你给我上坟的时候，记得也到你大傻叔的坟上烧点纸钱，他的坟就在山后咱家的麦子地旁。"

“大傻？”儿子对大傻并不陌生。大傻是同村的一个单身汉，一辈子未娶妻。每当农忙时节，娘总会请大傻来帮忙。大傻人很善良，知道他们家孤儿寡母的没有钱，活忙完了有饭就吃一口，没饭他就回家去，啥酬劳也不要。娘闲着的时候，会为他浆洗、缝补些衣裳。

“大傻两个月前死了，留给我一张存款单，是他一辈子的积蓄，6

万元钱。他说这是他送给你的结婚贺礼。这一辈子,苦了他了,娘对不起他……”娘抽噎着,从枕头下拿出一张存款单,颤抖着双手递给儿子。

“娘欠他的,只能来世还了。”她泪眼蒙眬。丈夫离家出走,再也没有回来。大傻真心对她好,为她一辈子未娶,她心里明白这是怎样的一份挚爱,但她不能越雷池,因为她不知道丈夫是生是死,她和丈夫没有解除婚姻关系之前,绝对不能和大傻有啥关系。

“娘,我订婚的时候,你给我们的6万元是哪里来的啊?”儿子问。

“不是你给我的吗?你忘了,你说你挣钱了,孝敬我的,6万元。”

“娘,我给你的存款单,是假的……”原来,他当时想给娘的,是一张只有6000元的存款单。但为了讨娘欢心,他用电脑PS了一张6万元的存款单,打印出来给了娘。他的心里充满了疑问,更充满了愧疚。

“娘,我不是故意的……”

“我知道,你是为了让娘高兴,大傻和你,对我的心都是一样的,不掺一点假。”她若有所思,“我想起来了,那天我去存钱,叫你大傻叔和我一起去的,银行的人说什么不对,我也不太懂,后来你大傻叔让我安心坐着等,他要了我的身份证,帮着办理的,难道……”

她带着微笑永远离开了心爱的世界。

那一天,他去一家业务单位接洽业务。谈完工作,一个人说:“一年前,你们村里有个叫大傻的人在我们这里打工,干活十分卖力,只要工资高,脏累都不嫌,还常常要求加班,他说儿子快结婚了,买房需要钱,想在儿子结婚前挣够6万元。可我最近听说他是个单身汉,是不是啊……”

他没有说话,他想起十几岁时,看到娘和大傻一起走有说有笑,他背后悄悄拿了石头扔向大傻，大傻被打得头破血流，还在娘面前维护着他。

他，禁不住泪如雨下。

篱笆开满喇叭花

晨曦刚刚露出稚嫩的脸儿，刘奶奶的篱笆前就有个娇俏的身影在探头探脑。她是十岁的小丫，今年上小学三年级。

小丫轻轻推开篱笆门，轻手轻脚走到窗前，踮起脚尖向窗内张望。透过窗帘的缝隙，看到刘奶奶还没有起床，她捂住嘴巴轻轻笑了。轻手轻脚返回到篱笆门前，从肩上拿下书包，拉开拉链，里面的一串串喇叭花眨着新奇的眼睛望着小丫。小丫拿出一串喇叭花仔细地缠绕在篱笆上，又拿出一串缠绕在篱笆上……不多会儿，篱笆就开满了五颜六色的喇叭花。

太阳升起来了，暖暖的光照在喇叭花上，喇叭花的笑脸更加灿烂了。吱呀一声，刘奶奶推开了房门，小丫赶紧抓起书包躲到篱笆外。刘奶奶拄着拐棍去鸡窝把鸡撒出来，又去给花浇了水，忙活完这些，她站在阳光下四处打量院子，充满疑惑地朝篱笆门走来。小丫紧紧捂住嘴巴，脸上的笑挤满了眼窝。

“喇叭花开了啊，真好看。”刘奶奶自言自语着，伸手抚摸着喇叭花，眼神里满是爱恋。喇叭花是刘奶奶最喜欢的花。

望着喇叭花，刘奶奶又想起当年。那是1945年，十九岁的她送心上人柱子去参军。几个月后，柱子托人捎回来一封信，拆开信封，信纸上没有一个字，只歪歪扭扭画着一朵喇叭花。柱子的意思她懂，柱子这是在部队当上小号兵了。此后，一直就喜欢喇叭花的刘奶奶更钟情喇叭花了，她家的房前屋后栽满了喇叭花。

不久，传来柱子所在部队南下打仗的消息，刘奶奶日夜为柱子祈祷，把所有希望寄托在喇叭花上，每天早上看到喇叭花好好的，她就像听见柱子在发起冲锋的时候，一次次吹起胜利的号角，相信柱子一定安好。

三年，五年，十年。喇叭花年年绽放，柱子却再也没有回来。刘奶奶固守着老屋，执着地等待，一直没有嫁人。

想到此，刘奶奶轻轻叹了一口气，扯起衣襟轻轻擦去眼里的泪，又用手摸摸喇叭花，微笑着转身往屋里走。

小丫刚直起身子，一抬头，刘奶奶出现在她面前。小丫禁不住喊了一声："呀！被发现了！"有些不好意思地低下了头。

"小丫，这是你给奶奶采来的喇叭花吗？"

"不是。哦，是。"

"你怎么知道奶奶喜欢喇叭花的？"

"是，是……我不能说。我答应过不说的。"

"不说是吧？"刘奶奶扯下一串喇叭花扔在了地上，十分生气。

"奶奶，您别生气，我说，是爷爷告诉我的。"

"爷爷？你爷爷不是几年前去世了吗？"

"我爸爸前几天刚领回来的爷爷。他迷路了，爸爸下班碰到他，就把他带到我家了。"

“哦，小丫好福气，多个爷爷疼你了。”刘奶奶说着搂抱住小丫。小丫是个苦命而又幸福的孩子。小丫是个弃儿，她患有先天性心脏病。爸妈是她的养父母。养父母很爱她，待她如同亲生。

小丫回到家，跟爷爷说已经把喇叭花在刘奶奶家的篱笆上“栽”好了，爷爷伸出左手给她点赞，小丫伸出手抚摸着爷爷右边的空袖管：“爷爷，你的右手臂去哪儿了？”

爷爷用左手把小丫搂进怀里，给她讲那个遥远的故事：在南下的战斗中，他无数次用高亢激昂的小号声激励战友们勇猛杀敌，有一次，一场战斗双方僵持了两天两夜，眼看着就要弹尽粮绝，战士们都有点泄气了。再一次向敌人发起进攻的时候，他跑到一处高地，忘情地吹响了冲锋号，被敌人的枪打中了右臂，他忍痛坚持着，依旧把号声吹得高亢响亮。战斗胜利了，他的右臂没有保住，但他很自豪。后来他随部队转战各处参战，又失去了一只眼睛。中华人民共和国成立后，他一直在遥远的异乡，他不想让亲人看到他残缺的模样。就这样像消失了一样过了几十年。他一直未娶妻。他的心里、梦里时时刻刻有喇叭花绽放。花儿忘不了根。他踏上了回家的路……

第二天一大早，他来到了刘奶奶家的篱笆前，左手爱怜地抚摸着那些喇叭花，这些喇叭花是他在夜深人静、思乡情切的时候，用彩色的纸折叠成的，破了叠，再破再叠，喇叭花始终盛开着，陪伴着他。

“柱子……”刘奶奶轻声呼唤着他的名字。

喇叭花嫣然含笑，沐浴在清晨的阳光里，鲜亮、斑斓，似一首怦然心动的诗。

另一种网

他对她说:“有吃的吗? 我饿了。”

“方便面可以吗?”她找来找去,家里只有方便面。他说:“好。”

锅里的水开了,她撕开一包方便面倒入沸腾的水里,问他:“你喜欢吃硬一点的还是软一点的啊?”

坐在沙发上的他心头一热,因为好久没人这么在乎他了。他站起身走到厨房门口说:“你看着做吧,你做成什么样儿我都喜欢吃。”

一会儿,她把煮好的方便面放在他面前的茶几上:“吃吧,尝尝合口味不?”方便面热气氤氲,她笑意盈盈。他想起妈妈为他煮面时也是这样的场景,多么温暖啊。

他吃面,她坐在旁边给他讲自己的过往。她出生在农村,刚出生没几天就被抱到姨家寄养,因为爷爷奶奶重男轻女思想很严重。17岁那年,姨母在临终前把她的身世如实相告。那一夜,她哭疼了眼睛。姨母的后事办完,她没有回到亲生父母那里,只身到城里闯荡。没有高学历,也找不到理想的好工作。流离失所的日子是荒凉的。凄冷的夜风里,她觉得自己还不如一棵草,草儿至少还有根下的一抔土立身,而她在繁华的世界里孤苦无依。后来一家理发店老板娘看她有几分姿色，收留她为客人洗头、打杂。总算日子安稳了，但好景不长，因家中生变故，老板娘卖掉了理发店。她又成了浮萍一样，四处游荡。再后来她认识了一个男朋友，以为此后会有人疼有人爱，可以过温暖静好的日子，但男友对她十分冷漠，没有一点温存和关爱，每天伸手向她要吃、要喝、要钱花。这哪是男朋友，倒像是给自己找了个沉重的负担。说到此，她深深地叹了一口气。

他端起碗，喝掉最后一口汤，神情满足得像吃了一顿饕餮盛宴。

"现在呢？你那浑蛋男朋友呢？"

"我们分手了。我养不了他。我在一家超市做营业员，每个月工资除去交房租勉强度日。"她拿起碗走进厨房洗刷。

"你说这个世界上还有比我们更惨的人吗？"他也讲起了自己的经历。他不记得父母是什么样子，记事起就在奶奶身边，奶奶从没跟他讲过有关父母的事，小的时候他还问，奶奶不说，后来长大了，也懒得问了。奶奶去世后，他一个人四处流浪。最后在一家洗浴中心找到一份工作。他很用心地做事，成了管理者。前些天莫名遭受诬陷，丢了工作不说，还被敛去了所有的钱财。他的生活一下子回到了"解放前"。老天也仿佛和他作对，接连阴雨，让人的情绪低落到极点。他在一家足疗中心过道的沙发上寄宿了三天。今天早晨，他是被饿醒的。

"没想到，原来同是天涯沦落人啊。"她笑笑。

"是啊，咱俩真是有缘。早晨我被饿醒，没有钱买吃的，你知道那种滋味吗？胃仿佛缩成了一团，纠结着疼，好难受。终于挨到中午12点多，我想去一个朋友那里吃一顿饱饭，在电梯里遇到了你，不知道为什么，看见你就有一种似曾相识的感觉，所以你在8楼下电梯，我也跟着你下了电梯，跟你进了屋。我给你个忠告，你也真够粗心大意的，以后细心些，别再像今天这样，我跟你进了屋你还没发觉。这对一个女孩子来说是很危险的事，万一我是坏人呢？”

她有些惊愕地望着他。

他笑笑：“我只是说一说而已。”

有人敲门，她去开门，是个年轻的女子，女子说：“姐，我想借用一下你的手提电脑。”女子见她屋里有客人，拿了电脑就走了。

他和她仿佛老朋友般。他们聊理想，他说年少时的理想已被现实摧残得不成样子；他们聊自由，她说自由如果成了放纵，就需要约束……转眼五个小时过去了。窗外暮色渐浓。她去楼下买了一些饭菜还有一包香烟。她把烟递给他的时候，他眼里闪过一丝晶莹。他点燃一支烟抽了起来。沉默一阵后，他说：“我刚才对你说的话都是骗你的。我是个抢劫犯。我已作案多起。我把你当作知心朋友才告诉你实话的。”

“如果你真把我当朋友，就听我一句劝，收手吧。”

“我，我不能收手，你知道吗？我妈妈重病，还躺在医院里等我拿钱去救呢。”

她的手机响起。他警觉地望着她，伸手往裤兜里摸刀，才想起刀在她给他煮方便面的时候，他心头一暖，把刀扔出了窗外。她接听：“喂，哦，电脑我不着急用，你明天再来吧。”听她这样说，他松了一口气。

“我想你妈妈也希望你改过自新，重新做人。”

“再给我煮一碗方便面好吗？”他猛吸了几口烟。

他不知道，她是一名警察。此小区住户最近频繁遭受入室洗劫，他们已排查了一段时间。他很狡猾，反侦查能力极强，证据不足所以一直不能拘捕他。她的任务是引他上钩并拿到有力的证据。她与同事约好的抓捕暗号是“你明天再来吧”。

几分钟后,她把煮好的方便面端到他面前,热气氤氲。

敲门声响起。她开门。夜色中的警灯分外明亮。

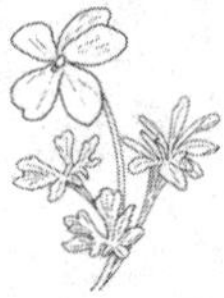

红豆红

一大早，水喜清秀的身影出现在苗木市场，头发上沾着清澈的露水。为了早些到达苗木市场，十三岁的他鼓足勇气半夜就悄悄起床，一个人走了几十里山路呢。

水喜左瞧瞧右望望，用手抚摸着一些树苗问：“这是红豆树苗吗？”卖家摇摇头：“我这里没有红豆树苗。”一连问了十多家，卖家都说没有红豆树苗。水喜站在那里，望着一堆一堆的树苗，眉峰聚拢，自言自语：“怎么就没有红豆树苗呢？哪怕只有一棵也好啊。”

太阳升起了，水喜头顶上的露珠消失不见，他的鼻尖上冒着细细的汗珠。水喜不舍得放弃，依旧挨家挨户寻找着红豆树苗，可结果都不是他想要的。

“小哥哥，你要找红豆树苗吗？”一个七八岁的小姑娘走到水喜跟前说。

“嗯，对，你知道哪里有红豆树苗吗？”水喜充满期待地看着女孩。

“妈妈说，我爸爸就在那个长满红豆树的南国，我爸爸好久没回家看我和妈妈了。‘红豆生南国，春来发几枝。愿君多采撷，此物最相思。’

妈妈看着爸爸的照片，常常念这首诗，我都会背了。”女孩指着不远处一个女子：“那个就是我妈妈，你可以去问问她哪里有红豆树苗。”女孩拉着水喜的手，向女子走去。

女孩的妈妈问水喜：“你为什么一定要红豆树苗呢？”水喜说：“我们的青叶老师喜欢红豆树。可是她离开我们，回城了。那棵红豆树死了。同学们都说，如果把老师住的房子周围种满红豆树，她就会回来的。”

“青叶老师？”

“嗯，青叶老师是城里来的，她知道的可多了，她不光教我们文化课，还教我们唱歌、跳舞、弹吉他，我们可喜欢她了。”

“我认识青叶老师，一年前她来买红豆树苗，还是我在南方山区支教的爱人帮她邮寄过来的呢。我会帮你找到红豆树苗的，不过，得等几天。这样，你隔两周来拿好吗？”

水喜高兴得差点跳起来，一个劲儿说：“行，行，谢谢您！”水喜高兴地回校了，一路上蹦蹦跳跳，像只快乐的小鹿。

红豆树苗栽下后，水喜和同学们细心呵护着它们。生长在温暖有爱的环境里，红豆树长得格外开心，葱郁的叶子像少年拔节的身体，朝气蓬勃，透着旺盛的生命力。

一年过去了，青叶老师没有回来。两年过去了，青叶老师还是没有回来。第三年初春，学校里来了一位小伙子，会唱歌、会跳舞、会弹吉他，他是新来的支教老师，叫雪枫。雪枫特别喜欢红豆树，一有空闲就走到红豆树前久久驻足，目光那样深情。同学们都说：“雪枫老师的才艺、上课风格、兴趣爱好多像青叶老师啊。”

水喜毕业了。新学期开学的前几天，他来到学校对雪枫说：“老师，您在这里再待三年好吗？等我初中毕业，我就回来。你是城里人，迟早要离开的，就像青叶老师……”水喜用手抚摸着红豆树叶，一滴泪轻轻滴落在红豆树叶上，又一滴落了下来……

“好，一言为定。”雪枫给了水喜一个坚定的拥抱。

水喜临近初中毕业时，雪枫鼓励他报考了高中，雪枫说他会一直待在村里，因为他喜欢红豆树。水喜愉快而安心地继续求学。

转眼，水喜大学毕业回到了村里。桃花源般的山村小学到处盛开着欢喜。

“老师，您如果想回城就走吧。”水喜对雪枫说。

“不，我要等青叶回来，青叶不回来，我就不离开。”雪枫抚摸着红豆树说。红豆树已长得很高大，叶子葱郁，葳蕤挺拔。

“您认识青叶老师？”水喜十分惊讶。

“青叶，她是我的爱人。”

多年前，大学毕业的青叶选择山区支教，雪枫考研成功，继续修学。雪枫和青叶说好，等雪枫研究生毕业也来支教。雪枫和青叶都喜欢红豆树，青叶就去买了来栽在窗前。那年青叶感觉身体不适去医院检查，医生告诉她她患了乳腺癌。她谁也没告诉，默默离开了山村小学，也不再联系雪枫。青叶的父母告诉雪枫说青叶离家出走了，他们也不知道她去了哪里。雪枫来到青叶的支教点，痴痴守候。他相信青叶一定会回来。

又一年春天，红豆树开满了花朵，洁白的花满枝都是，如雪一样晶莹。秋天，红豆树上结满了豆荚。雪枫摘下一个豆荚剥开，红红的红豆似一颗红亮的心。雪枫把红豆安放在胸口，轻轻说：“青叶，红豆红了，你在哪儿呢？”

“雪枫。”雪枫听到有人叫他的名字，惊喜地回头。阳光下站着一个穿红衣的女子，是青叶。

父与子

“臭小子，你慢点！”中年男人大声吼道。那个半大小伙子仿佛没听见一样，踩着滑板车，霎时溜出几米远的距离。

中年男人是我的邻居老汤。半大小伙子是他的儿子小红帽。叫他小红帽，是因为他一年四季都喜欢戴一顶红色的绒线帽，是他妈妈给他买的。他说戴着妈妈买的红帽子丢不了。说着说着他就难过起来：“我天天戴着帽子，我没丢；妈妈没戴帽子，妈妈丢了，妈妈……呜呜呜……”听到哭声的老汤赶紧过来安慰儿子，越安慰儿子哭得越厉害，老汤有些手足无措，也落起泪来。儿子看爸爸哭了立时止住哭声，从头上摘下帽子戴在老汤头上：“爸爸，你要乖，不要走丢哦。”老汤挂着泪笑：“哎哎，儿子也乖，不要走丢哦。”说着把帽子戴回儿子头上。

那晚遛弯回来，看见老汤一个人在十字路口蹲着，我向他走去。老汤的面前有一堆燃烧火纸留下的灰烬，他的脸在路灯下闪着光，是泪水。

“今天是你的祭日，三年了，真快啊。”老汤像是在自言自语，“孩他娘，撞你的那个人找到了，是个小伙子，比我们儿子大不了多少。我去他家看过了，他家的日子比我们还落魄，一家人挤在一间四面透风灰暗破旧的房子里。他父母都是残疾人，他妈拉着那孩子的手放进我手里，说钱实在没有，人让我看着办。孩他娘，你说我能咋办啊？那孩子眼巴巴看着我，眼神像咱们儿子的眼神那样清澈，我怎么忍心……我在警察那里给那个孩子求了情。孩他娘，你是个好心善良的女人，只是跟着我这么多年，没享过福……”老汤的声音有些哽咽，“孩他娘，你放心，我和儿子挺好的，咱儿子长高了，很乖，每天都戴着你给他买的红帽子，说是妈妈买的。孩他娘，俺爷俩，想你啊……呜呜……”老汤泣不成声。

我正要安慰老汤，小红帽跑了过来，紧紧搂抱住了他。

“老汤，你怎么吃从垃圾桶里捡的馒头啊？”一天下班回家，我看见老汤从垃圾桶里捡出来两个有点毛的馒头在吃。

“没事儿没事儿，这馒头还能吃。你看，里面好好的，多白。”老汤冲我憨憨笑着。

“走，叫上小红帽去我家吃。”

“不用，你看，我给儿子买的肉包子，刚出锅的，可香，你闻闻。”

老汤说他辞职了，儿子越来越大了，也越来越爱动，他不放心儿子一个人在家里。他说：“把儿子照顾好是我最重要的工作，这个工作给我最大的快乐。”

一场秋雨过后，风有些凉。楼道里一阵嘈杂，有人喊：“不得了了，要出人命了！”我赶紧出门去看。是小红帽把一个小男孩打得鼻青脸肿，老汤一边连连陪着不是，一边拿卫生纸擦拭着小男孩鼻孔中流出的血。好在邻居很宽容，没有太责难老汤什么。

邻居提醒老汤：“老汤，小红帽今天无端打人，以后怕还有此类事情发生，把他送到精神病院去吧，你也歇歇。”老汤给大家鞠躬：“请大家放心，今后我会看好他的，绝不让这样的事情再发生。”

小红帽先天因病致残，脑子坏了，医生说他成年后不是傻子就是疯子，也可能二病兼有。

此后，老汤紧紧抓着小红帽的手，寸步不离，无论小红帽怎样耍脾气、闹性子。

小红帽高了、壮了，依旧像个任性的孩子，哭着、笑着，没心没肺。

老汤老了、瘦了，眉梢眼角布满了挡不住的岁月痕迹，只是那眼神，依旧澄净、明亮，让人敬畏。

43.5℃的夏天

午后，明晃晃的太阳炙烤着大地，此时的世界仿佛是个蒸笼。气象信息发布了近几日持续高温预警，人们都躲在家里避暑。

一个瘦弱的少年打破了大街的安静，他叫安小乐，今年12岁。他拖着一个蛇皮袋，背着一个酒箱盒子，沿着路边，一个一个垃圾箱翻找着什么。

汗水顺着他的脸颊无声地流淌着，安小乐顾不得擦一下，只顾搜寻着那些纸壳、塑料瓶等。每捡到一个称意的物件，他眼里就闪现一道喜悦的光。

“这个时间段出来是最正确的！”安小乐搜寻到整条街最后一个垃圾箱的时候，蛇皮袋和酒箱子已“吃饱”了。安小乐把蛇皮袋放到地上，用细绳扎住口，用一根长绳子捆住酒箱子，擦擦脸上的汗，掀起背心，用力抖着，背心立时鼓满了风。稍稍歇息，他竖起大拇指，给自己点了一个大大的赞，然后拖着蛇皮袋，背起酒箱子，摇摇晃晃地向废品收购站走去。

妈妈无意中说想喝鸡蛋汤，安小乐让饭店的厨师做了一碗，叮嘱一定要放一点紫菜和香菜，妈妈喜欢这样的味道。鸡蛋汤做好，安小乐闻了闻：“真香啊！”付了钱，提着鸡蛋汤走进了医院。

妈妈躺在病床上，脸色苍白，眼神暗淡。看到安小乐，没好气地说：“你这熊孩子，这么大的太阳又去哪里瞎玩去了？”安小乐满脸笑容，把鸡蛋汤倒进搪瓷缸，拿了勺子，一手端着搪瓷缸，一手拿勺子舀了鸡蛋汤，放在嘴边嘘嘘地吹凉，小心地送到妈妈嘴边。妈妈不张嘴，忽然抬起胳膊，打掉了勺子，安小乐一惊，端着搪瓷缸的手一抖，搪瓷缸掉在了地上，鸡蛋汤撒了一地。

“我不吃你买的东西，我也不想再看到你，你滚！”妈妈大声地说。安小乐忍着眼里的泪水，蹲下身拿起搪瓷缸，又从卫生间拿了拖把，默默清理地上的鸡蛋汤。他不怨妈妈，妈妈身体有病，心情不好。

妈妈没生病时对他那么好，那么疼爱他。那时每天爸爸下班回来，一家三口有说有笑，多幸福啊，可是自从妈妈得了病，住进了医院，就像变了一个人，动不动就发脾气。

第二天午后，明晃晃的太阳依旧肆无忌惮地炙烤着大地。安小乐拖着蛇皮袋，背着酒箱子，翻找着一个个垃圾箱。

“小乐，这些东西我们不用了，你拿去。”沿街的一个商户说。

“谢谢！您这些东西都还很新，还能用，所以我不能要。”

“你这孩子，给你你就拿着，乖，听话！”

“不，我妈妈说，遇到困难的时候，自己能解决的，就不要去麻烦别人。我现在……我能行，你看，我捡的废品多多！我爸爸也在努力打工赚钱呢。”

商户看着安小乐小小的单薄的身影走在炎阳里，那么执着而坚定，不由泪水在眼里打起了转转。

“小乐，你妈妈说不想你去医院了，走，跟我去姥姥家。”是舅舅。

“我不！我不去医院，谁照顾妈妈啊？何况，我答应爸爸，一定会好好照顾妈妈，再说我看不到妈妈，会睡不着的。”舅舅劝不动安小乐，无奈地走了。

安小乐给妈妈买了一个煮玉米，是平时妈妈喜欢吃的，他很欢喜地把煮玉米递给妈妈，妈妈接过去一下扔到垃圾桶里，指着安小乐：“滚！我不想再看到你这没出息的样儿！”安小乐眼里夹着泪花走出了病房，站在病房门口无声地哭泣。

邻床的病人对安小乐的妈妈说：“孩子多懂事，你就不要再凶他了。”

“我不想让他小小年纪就这么受苦。我想让他去他姥姥那儿。我……不是孩子的亲妈，我嫁过去的时候，小乐才两岁，我一直把他当亲生儿子带，害怕自己偏心，这么多年，我一直没要自己的孩子，可是我现在得了癌症，这么拖累他，我心疼啊……”妈妈说着说着哭了。

安小乐跑进屋，抱住妈妈：“你就是我的亲妈，我哪儿都不去，你的病一定会很快好起来的，我和爸爸一起努力挣钱给你治病……”

伏天午后的太阳炙烤着大地，地面温度达到43.5℃。瘦弱的少年安小乐拖着一个蛇皮袋，背着一个酒箱子，挨个垃圾箱翻找着。看着一天比一天丰盛的垃圾箱，安小乐十分满足和开心。他想好了，回去就告诉妈妈：她的病一定会治好的，因为这满街都是好心人。

母亲的小木匣

母亲说:“小木匣的锁坏了,你给我换一个吧。”我接过母亲手中那把带着岁月锈迹的锁:“行,下班后我去修锁匠那里看看。”

还没下班,接到多日未见的同学电话,说他来出差,想见面聊聊。我想锁早一天晚一天买没事儿,下班后便拉着同学一起吃晚饭。吃完饭还没到家,单位领导打电话,让我明天出差一周。

出差回来,妻小声对我说:“咱妈那木匣子里装的什么宝贝啊?”

“咱妈能有啥宝贝?”

“整天走着坐着抱着那个木匣子,仿佛里面有天大的秘密。”妻嘟起嘴巴示意我:“喏,你看,睡觉都抱在怀里呢。”我望向坐在躺椅上睡着的母亲,果然,她的双手妥帖地把小木匣搂在胸前。

这个小木匣是外公做的。外公是个木匠,多年前有人拿了木材给外公,请他给即将出嫁的女儿做两个柜子。柜子做完,外公用下脚料做了这个小巧玲珑的小木匣。外公虽是木匠,但外婆是个病身子,加上上有老下有小一大家子的吃喝,没有余钱给就要出嫁的母亲买木材做嫁妆,小木匣成了母亲唯一的陪嫁。

母亲欢喜地抱着空空的小木匣走出外公的家，进了奶奶家的老宅子，开始了另一段人生。

记忆中，母亲总把小木匣放在自己的枕头边，上面的小铜锁一直是锁着的。少年的我对小木匣充满了幻想与好奇，终于趁母亲不在家，我用锤子把小铜锁砸开，迫不及待打开小木匣，里面除了一股淡淡的松木香味儿，什么也没有。母亲回家后很生气，一把拉过我摁在床边，照着我的屁股啪啪狠劲儿打，边打边说："让你起邪心，今天不让你长记性，以后你也会对别人的东西起邪心，人，不能对别人的东西起歪心和邪心，你知道不知道？你说你记住了没……"那顿打啊，我的屁股都被打开花了，好长时间都得趴着睡觉。

小木匣也不总是空空的。刚参加工作那年，我喜欢上了一个女孩，女孩喜欢书和苹果。我想用一个两全其美的办法赢得女孩的芳心。母亲拿出小木匣，拿来两个红红圆圆的苹果洗净、擦干放进去，把我给女孩买的书放在苹果上面。十几天后打开小木匣，里面的书散发着清纯的苹果香。我把带着苹果香的书送给女孩，女孩望向我的眼神充满了欣喜与娇羞。后来女孩一家南迁，我的恋情也如风筝断了线。

"锁买来了吗？"母亲醒了。

"没，我明天一定买。"说完这话又过了四五天，我才去买了锁。母亲很高兴，没有责备我的拖延与忽略。小木匣上了锁，母亲依然寸步不离抱着它。

"我跟你说，我那天看见老王头和咱妈一起逛街，两人聊得挺热乎。你说咱妈是不是黄昏恋了啊？"妻说。

"咱爸去世快二十年了，咱妈要真找个老伴，我还真同意。"

妻说："我也同意。"

“妈,我看王叔挺好的,哪天请他到家里来吃饭吧?”我试探着问母亲。

“你王叔一点都不好。哦,我是说他可悲惨了,儿子儿媳要抢他的银行卡,这不,他说让我给他保管着。我说可不能放在我这里,我让他约了他的儿子儿媳,我去和他们谈了,我告诉他们,如果他们再欺负老王头,就让老王头和他们脱离关系,然后把所有的钱和房产全部捐出去。我会陪老王头一起和他们战斗到底。他们都吓坏了。我这像不像你们说的‘女汉子’啊?”母亲笑了。

过了一会儿,母亲抚摸着小木匣严肃地说:“我的小木匣,不能装别人家的东西,装别人家的东西,沉啊。”

母亲走得很突然,却很安然。就那么抱着小木匣在躺椅上睡着了,再也没能叫醒。

母亲离世一个月后,我让妻拿出小木匣放在桌子上,小木匣在母亲的抚摸和时光的浸润里,闪着岁月的包浆。我轻轻扭动钥匙,打开小木匣,一股说不出的厚重味儿扑面而来。

里面放着我和妻的结婚证。

“妈这是怕我们离婚,把我们的结婚证藏着,日夜抱着……妈……”妻禁不住哭泣起来。妻用泪眼望着我说:“我们再也不要一吵架就说离婚好不好?”

“嗯。”我的眼睛也开始潮湿。

小木匣里本应装着属于母亲的故事,而普通平凡的母亲一辈子没有秘密。

妻擦干泪,郑重地把结婚证放回小木匣里,锁好,放在了枕边。

阳光下的星星

“卡尔，看你那傻样儿，笑啥笑，就知道傻笑。你看他傻不傻啊？”

“卡尔是谁？他就是卡尔，一个大傻子。你瞧瞧他那傻样儿。”一群孩子指着他，带着嘲笑的口吻哄笑起来。

八岁的卡尔依旧傻笑着，哈喇子从嘴边到脖颈，流成一道亮亮的小溪。

卡尔是怎么变傻的，谁也不知道，几年前，他还是个聪明活泼的小男孩，在不知不觉中，他就成了这副傻傻的模样。

“卡尔，你要是能变聪明，除非大白天里出星星。”彼特指着卡尔的鼻子说，眼神里充满了敌意。

彼特是卡尔的哥哥，是毫无血缘的哥哥。彼特的妈妈罗斯几个月前成了卡尔的继母。

卡尔望着彼特：“哥哥，我想跟你玩。”

“谁要跟你玩，你个傻子。”彼特快步走到前面，对那些嘲笑卡尔的少年们说：“跟我走，我带你们去个地方，我告诉你们，那里可好玩了……”彼特带领着孩子们快步向前奔去，一会儿撇下卡尔一大截。卡尔望着那些渐远的身影,依旧笑着,执着地跟随着。

卡尔终是没有跟上彼特他们。卡尔失踪了。已经两天没有回家了,众人寻找都没有找到,卡尔的爸爸去警察局报了案。彼特暗自高兴:那个傻子最好不要再回来,我可不要人家说我是傻子的哥哥。

第七天傍晚的时候,卡尔回来了,一头乱蓬蓬的头发,手上和小腿上布满了划痕,嘴角那傻傻的笑还是老样子。“卡尔,你去哪儿了?”爸爸蹲下身用手抚着卡尔的头发、伤痕。

“爸爸,我看到那棵树了,那棵树……有星星。”卡尔用手比画星星的样子。

“卡尔,什么树?什么星星?”爸爸摸摸卡尔的脑门。

“是妈妈带我去找的那棵树,有星星的树。”卡尔很认真地说。

“妈妈?卡尔,我的宝贝,是玛丽妈妈还是罗斯妈妈?”

“玛丽……妈妈。”

“卡尔,玛丽妈妈已经不在了,你现在的妈妈是罗斯,知道吗?现在罗斯是你的妈妈。”

“玛丽妈妈,树,星星;玛丽妈妈,树,星星……”卡尔不断重复着,望着爸爸,眼神里充满了坚定。

卡尔的亲生母亲叫玛丽,两年前得病去世了。

“卡尔,我的孩子,你想玛丽妈妈了是吗?所以去找她了是不是?来,我们先去洗澡、吃饭、睡觉,明天我们去找玛丽妈妈好不好?”罗斯也蹲下身,温柔地对卡尔说。

“嗯。”卡尔使劲地点了一下头。

第二天一大早,卡尔就领着罗斯上路了,他们走了两天,来到了一个遥远的小镇,卡尔把罗斯带到了外婆家。外婆的院子里有一棵茂盛的树，坐在树下，外婆说起一段往事：卡尔出生时是个聪明漂亮的小男孩，但医生告诉卡尔的妈妈玛丽说卡尔是个脑瘫患儿，随着成长会越来越和别的孩子不一样。玛丽非常着急，恳求医生救治卡尔。医生很无奈地说："卡尔要变得像正常孩子，除非白天出星星。"医生又说："也许上帝的爱能创造奇迹。"

卡尔三岁时，智力开始明显低于同龄的孩子，并流口水。看着儿子被人嘲笑，玛丽很心疼。那天天气炎热，阳光热辣辣的，玛丽躲在树荫下乘凉，忽然，她眼前一亮。她猛然站起身，拿了一些细绳，费力而倔强地爬上了树，用手拨弄着那些树叶，在她一番"改造"后，阳光透过树叶散射在地面上，形成了一颗颗明亮的星星。玛丽高兴极了，她叫来好些人让他们看地上的星星，嘴里一个劲儿说："你们看，白天出星星了，卡尔一定会有出息的。"然而不久后，玛丽患重病离开了卡尔。远在他乡的卡尔爸爸十分悲伤，把卡尔接到了身边。

罗斯眼里聚满了泪水，她紧紧地把卡尔搂进了怀里。

多年后，卡尔成了一名小有成绩的学者。他依旧时不时地流口水，但没有人再嘲讽和讥笑他，人们都很佩服他。

爸爸、罗斯和彼特都为他骄傲和自豪。

创造奇迹的不是上帝。是罗斯从外婆那里移来了一棵树苗，栽植在大大的木桶里。几年来，每隔几天，彼特就会细心地重新摆弄那些树叶，让阳光透过树叶散射在地面上时都是星星的形状。

阳光下的星星，一闪一闪亮晶晶，那是世界上最温情的眼睛。

林露露，你就是童话里那个天使

1

“林露露，你剪头发了啊？为什么啊？你好不容易才留起来的，整天跟宝贝似的伺候着，怎么突然说剪就剪了啊？”林露露刚走进教室，同桌晓宇就“飞”到她旁边，望着她的头发惊呼着。

“我也不知道是谁剪掉了我的头发……”林露露一脸委屈，眼泪跟着就流下来了。

“啥？你也不知道是谁剪掉你头发的？！那是谁怎么剪掉你头发的啊？！”晓宇一脸惊恐状。

“我不知道就是不知道……”林露露的眼泪落满了腮。

要说林露露的头发，那可是她的宝贝，自打上幼儿园起，她就没剪过头发。她那一头乌黑的秀发令多少人羡慕啊，垂下来，一直到腰间，柔顺飘逸，比电视里洗发水广告上的明星头发还漂亮，但让人感觉到更真实。

现在可好，直到肩膀下，扎起来像把小刷子。林露露说觉得头轻得像要飘起来。

老班小李老师走了进来，身后是林露露的爸爸，两个人都表情严肃，脸上布满了暴风雨来临前的乌云，整个班级立时安静下来，谁稍稍大点声呼吸都能听见。

“昨天下午放学的时候，谁和林露露同学一起走的？或者谁看见有谁在背后对林露露同学有过异常的举动没有？”班里鸦雀无声。小李老师的目光扫过每一个同学的脸，没发现异常，都沉稳冷静，没有惶恐。

“小李老师，也许不是同班同学干的，那就不耽误同学们上课了。”林露露的爸爸转身走出教室，小李老师也跟了出去。

教室里一下子炸开了锅，目光全聚焦到林露露的身上。林露露趴在桌子上，把头埋在两只胳膊中间，嘤嘤哭泣。同学们都为她的头发离奇被剪唏嘘不已，教地理课的孙老师走进了教室。

“这次考试有几个同学进步了，也有几个同学退步很多，特别是林露露同学，竟然从前10名跌到了第47名，女孩子嘛，爱美是可以理解的，但不能忘了学习才好。要不就成了真正的‘头发长见识短’了。”孙老师的话一落地，全班哄堂大笑，目光再一次聚集到了林露露的身上。

2

第二天，林露露的头发又短了一截，她依然不知道是谁用什么方法给她剪掉的，这个消息无异于一个重型炸弹，把初二整个年级炸得沸沸扬扬，连整个学校都陷入一片猜测、不解和恐慌之中。

下午放学，林露露觉得背后有人跟踪，肯定是那个剪我头发的坏蛋，她猛然回过头，抡起书包朝那人脸上打去。

“哎呀，别打了，是我！”林露露停下来，才看见是男同学方舟。方舟是班里出名的差生，是林露露的“帮扶对象”。

“我想送你回家，怕有人再剪你的头发，再剪你就成假小子了。”方舟吐了一下舌头。

“方舟，你觉得我以前的长发好看还是现在的短发好看？”“都好看，长发看着文静、淑女，短发看着精神、利索。”

“方舟，你觉得学习是很枯燥的事吗？”“也不是，我就是脑子笨，我也想学好，上课我也好好听来着，可是就是学不会。妈妈说我是猪脑子，还说我要是考不上重点高中，就让我去乡下当泥瓦匠，唉，分，分，学生的命根啊。”

他们俩一路走，一路聊。

“方舟，我告诉你个秘密，你不要告诉任何人好吗？”

“什么秘密？”

“其实，”林露露顿了顿，有点犹豫的样子，“其实头发是我自己剪的。”“啊？！”方舟瞪大了眼睛。

“其实我是为了你才剪头发的。”林露露一双大眼睛看着方舟。

“为了我？你没有开玩笑吧？”“是真的。你看咱们俩结对子都快一年了，你的学习成绩一直上不来，我也不知道咱们俩谁有问题，这次摸底考试你依然还是倒数，我着急啊，说实话，我有点打退堂鼓了，我想找老师再另外给你找个对子，但我又不想放弃。为了给自己鼓劲，我就剪掉了自己的头发，对自己说：‘林露露，你连最宝贝的头发都有决心剪掉，难道没有决心帮方舟搞好学习吗？’我知道你并不笨，只是你不够用心……”

方舟听着林露露的话，惊讶得嘴巴张得老大。

“另外，这次我名次掉到了后几名也是我故意的，我想和你站在一个起跑线上，这样你就不会觉得咱俩差距大了。”林露露很认真地看着方舟。

方舟先是惊讶，继而有些感动了。他没有想到林露露如此真诚、如此绞尽脑汁地帮助自己。他是个那么差劲的孩子，上课睡觉、放学去网吧，没有谁在乎和关心他。“嗯，我今后一定好好学习，和林露露‘好汉剖腹来相见’。”

3

初二的紧张度，一点也不亚于高二，甚至比高二还要让人感觉“亚历山大”。各类考试、测验多起来。

“方舟，你看，这次英语考试你得了90分呢，这可是开天辟地头一回啊，肯定不是你的真实水平，说，是不是考试的时候抄谁的了？”英语课代表陈晨用怀疑的眼光看着方舟。

“这有什么啊，这学期期末我能考个满堂红你们信不信？”方舟接过卷子说。

这个“新闻”也不亚于林露露离奇被剪掉的头发，整个班级的学生为方舟的“大言不惭”“不知天高分难考”连连惊呼。只有林露露沉着冷静，在暗暗地笑。

方舟没有能兑现他考个“满堂红”的诺言，最有希望得高分的物理他居然只考了62分。同学惊奇地发现，林露露的头发又短了，成了一个“假小子”。同学们都在猜测、怀疑，而方舟，嘴角露出一丝浅笑。

“林露露，是不是我下次考不好，你就把自己剃成光头啊？”回家路上，方舟说。

“是，你要是再考不好，我就真的剃成光头，再不行，我就自残，比如打自己嘴巴，或者拿小刀给自己胳膊上留下一道痕迹……”林露露早就做了仔细的调查，方舟虽然调皮，但他心地很善良，最怕别人为了他受委屈，所以她才敢这样“狠心”地对待自己。听了林露露的话，方舟的眼睛瞪得都要脱眶了。

接下来的考试，方舟真的考了满堂红。

学校一直在调查林露露头发离奇被剪掉的事件，最后锁定了目标，居然是方舟！因为只有他和林露露接触得比较多。

林露露听说方舟成了怀疑对象，赶紧找老班替方舟洗还清白。“那你说是谁剪掉了你的头发？这案子不破，影响多坏啊。”老班苦口婆心。

“老班，我告诉你吧，是天使剪掉了我的头发，她说只要我剪掉头发，方舟的学习成绩就能上来了，你看，天使没有骗人。”

老班先是莫名其妙地看着林露露，然后笑了：“对，是天使剪掉了你的头发。”

方舟看着林露露假小子一样的短发，在心底由衷地说：“谢谢你，林露露，你就是童话里那个天使。”

第六辑

狗尾草也有秋天

实习结束，学生们让她留言，她在黑板上写下：只要你悦纳自己，真诚待人，即使你是一棵丑丑的狗尾草，一样会有富足的秋天。下课的铃声响了，她走出教室，身后有几个学生跟上来：“老师，我们一起做狗尾草好吗？”她望着这些花一样的笑脸，心底涌动着阵阵暖流，世界上还有比她更幸福、更富足的狗尾草吗？

紫荆花开

“这是谁干的啊？看看都把这好好的树糟蹋成什么样儿了，这么粗的树枝都被折断了，这不是扯俺胳膊断俺腿吗！”八十二岁的根爷拄着拐杖围着树转了一圈，脚步踉跄而蹒跚。他缓慢地弯腰捡起地上一些散落的枝叶，嘴唇抖动着，眼里蓄满泪水。

这棵树原本长在根爷家老宅的院子内，老宅经历烽火乱世，残垣断壁，早已无法居住。没有院墙的约束，这树就成了村里人共同的风景，特别是开花之时，常有人在树下坐坐、聊天。只要不伤害树，根爷也喜欢乡亲们常来。

根爷和两个儿子住在村西，与老宅隔着不算近的距离，他腿脚不方便，但是每天，根爷都会拄着拐棍，一步一步蹒跚着来老宅看看树。

那时根爷出生还未满月，父亲跟村里的几个人出海捕鱼，一去不返，几个人全都生死未卜、下落不明。几户人家联合在海上搜了好些天也没找到。所以根爷自小没见过自己父亲的样子。

根爷十岁那年，当年和父亲一起出海捕鱼的一个叫阿辉的人忽然回来了，整个小村立时欢腾起来。阿辉给根爷家捎回来一个包裹，包裹上写着根爷的大名：徐林根。阿辉说他们下海捕鱼遇到强台风，被马来西亚的一条大船救起，短暂停留后，他们漂泊到新加坡，后来到中国香港。在香港找到工作，老板待他们不错，他们就此安定下来。阿辉生了重病，恐不久于人世，切切思念家人，老板托人几经辗转把他送上回家的路，其他人都把攒的积蓄和给自家人买的礼物托阿辉捎回家。

母亲小心拆开包裹，里面有一封信，一个装钱的布包，还有一卷纸，舒展开里面是两棵树苗，再就是一些衣物。母亲拿了信叫根爷赶紧读给她听，根爷的叔叔曾是私塾先生，教他认得一些字。纸上没有牵肠的挂念与殷殷的嘱托，只有唐朝诗人韦应物的一首诗《见紫荆花》：杂英纷已积，含芳独暮春。还如故园树，忽忆故园人。母亲听完，哭了，继而抹干眼泪，拿起树苗在院子里栽下，神情那么庄严。

根爷一年年长高，树苗也一年年长高。没几年，树冠已能撑出绿色的伞。母亲坐在树下对他讲："传说古时候，有三兄弟闹分家，财产分完时，发现院子里还有一株枝叶茂盛、花团锦簇的树不好处理。当晚，兄弟三人商量将这株树截为三段，每人分一段。第二天清早，兄弟三人前去砍树时发现，这株树枝叶已全部枯萎，花朵也全部落了。三兄弟不禁感叹：'人不如木也。'后来，兄弟三人又把家合起来，并和睦相处。那株树也随之恢复生机，且生长得花繁叶茂。这棵有灵性的树叫紫荆花树。阿根，你要记得哦，你父亲捎回来的树就是紫荆花树，只要这树在，你父亲就在，咱家到啥时都会和睦兴旺，不会散。"

战火灼烧的日子，母亲和根爷像保护自己的生命一样保护着紫荆花树。风雨飘摇的岁月，那一树红彤彤的花开，让凄苦的光景亮出明媚。

只是直到母亲去世，父亲再无消息。安葬母亲时，根爷在她的棺材周围撒满了紫荆花，因为他听说父亲所在的香港，到处开满紫荆花。想到此，根爷禁不住潸然泪下。

“根爷，您老别生气，这棵紫荆花树我们也稀罕它呢，它是咱村的吉祥树。昨天咱村的新小学动工建设，可能挖掘机施工时没注意，伤了紫荆花树。”村主任也怜惜地看着那些散落的枝叶。“这次旧村改造，特意把这棵紫荆花树规划在村小学旁边的绿化带内。根爷，您老有时间，可要多给孩子们讲讲这棵树的故事啊。”

“哎，好，好。”

“给孩子们讲古时候紫荆花树的亲情故事，讲香港紫荆花树的英雄故事，也讲咱村这棵紫荆花树的历史故事。”

“嗯，好，好。”

在暖阳和风里，在少年们琅琅的读书声中，紫荆花树长得越来越繁茂。紫荆花盛开时，那红彤彤的花冠，远远望去，像一面红色的旗子迎风招展。

不知从哪天起，小村里陆续有陌生人走动，说是陌生，却都有似曾相识的模样。根爷知道，他们是归人，是紫荆花树召唤他们归来的。

一只扶贫羊

“我就要领一只羊，不给我就不行！”李老汉拿着烟袋敲得桌子砰砰响。

“李大爷，这是扶贫羊，您老不是困难户，也不是‘五保’户，不够条件领这羊。”村长助理小刘耐心解释。

“我不管，反正这羊必须有我一只。”李老汉梗着脖子，眼睛瞪得像铃铛一样。

“李大爷，您老真不符合领羊的条件，我们不能违规办事。”小刘想扶李老汉坐下，李老汉不领情，用力甩开小刘的手：“今天不领给我羊，我就不走了。”说着，李老汉一屁股坐在地上，任谁拉都不起来。

“李老头，你闹啥呢？平时挺讲道理的，咋还撒泼耍赖起来了，你还是个爷们吗？亏你以前还当过村干部。”贫困户王奶奶来领羊，看到无理取闹的李老汉，禁不住数落他几句。

“要你管！好！你风格高，你风格高你把羊给我吧！”李老汉麻利地站起来，飞快地、出其不意地夺走了王奶奶手里的羊，快速走出了村支部大门。

所有在场的人都愣了神。李老汉是个老党员，曾是村委会副主任，做事公正、为人清正，咋刚退下来，就变了呢？

“看看，这是我领的扶贫羊。”李老汉肩上搭着烟袋，双手向后背着，手里牵着那只白白的山羊。

“老李头，你啥时成了贫困户？在咱村你家算富裕户了，咋还给你发扶贫羊哩？”村民越是疑惑，李老汉越是高兴，哼着小曲儿，牵着羊优哉游哉，得意扬扬。

很多人看李老汉领了扶贫羊，很不服气，去找村长说理。村长对村民们说：“老李是咱村的老党员，为咱村出过不少力，难道你们忘了？那年咱这里遭遇罕见的暴雨，发生山体垮塌，老李身先士卒抢险救灾，为救村民差点搭上了性命。如今他领一只羊，你们觉得过分吗？不过分啊，是吧？”村民们想想村长说得在理，都不再提这事了。

老李再对村民显摆自己领的扶贫羊时，村民说：“俺们不眼馋，村长说了，这只羊就算那年你救村民的答谢。”

村民们不眼馋，李老汉很郁闷。

一天，他牵着羊走出了村，对村口的村民说：“我要去乡里，说我领到了扶贫羊。”

村民把这一消息告诉村长，村长急了，骑上电动车去追李老汉。

“老李，你在村里闹闹就行了，咋还去乡里？您老有什么话，尽管对我说，如果我哪里做得不对，打也行，骂也行，只要您老心里痛快。”

“您是一村之长，是咱村最大的官，您还有做得不对的地方？”李老汉斜了一眼村长，牵着羊继续朝前走。

“老李，我知道错了，我给你道歉行不行？你就不要去给乡领导添麻烦了，跟我回村，有什么事我一定帮你解决，直到你满意，行不行？”

“你知道错了？那你告诉我你错在哪儿了？”

“我对你关心不够，你退下来后，一人独居，我明知道你老伴去得早，孩子们都不在你身边，也没常去和你说说话。我没忘记你是我们村的功臣，这样，以后我保证三天两头去你家和你交流思想，行不行？”

“在你眼里我就是这样的人？”李老汉更生气了。

“不，不是，是我说错了，咱村里谁不知道你心胸宽阔、明辨是非、待人厚道，你就大人不记小人过，咱先回村，实心聊聊，如果我解决得你不满意，你再去乡里，行不行？”

李老汉看一眼村长，不吱声，牵着羊折返回村，一路上不理村长。

“老李，你跟我明说吧，我实在不知道我哪里做错了。”

“真不知道？那我问你：你丈母娘凭啥领扶贫款？她虽然住的房子旧点，但她生活上并不困难，是吧？她要是生活贫困，那就只有一个原因，你们这些做儿女的不孝顺。”

“我丈母娘领扶贫款？”

“嗯。这事我不信你不知道。”

“我真不知道。”村长一头雾水，他赶紧给助理小刘打电话问这事儿。小刘支支吾吾说看老人家住的房子都成危房了，生活也挺拮据的，就给报上了贫困户。这事还没好意思跟村长汇报。

“村长作为村里最大的干部，关心群众，也要关心亲人，更不能思想松懈，毁了前程。你说是吧？”李老汉拍拍村长的肩膀，像慈祥的父亲那样。村长的脸红到了脖子根儿。

几天后，李老汉把那只属于王奶奶的扶贫羊亲手交还到了她手中。

杏儿甜甜

院子里静悄悄的。院子不大，收拾得很干净，离院门不远的一棵树下，拴着一条狗。狗儿看到我，立时警觉起来，嘴里发出低低的汪汪声。

低矮的草房，斑驳的土墙，一副沧桑的模样，这是刘嫂的家？我有些惊讶。

实行“精准帮扶，一户一法”的精准扶贫措施后，刘嫂成了我的工作对象。

“刘嫂。”我喊。狗儿听我喊，汪汪叫起来。刘嫂从屋里走出来，听我说明来意很高兴，拉我进屋，一个劲儿让我吃那些还带着水珠的杏儿。她说这杏是屋后自家杏树上结的，没用化肥和农药，虽然个头小，可甜。我拿了一颗放进嘴里咬一口，甜中有一丝淡淡的酸，味道美极了。

刘嫂是个苦命人，26岁那年嫁给丈夫刘青，最初的日子虽然清苦，但两人一起努力劳作，过得还好。两个儿子先后出生，家里的负担越来越重，刘青出去打零工，那是个分外炎热的夏天，为了多挣些钱养活妻儿，刘青顶着日头干别人不愿意干的重活儿，结果因中暑而离开了人世。那时，大儿子7岁，小儿子3岁。此后，孤儿寡母，日子分外艰辛。

“刘嫂,我想帮你建个杏园,你看行吗?”

“行,我一个农村妇女,没文化更没见过世面,我听你的。”刘嫂的笑容干净又明亮。

我托人买来一些优质的杏树苗,手指粗细,光秃秃的没有一片叶子,一棵棵像光杆司令。我和刘嫂挖树坑、填基肥,然后把一棵棵树苗放进树坑里,填土、踩实。200棵树终于栽完了,我也累得快散架了。我自小在城里长大,娇生惯养,从没想到,劳作是如此艰辛,而又有一种无以言表的丰盛的快乐。

杏树发芽了。刘嫂看着那些嫩绿的芽儿,脸上有抑制不住的喜悦。我心里也甜甜的,仿佛吃到了美味的杏儿。

那夜我睡得正香,忽然被隆隆的雷声震醒。隔着窗玻璃,在电闪雷鸣间,我看到了疯狂摇摆的树,还有飞瀑般的雨在肆意倾泻。

雨一见小,我赶紧赶到刘嫂家,一路上心里猫抓一样。刘嫂家的房子垮塌了,母子三人搂抱着站在院子里,我分不清他们脸上是泪水还是雨水。

“你们怎么不去邻居家躲一躲?”我把伞偏向母子三人。

“房子才塌。我担心那些杏树。”刘嫂抹一把脸。

很多杏树东倒西歪,有一些甚至被连根拔起,零落的枝叶满地都是,和泥水混在一起。

“这下完了!”刘嫂蹲下来抚摸着杏树,强忍着泪,眼里满是心疼。

我走出几步,拿出手机给爱人打电话。手足无措的时候,我需要他的支持。他一直给我安稳的依靠。

把能救的杏树一棵棵植好,把残缺的杏树重新补栽好。在我爱人的帮助下,杏园的一角,一座漂亮的移动板房也已建好。刘嫂禁不住喜极而泣。

那天，我刚走进杏园大门，一股肉香迎面扑来。灶台的锅里炖着一锅肉，咕嘟咕嘟的。“今天有肉吃啊？”我的语气里有些疑问。

“姨，我妈把狗杀了。”

“杀狗干啥？这园子用得着它呢。”我傻傻地说。

“它太老了，看不了家了。”刘嫂淡淡地说。我信以为真。

“今天是你的生日，来，尝尝我包的饺子。”刘嫂给我盛了满满一碗狗肉，又端来一盘饺子。

“妹子，那天你打电话我听到了。你们把打算买新房的钱拿来贴补我家，这份心意有多重我知道，可我……”刘嫂用手擦着不断溢出眼眶的眼泪。

“姨，我妈说，你是我家的恩人，她说这些天你为我家操心受累，人都瘦了一大圈，你过生日一定要表达一下心意，要不然心里过意不去，就把狗杀了，她说狗是现在属于我家的唯一的东西，最能代表我们的心。那盘饺子，是村长送来的肉和面包的。”

这是多么真挚朴实的情意啊，我禁不住热泪滚滚。

杏树开花了。一树树杏花，在阳光的拂照下，洁白、晶莹，重重叠叠，清香融融。

我和刘嫂都笑了，心里像吃了甜甜的杏儿。

梧桐花蜜

女孩对女人说："我不想叫你奶奶，我要叫你妈妈。"女人摇摇头："你看我头发都白了，论年纪也是可以做你奶奶的人了。"

女孩依旧很固执："我就想叫你妈妈。你就是我的妈妈！"女人不再坚持。女孩笑了。

女人一直希望有个孩子，上天眷顾，真的给她送来了一个孩子。那天早上女人起得早，拿起笤帚扫院子，猛然听见大门外有孩子的哭声。她急急打开大门，见一个三四岁的女孩坐在地上，四周空无一人。

"这是谁家的孩子啊？谁把孩子丢在这儿的啊？"女人东张西望，大声呼喊几声，没有任何回应。女人折回头走到女孩身边询问："你妈妈呢？"女孩摇摇头。"你家在哪儿？"女孩又摇摇头，然后大声哭起来。

女人把女孩搂在怀里安抚她，没多会儿，女孩竟慢慢地睡着了。女人把女孩抱回了家。

一连多天，女人领着女孩四处打听有关女孩的消息，都一无所获。后来女人不再打听了，把女孩留在了家中。就这样，一晃几年过去了。

女人离过两次婚，都是因为她不能生育。第二次离婚后，女人决定不再结婚。看着女孩活泼明亮的笑脸，女人觉得女孩就是上天赐给她的天使。多少次梦里，她梦到一个天真烂漫的孩子咯咯笑着跑进她的怀里。如今梦变成了现实。

女人一直让女孩叫她奶奶。上三年级后，女孩怎么也不肯再叫女人奶奶，坚持改口叫她妈妈。女孩说："我不管你有没有白头发和皱纹，你都是我的妈妈。"听着女孩喊出的"妈妈"，女人泪眼蒙眬。

那一天，女孩病了。医生说需要输液，这是女孩第一次输液呢，女人有些慌乱。输完液回到家，女人按照医生的叮嘱给女孩喂药。女孩把药含进嘴里，喝口水还没下咽，一下子连水带药喷了出来："好苦啊！"女孩干呕起来。看着女孩难受的样子，女人慌了，一边拍着女孩的背一边说："都怪妈妈，忘了给你在水里放点糖。"

女孩说："妈妈，我想喝梧桐花蜜。"

"梧桐花蜜？"

"嗯，紫色的梧桐花，掰开花瓣，用舌头舔一舔，可甜了。"

听女孩这样说，女人一下子犯了愁。虽然现在是梧桐花开放的季节，可这附近满大街的除了槐树就是杨树，谁家有梧桐树呢？女人一夜没睡着，天蒙蒙亮，她就悄悄起床。她要去看看谁家有梧桐树。

女人轻轻推开大门，走出去，再轻轻关上。没走几步，赫然发现有一大枝梧桐花安然躺在那里，仿佛只为等她的到来。女人很欣喜，拿起梧桐花左瞧右望，大街上除了淡淡的梧桐花香，再无其他。

女孩看到梧桐花很高兴地吃药，然后摘下一朵淡紫色的梧桐花，小心地掰开花瓣，送到嘴边，伸出舌头轻轻舔向花根处，继而露出了满足幸福的笑容。女人看女孩的笑容那么明媚，心里也感到了蜜一样的甜，仿佛往昔所有的苦瞬间被冲淡。

一连几天,每天早晨都有一枝梧桐花在女人家的大门外静静盛开。女人想对那个好心人说声“谢谢”。

那天天不亮,女人起床披件衣服躲在大门后“守株待兔”。她看清了,是个30多岁的女子,手里拿着一枝新鲜的梧桐花。女人快步跑过去,拉住了那个女子的手。

女子一下子愣在了那里,神情有些慌乱。

女人说:“你是孩子的亲妈吧?”

“你……我……”女子欲言又止。女人拉着女子的手进屋,在客厅坐下,女子发了好一会儿呆,慢慢说:“我当年把孩子扔在你家门口,是实在没办法才那样做的。当时孩子的爸爸病逝没多久,我又查出得了不治之症,您不知道那时候我有多绝望。我想抱着孩子去跳河。可看着孩子那可爱的笑脸,我犹豫了。那时我们在你娘家那个村租住房子,我听人背后指指点点说过你的事,我想你那么喜欢孩子,一定不会亏待她。我把孩子放在你门口后就去投了河,被人救起。后来我的病情得到了控制,我担心复发,一直不敢来找孩子,但我一直默默关注着你们。我,不配做妈妈……孩子病了,我很着急,小时候,她第一次生病喝药,说什么也不肯咽下去,那时候我连给孩子买点糖的钱都没有,正好院子外有棵梧桐树开花了,我就摘了几朵梧桐花让她吮吸花蜜,她便乖乖地喝药了。”女子低低地哭泣起来:“我的病复发了,我这次恐怕撑不过去了……所以我这几天……天天悄悄跟着你们……”

女人握住女子的手说:“我能理解你。这样,这段日子你就来家里住着。”

不知什么时候,女孩站在了她们面前,女人一手拉着女子的手,一手拉着女孩的手，三个人围成一个圆。

桌上的梧桐花散发着清甜的花香，那么静美，仿佛一颗慌乱的心在手心传来的温暖中安稳、踏实。

空袖管

长长的石阶前，一对银发老夫妻步履蹒跚地前行。不多会儿，妻的脚步明显慢了。夫回头看看妻，目光里充满了温情。夫伸出一只手臂，妻满脸欢喜伸出手握住，两人携手同行。

女孩呆了。那老人伸向妻子的不是手，是一只空空的袖管，她看得真真切切，那袖管里除了风，什么都没有。女孩回头望望身后的妈妈，妈妈花白的头发在风里飞着，像秋天里迎风飘荡的芦苇花。

女孩的眼里晃动着清澈的水晶："妈妈，来，拉住我的手。"妈妈看着女儿伸过来的细弱的手臂，还没伸出手，眼里的泪已滴落在石阶上。妈妈用手擦擦泪，连声应着："哎哎，女儿真乖，我真有福啊。"说着握住女孩的手，眼里的泪却止不住地流。

爬上高高的台阶顶端，女孩和妈妈都站住脚，轻微喘息着，母女俩的目光不约而同望向那座掩映在绿树中的学校。下去石阶不远就是学校呢。

能上学，女孩觉得自己是天底下最幸福的孩子，虽然困苦一直没有远离她。

女孩三个月大时，患有间歇性精神病的妈妈点着炉子后，犯病离家出走。等爸爸干活回来，家里已四处浓烟弥漫。爸爸冲进屋里抱起已哭不出声的她，刚跑出屋子，她的两只被烧成枯树枝一样的幼小的胳膊掉到了地上。爸爸强忍着心痛抱她飞奔到医院，医生说孩子太小了，而且烧伤这么严重，根本无法医治。在爸爸的强烈要求下，医生答应尽力医治孩子。感染、化脓、腐烂……等所有烧伤的皮肉溃烂脱落后，女孩奇迹般活了下来。

小小的女孩觉得妈妈、爸爸，还有邻居们都好奇怪，他们都比自己多两只会舞动的胳膊呢。妈妈神志清醒的时候常对女孩说："健全的人都是有两只胳膊两只手的，人要靠双手的劳动来养活自己呢。宝贝，等你长大了，妈妈就把胳膊给你。"说着，用手轻轻抚摸着女孩两只空空的袖管，泪水无声地流淌。

每当此时，懂事的女孩总对妈妈说："妈妈，我不要你的胳膊，我有脚，你看，我能吃饭。"说着用脚夹起妈妈烙的饼送进嘴里。

想起这些，女孩含着泪笑了。能活下来，多好啊；能上学，多好啊。

女孩雀跃着走下石阶，两只空空的袖管飘动着，像随风飘扬的风帆，鼓满了生命的力量。

初中毕业后，女孩失学了，因为高中不是义务教育。那段日子，女孩郁闷极了，她不知道除了读书，在所有农活都靠双手的农村，自己还能干什么。

女孩把自己锁在自己的小屋里，不吃不喝也不说话。女孩看着爸爸和妈妈在田里劳作而自己啥也帮不上忙，她觉得自己成了一个废物。她不忍心再拖累父母。

妈妈拍着门说："我恨我自己，都是我的错，我日日夜夜都在想怎样才能把自己的胳膊给你……”听着妈妈隐忍哽咽的哭声，女孩开了门。妈妈一把把她搂进怀里，放声痛哭。

雨，淅淅沥沥地下着，仿佛是谁流不完的眼泪。

妈妈又犯病失踪了。女孩望着浑然的天幕，泪水伴着雨水流。

几个月后，公安局通知说在相邻的外县发现一具女尸，极有可能是妈妈，让爸爸前去辨认。女孩一个人在家里，双膝跪地，祈求苍天，保佑妈妈平安无事。

两天后，爸爸回来了。女孩问爸爸是不是妈妈，爸爸没有说话，走进屋拿起一家人的合影，用手擦了又擦。女孩走过去靠在爸爸身边。半晌，爸爸哽咽着说："我们把你妈妈从泥塘里拖出来的时候，她的两只胳膊忽然掉了下来……”爸爸抱住女孩，大声哭了起来。

母亲的快乐

“我妈有病，你也有病吗？”磊子对父亲说。看得出，磊子有些生气。父亲张张嘴没出声。

“您就惯着我妈吧，我妈要是没了，我看你怎么活。”磊子的声音越来越低，轻轻抽泣起来。

“你妈愿意这样做，就依着她吧。”父亲看看病床上打了止痛针才睡着的老伴，眼圈也红了。

“我妈这辈子跟着你，一天好日子也没过过。”父亲又看一眼病床上的老伴，眼神里充满了深情的歉意。是的，磊子说得没错。

母亲嫁给父亲后，就随父亲去码头当搬运工。瘦弱的母亲极其要强，像男人一样不惜力气，回到家后，累得常常饭还没吃完就睡着了。磊子两岁时，父亲凭借读过几年书，被招去村里的小学当了一名老师。母亲依旧在码头搬运货物。

磊子清楚地记得，他十岁那年的生日，母亲破天荒地给他买了一件新衣服。父亲回来看到后十分生气，说母亲惯着孩子。母亲眼里含着泪，但没有流下来，望着天空发呆。磊子看着母亲有些挺不直的腰身，忽然心就疼了。他过去抱住母亲,哭着说:“妈,等我长大了挣好多钱,让你享清福。”三十多岁的母亲,因为常年的过度劳累,腰身过早地佝偻了,像一位老妪。

磊子有些恨父亲。如果他不把家里的钱拿去帮助他那些贫困学生,他们的日子也不会这么清苦,母亲也不会年纪轻轻就落下腰疾。帮助人也行,得让自己的生活过得不那么寒酸吧,而父亲却是那么贪婪,帮助的学生不是一个两个,而是许多个。他说那些孩子的眼神那么清亮,却看不出希望的光,这多么让人心疼。于是,他就吝啬地对待家人,让别人家的孩子欢笑。

母亲轻轻地咳了一声。磊子赶紧伸手擦掉泪,对母亲说:“妈,你感觉怎样?舒服些了吗?”

“磊子,不怪你爸,是我非让你爸把你给我凑的手术费给那个女学生的。”

“妈,可你……”磊子的眼泪又下来了。

“磊子,我问过医生了,医生说我这个病即使做了手术,短期内复发的可能性还是很大。既然这样,何必浪费钱呢?虽说手术后也许能多活几天,但终日躺在病床上,也不见得是福气。那个女孩还那么小,关键是她做了手术后就能好起来,然后快快乐乐、健健康康地过一生,你想想,钱花在她身上是不是更有意义?”

磊子没再说什么,握着母亲的手痛哭流涕。

一个月后,母亲在父亲的怀里含着笑离开了人世。

办完母亲葬礼的第二天,父亲和磊子就起程了。在路上,父亲第一次对磊子讲起了他的外婆。外婆是唐山大地震的幸存者,地震过去后,在陌生人的捐助下重建家园,外婆卖起了冰棍儿。后来日子一天天好起来，外婆依然卖着冰棍儿。一年365天，除了正月初一歇一天，正月初二就开始营业，不管雨雪天，也不管有没有顾客。直到生命的最后一刻。外婆把所有卖冰棍的钱全捐给了红十字会和遭遇了天灾人祸的陌生人。外婆去世的时候磊子还没出生，有关外婆的事儿他知之甚少。

“你妈受你外婆影响，想把公益一直做下去。做一个像母亲一样的人，是你妈缅怀你外婆的最好方式。”听了父亲的话，磊子猛然发觉，这些年，自己一直在错怪父亲。

他们一路辗转，两天后到了那个在大山深处的偏僻的小村庄。磊子和父亲把带来的新衣服和文具放好，让需要的孩子排队领取。这些衣服和文具是按照母亲的遗嘱购买的，用家里仅有的所有余钱。

磊子望着孩子们那一双双眼睛里透出的明澈的光，心里忽然铺满了澄净的阳光，暖暖的。他把衣服和文具送到一双双稚嫩的小手中，突然明白了母亲的快乐。

棉

她的名字叫棉。

棉总是笑嘻嘻的,好像愁事从来没找过她。村子里的人看着她的背影常常慨叹:“十八九岁的姑娘了,咋不懂事儿呢?她爹都那样了,她还笑得出来。”棉依旧笑。

棉喜欢种棉花。她在秋天就把准备种棉花的地打好垄。阳春三四月,别人家开始用打罐机子培育棉花苗。棉的家里买不起打罐机子,她只能像种豆子一样把棉籽种进垄里,然后日日去查看。棉花仿佛特别懂棉的心思,出芽顶叶,生长的速度一点也不比育苗的差。爹是种棉花的好手,技术全教给了棉。

村里有个叫二伢子的,他家的地和棉家的地挨着。二伢子家不种棉花。二伢子家种麦子。麦子成熟的时候,棉花苗才长开。二伢子割麦子、运麦子,把地边、地头的棉花苗折磨得凌乱不堪。

棉,你去找二伢子要钱,让他赔。肺癌晚期的爹气喘吁吁地说。棉双手轻轻捶着爹的背说,爹你别急哩,我有办法补救。棉拿了水桶和镢头来到地里,把一些双棵生的棉花苗挑小的一棵小心移出来,栽在棉花苗被折损的地方。

七月，太阳火辣辣地晒着，棉花苗正长得茂盛，棉一大早就到棉田里给棉花除草、浇水、打药、抹芽、打顶。

棉花刚刚长出花蕾时，爹去世了。棉悲痛极了，自幼没有娘的棉现在又没了爹，成了一个孤儿。幸好还有棉田。一看到棉田里的棉花，棉就想起爹和娘。想起爹和娘，棉的心里就像有一团棉花那么温暖。

爹、娘和棉一样喜欢棉花，她的名字叫棉呢。

棉花开花了，早晨花瓣是白色的，到了晚上会变成红色，煞是神奇。花开过不久，便会结出肉嘟嘟的棉花桃子。

二伢子家割麦之后种了玉米，玉米还未成熟，二伢子就掰了拿到城里去卖鲜玉米。

那天一大早，棉刚起床还没洗漱，有人砰砰敲门。

棉，你家棉花遭殃了，你快去看看吧。棉脸没洗头没梳就朝棉田跑。

满地的棉花桃子，有的微微张裂开，如有什么话想要倾吐；有的一头扎进了地里，一看就是被哪只大脚踩踏的……

有人悄悄告诉棉，这坏事是二伢子干的。棉没有说话。

二伢子早就想和棉家置换地，他想连成片种水果玉米拿到城里去卖。棉的爹一直不同意，两家为此种下了很深的怨。

棉无条件同意把自家的地换给二伢子，这一季的棉花也不要他给钱。二伢子有点得意。

棉真傻啊。很多人这样说。

棉害怕二伢子哩，一个姑娘家怎斗得过一个身强力壮、啥事都精打细算的男人啊，棉无依无靠，只能忍让。也有人同情、怜悯地说。

棉不管别人怎么说。棉依然喜欢种棉花，在二伢子换给她的沙地里。有人说这沙地种啥啥不长,种棉花能成?

棉笑笑,棉苗性似火,沙溜地最好。

你就安慰自己吧。那人摇摇头走了。

不幸被言中。到了收获棉花的季节,棉种的那些棉花却只长出了矮矮的棵儿,一朵花都没有开,别说结棉花桃子了。棉几天茶饭不思。棉哭得眼睛像红红的棉花桃子。

棉跑到城里,从城里请来棉花种植技术员,两个人在棉田里转了好几天。

第二年,棉种的棉花丰收了,望着雪白雪白的棉花,棉的心里暖成了一团太阳。

收了棉花,棉想到城里去打工,临走把房子拜托给二伢子照看。二伢子十分惊讶。棉笑着说,咱两家前后住着,远亲不如近邻哩。

望着远去的棉,村里人说,棉不是没有骨头,也不是委曲求全,她的心是一团棉,暖人,不伤害别人。

二伢子忽然满眼含泪,高声喊:棉——妹妹,好好的,哥等你回家!

一切都好

顺子刚奔进柱子家的院门就高声喊:“大娘,我柱子哥给您捎东西回来了。”柱子娘的脚还没迈出屋门,顺子已进了屋:“大娘,您看,这些东西都是柱子哥给您买的。”顺子把东西放在那张矮旧斑驳的桌子上。

柱子娘用粗糙皴裂的手抚摸着那些红红的苹果、金黄的桃罐头、散发着诱人香味的点心,泪眼婆娑。

“顺子,柱子咋没回来?”柱子娘用袖口擦拭去眼角的泪。

“柱子哥那边忙呢,走不开。柱子哥现在比我有出息。”

“真的?”

“嗯,真的。”

“柱子这孩子啊,打小心眼实诚,遇事不懂得变通,干啥都死脑筋,自小我没担心过他会闯祸,因为他从来都是受委屈、受欺负的那一个。”柱子娘笑了,眼睛望着照进屋里的阳光,阳光被树影摇得一晃一晃的,像小时候的柱子一跳一跳向她走来。

柱子八岁的时候,柱子爹上山砍柴,从一块大石上跌下来,被巡山人发现抬回家没多久就去世了。柱子娘农忙时侍弄地,农闲的时候四处打短工，就这样供柱子读完了初中。初中毕业的柱子不愿意让娘再为他吃苦受累，执意不肯再去上学，跟着村里的人出外打工。那时的柱子身单力薄，只能干一些轻活儿，每月挣的钱，除了吃喝等费用，也剩不了多少，但柱子依然是欣喜的，他把余下来的钱用纸一层层包好，藏进贴身的衣袋里，回家的时候掏出来塞进娘的手里，娘握着那些还带着体温的钱，总是先笑，又哭，又笑。娘抱住柱子说，柱子啊，这些钱啊娘不要，你自己拿去买点好吃的，想吃啥就买啥，你正长身体呢。柱子执意不要，娘只好把钱揣进口袋里，去村里的小卖部称些肉，柱子最喜欢吃她做的红烧肉呢。

“柱子现在做的是什么活啊？”柱子娘问顺子。

“大娘，柱子哥人老实，俺们领导很喜欢他，让他做后勤。”

“后勤是啥？”

“就是来了客人端端水、递递茶啥的，上班前、下班后打扫打扫卫生。”

“这听上去像适合女孩子做的活啊，柱子现在身强力壮的，做这个瞎了一身力气呢。”

“大娘，人家城里人和咱不一样，人家不看人的力气安排活儿，人家是看这个人适合干啥，柱子哥老实本分，领导当然喜欢把这样的人留在身边了，放心踏实啊。”

“这样啊，我一直念叨，柱子在外面别受欺负，听你这样说，我就放心了。”柱子娘起身去院子里，拿来一些豆角给顺子：“顺子，你和柱子打小要好，你们俩在一起相互照应着点儿。”柱子娘忽然猛烈地咳嗽起来，越咳越起劲，直咳得脸上冒出了细细的汗珠。顺子看着柱子娘痛苦的样儿，有些无所适从，唯一能做的是轻轻给她捶背。

“大娘，你怎么了？你去医务室看看吧。”

柱子娘摆摆手，呼吸稍稍缓缓，柱子娘说："我去看过医生了。顺子，你不要把我病的事儿告诉柱子，免得他挂心，人家领导对他好，我不能分他的心。"

"大娘，您怎么了？"

"镇医院的医生怀疑我是肺癌，让我去市里查，我没去，我自己的身体我知道，我多半是得了不好治的病。顺子，你千万不要告诉柱子，大娘求你了。我不想拖累柱子，他好好的，我怎么着都行。"柱子娘满眼祈求望着顺子。

"大娘，我听您的，我，我不会告诉柱子哥。"顺子使劲忍着眼里的泪。

"顺子，你这是还没回自己家吧？你回去吧，爹娘都想自家的孩子啊。"

"哎，大娘，那我回了，你好好保重。"顺子背起包走出院门，眼泪唰地一下就下来了。

"顺子，你回去告诉柱子，就说我一切都好，让他放心。"柱子娘在大门口对着顺子的背影说。

顺子没有回头，他不敢回头。

"我知道了，大娘，您回去吧，外面风大。"

柱子不让顺子告诉娘他干活时从架子上摔了下来，腿骨折了，十多天了，现在还躺在医院里。柱子怕自己老不回家娘担心，就让顺子回村，给娘带好。临行前，柱子千叮咛万嘱咐，让顺子对娘说他一切都好。

走到胡同口，顺子大声说："大娘，柱子哥一切都好，您放心吧！"顺子的脸上泪流成河。

把钱给别人花

“能不能不要这些钱？我只是做了自己应该做的事而已。”表彰现场，阿民有些不好意思，不时搓着双手。

阿民是一名高空清洗工人。那天他下班回家，路上遇到一栋高楼意外起火，整栋楼浓烟弥漫，围观的群众说楼里困了不少人。看到不断在浓烟里往复穿梭的消防人员显得那么稀少，阿民主动请缨，加入施救队伍中。他两进两出，先后救出一名被困的孕妇和一名七岁大的男童。

领完奖回到家，阿民把获奖证书放在桌子上。妻子拿起证书看看说：“听说有奖金啊，钱呢？”

“哦，钱改天打到银行卡上。”阿民的目光有些闪烁。

“嗯，这些钱来得真是时候。我正为咱儿子的买药钱发愁呢。”

阿民走到床边看儿子。儿子睡着了，模样静谧、安心。儿子患有先天性间歇癫痫，阿民和妻子抱着儿子去过很多大医院看病，医生都说目前没有很好很有效的治疗方案，只能药物保守治疗。儿子三岁了，还不会说话。阿民用手轻轻抚摸着儿子的脸，一些泪落在儿子盖着的毛毯上，寂静无声。

几天后，妻子又问起奖金的事儿，阿民支支吾吾说："这一万元钱，咱能不能不花，拿去给最需要帮助的人呢？"

"你脑子进水了啊？有你这样的爸爸吗？自己的儿子着急用钱买药，你却把钱拿去给别人，太狠心了！"妻子很生气。

"不是，咱们儿子买药的钱我能挣，我是想把钱花在刀刃上，给那些更需要用钱的人花，会更好。"

"你说，谁比咱更需要钱？"

"有，要不，你跟我去医院看看那个孩子吧。"

从医院出来，妻子说："那个孩子太可怜了，腿都被碾轧得血肉模糊了。希望孩子快点好起来，也希望那个肇事逃逸的司机能良心发现，早日自首。多么奇怪，钱虽然给了别人，但我心里，咋觉得这么舒坦呢。"

阿民握紧了妻子的手。妻子是个善良的好女人。五年前，阿民和妻子在同一个工地打工，当然，那时妻子和他还只是工友。阿民得脑炎住院，工友们给他凑了住院费。妻子自荐给他做护工，说工地上只有她一个女人，照顾病人非她莫属，因为女人心细。

喂饭、洗衣、擦身……妻子像照顾自己的亲人一样照顾着阿民。同病房的人对阿民说："你媳妇真好！"阿民羞涩地解释："我们是工友。"而妻子爽快地说："雷锋说'对待同志要像春天般的温暖'，所以你不用不好意思，我只是在向雷锋学习。"满病房的人都笑起来。

工友们都不富裕，但在阿民需要钱的时候都解囊相帮，还有一个姑娘给予自己如此周到的照顾，这让身在异乡的阿民心里很温暖。从那时起，他便下定决心不做冷漠的路人，要用自己的善意带给别人温情。想到此，阿民心里充满了感动，不由得搂紧了妻子的肩。

儿子的病情加重，住进了医院。看着小小的儿子忍受疾病的折磨，阿民和妻子十分难受，却又那么无能为力。

“咱们的积蓄花完了，怎么办呢？”妻子开始轻泣。

“你别急，我来想办法。”阿民托人找了一份兼职。白天清洗高楼，晚上去餐厅加班到午夜十二点，再到医院看孩子，然后在医院走廊的长椅上将就睡一下。

一天清早，阿民被人叫醒：“大哥，谢谢你救了我媳妇。我媳妇是你救的那个孕妇，她生了，今天出院。我们一家人一直想找你表达谢意，听说你家孩子病了在住院，也没什么能帮你的，这是我们的心意，请你一定收下！”说着把一个塞了钱的纸包塞进阿民手里，快步走开了。

“这是一个病号让我交给你的，他说他那天在救火现场看你救人很感动。”护士递给阿民几张百元钞票。

阿民的眼睛有些潮湿。他站起身走到走廊尽头的窗前。太阳升起来了，暖暖地，把世界照耀得更加宽大、明亮。

麦田守望者

青青的麦苗，把土地洇染成一行行新绿的诗。春和爹爹杨老汉站在麦田边，看着绿油油的麦子长势喜人，脸上洋溢着笑容。

“春，范松到底怎么想的，你问他了吗？”

“问了，他说他未婚妻嫌他没有婚房，要跟他吹呢，范松想回城里，不在咱们这里干了。”

“回城？那咋行？咱这几十亩麦子还指望他呢。”杨老汉有些着急起来，转身快步向村里走去。

范松是杨老汉让春从城里请来的种麦技术员。他家有几十亩麦地，是承包来的。村里的年轻人不愿意种地，都想着法儿去外面打工挣钱，杨老汉就承包了下来，麦收的时候按照合同给每家一些麦子作承包费。

范松懂得小麦精播高产栽培技术，杨老汉还等着明年的增产喜讯呢。

杨老汉到家的时候，范松正收拾行李。杨老汉说：“范技术员，你非要回城吗？”

“嗯，我未婚妻嫌我在农村没有发展，说如果我不回城，就和我分手。杨大伯，实在不好意思了，对不住了，我走了。”说着提起行李包，急匆匆走出了院子。

杨老汉种了半辈子田，侍弄田地他还是有经验的，但现在承包了那么多地，没有技术员，他的心里有些没底。

好在一冬安然无恙。转眼，麦子到了抽穗扬花期。扬花期是小麦成长中的一个重要时期，春和杨老汉天天盯在麦田里，祈祷天老爷不要阴雨连天。为了观察麦子是否有菌源侵害，他们在田垄间蹲着或弓着身子，仔细察看每一个麦穗。因劳累过度，杨老汉晕倒了。

在医院醒来，杨老汉对春说："春，你回去好好看着麦子，这个时候，麦子可不能得病啊。"

"嗯，爹，你好生休养，我这就回去。"春懂爹的心思。

多年前，杨老汉出外打工贴补家用，路上遭遇窃贼，偷去了他身上所有的钱财，没有钱坐车，他只好徒步一路打听着往家走。正是麦收时节，黄澄澄的麦子飘散着诱人的清香。已经几天没吃东西了，他望着那些滚圆饱满的麦穗，一口口咽着唾沫。一位割麦的大娘看到他，什么也没说，唰唰几镰刀，割下一大把麦穗放到地边，拿了两三穗麦子在手中，双手聚拢揉搓，麦壳纷纷而落，只一会儿工夫，大娘双手捧着的掌心只剩了晶莹的麦粒。她把麦粒倒进杨老汉的手里："吃吧，可香，解饿。"他吞一口麦粒在嘴里，一嚼，满嘴清香。清香的麦汁顺着他的喉咙滑到心肺，像母亲的乳汁，滋养他干涩的身心。临走，大娘又割了一些麦穗让他带着路上应急。后来碰到了老乡，吃饭不成问题了，杨老汉也没舍得丢掉那些麦穗，他把那些麦穗带回家，留作种子播进地里，收获颇丰。自此，杨老汉再也没离开过家乡，离开过土地，他精心侍弄庄稼，尤其是麦子，更是用心。他对麦子有一种特殊的感情。

两天后，杨老汉出院没回家，急急地朝麦地走去。远远地，他看见麦地里有好几个人，越走越近，他看清楚了，有范松、春、一个陌生的女孩，还有一个人，是儿子！他们在给麦子喷药。“这小子，咋舍得回来了？”杨老汉自言自语着，脸上满是舒心的笑。儿子大学毕业后，在城里找到了一份很好的工作，一年到头，很少回家，回家也是来去匆匆，根本没空来地里看看。

“爹！”儿子跑过来，“我和你说个事儿。”儿子把嘴巴凑到杨老汉耳朵边一阵窃窃私语。杨老汉越听越欢喜。

“爹，你儿子不差吧？”

“我儿子不愧是我儿子！”杨老汉满脸自豪。

原来，那个陌生女孩是范松的未婚妻。春和哥哥秋说了范松回城的事后，秋找到了范松和他的未婚妻，说可以把自己刚刚装饰好的新房先让出来给他们做婚房，说爹把那些麦子看得比自己的命还要金贵，请求范松回去帮帮爹。范松和未婚妻被深深地感动了，未婚妻对范松说：“咱们都是来自农村，就把我们的梦想种进土地吧，土地里生长出的梦想一定是金黄的、丰硕的。”两个人决定一起去乡下。他们两个都是农学院的优秀毕业生，土地才是他们最豪华、最广阔、最精彩的舞台。

杨老汉站在麦地边静静望着如绿绒毯的麦田，皱纹都笑了。风儿轻抚麦穗，麦穗摇曳着，愉快地接受着太阳的恩泽，积攒着生长的能量。

“爹，我辞去了城里的工作，回来咱们一起种麦子。”杨老汉为儿子的决定深感欣慰。土地是麦子的命根，也是庄稼人的命根啊。

杨老汉感觉自己也像一棵麦子开始蓬勃起来，绿色的血液向上升腾，每一个毛孔都生出了根须……

狗尾草也有秋天

她走到教室门口，站定，抬手拂了拂头发，又整了整衣服，脸上堆满笑意，才走进教室。教室里瞬间鸦雀无声。几秒钟后，学生们开始窃窃私语，继而交头接耳谈论起来，全然不顾她的存在。

她是新分配到学校的老师，今天是她的第一堂课。她轻咳一声，学生们渐渐安静下来，一双双眼睛齐刷刷地盯着她看。她拿起粉笔，转过身，在黑板上写下：我是一棵狗尾草，我很丑，但我会好好讲课，请相信，狗尾草的生命一样绚丽多彩。在学生们的笑声里，她开始讲课，响亮的声音传遍了教室的每个角落。

她天生长得丑，连家里人都不喜欢她，她带着自卑读完了小学、中学，大学实习时，她选择了一所偏远的山村小学。那是个阳光温柔明媚的秋天，她第一次走上讲台，那堂课她讲得十分用心，但在提问学生时，学生们都回答得一塌糊涂，她不知道是什么原因。

一天她经过教室门口，听到学生们在谈论自己，驻足悄悄听，一个学生说：我看到某老师就想呕，哪里还有心思听课，她长得太丑了。另一个学生说：是啊，她上课提问题，我本来会，可一看她那张脸，就吓得什么都不记得了……她再也听不下去，掩面向学校后面的山坡跑去。

秋日的山坡，庄稼金黄，满溢着一种丰收的喜悦。她找一块平地坐下来，望着喜气洋洋的田野，泪珠顺着双颊无声地滑落。

“你看，用狗尾草编的小狗多可爱。”不知何时，一位老奶奶坐在了她的身边，把编好的小狗递到她面前。

“是啊，狗尾草都比我可爱。”她接过小狗，无限伤感地说。

“你看这满山满坡的野花，就属狗尾草难看，可就属它活得没心没肺、开心快乐。”老奶奶又扯下几根狗尾草，边编织边说：“人啊，长得不好看不要紧，别人说几句风凉话也不要紧，关键是自己不能嫌弃自己，要愉快地接受任何模样的自己，然后用一颗诚心对待身边的人，就会收获很多快乐。就像这狗尾草，不好看，没谁赞美，但它不自卑，顽强生长，等到秋风起，它一样也会有满满的收获。你看，它周围的庄稼、野花并没有嫌弃它，你看它们挨得多近啊。”说着，一只狗尾草编织的小兔子在她的掌心跳跃着。

“我该回家了，姑娘，记住，狗尾草的秋天一样是厚实的。”老奶奶慢慢消失在她的视线里。

回到学校，她不再在意学生的议论，每天干净整洁地去给学生上课，每堂课都讲得绘声绘色、生动精彩。渐渐地，没人谈论她的容貌了，而是说她课讲得真是好。她脸上的笑容越来越多，学生们都说她变得越来越漂亮了。

实习结束，学生们让她留言，她在黑板上写下：只要你悦纳自己，真诚待人，即使你是一棵丑丑的狗尾草，一样会有富足的秋天。

下课的铃声响了，她走出教室，身后有几个学生跟上来：“老师，我们一起做狗尾草好吗？”她望着这些花一样的笑脸，心底涌动着阵阵暖流，世界上还有比她更幸福、更富足的狗尾草吗？

·不幸的幸运王子

1

一上课，班长周卉就对同桌杜军说：“你真是个幸运王子，这次运动会，你是咱们班拿名次最多的一个，咱们班的最高奖励看来又是非你莫属了。”杜军笑笑，有几分骄傲。

放学后，杜军把获得的证书和奖金交给妈妈，妈妈高兴地说：“杜军真有出息，是妈妈的好儿子。”说着妈妈背过身，轻轻擦拭着眼泪。

杜军放下书包，去厨房做饭。别看杜军是个男孩子，家务活样样会干。自从爸爸被病魔夺去了生命，妈妈的精神一直不好。为了还清爸爸生病时欠下的债，妈妈又得了贫血，浑身没力气，干不了重活，只好到附近的餐馆打工。

杜军清炒了一盘小油菜，和妈妈正准备吃饭。听见有人敲门，原来是周卉。周卉手里拿着一个崭新的书包，说：“杜军，你小子真幸运，上个星期我们一起买的运动鞋，今天凭购物小票抽奖，你居然中奖了！”

杜军接过书包左看右看，正是他喜欢的那个样式和品牌，十分高兴，问周卉："你中奖了没？"周卉开心地说："中了，我中的是一双运动袜，我总是没你幸运。"

这时，周卉从口袋里掏出一双袜子递给杜军，说："这双袜子送你吧，我不喜欢运动袜。"杜军摆摆手，说："我不要你的运动袜，你不喜欢我也不要。不属于我的东西，我不要。"周卉没再说什么，把袜子装进杜军的口袋里，就跑回家了。

其实，杜军妈妈心里明白，这份礼物是在商场工作的周卉妈妈送给杜军的。

2

一个周末，杜军去街上买菜，正巧碰到周卉和几个同学去肯德基吃饭。他们对杜军说："今天肯德基店里在搞活动，说谁抽到幸运顾客的号牌，谁就免费吃顿午餐。杜军，你去不去？"杜军有些犹豫，他怎么能忍心拿着妈妈挣来的血汗钱去吃肯德基呢？

周卉怂恿道："杜军，你可是幸运王子，不如你去试试，看能不能抽到那个幸运顾客，要是你成了幸运顾客，说不定我们可以跟着你沾光，也吃一回免费的午餐呢。"经不住同学们七嘴八舌地说，杜军答应和他们一起去试试。但事先声明：如果没有抽到幸运顾客的号牌，他就回家吃饭，同学们都只好答应了。

幸运的人运气总是很好，杜军在每个顾客仅有三次的机会中，抽中了两次幸运顾客的号牌，这就意味着他可以让另一位同学沾他的幸运之光。能吃一顿肯德基，是杜军梦寐以求的事情。杜军十分高兴，而且还把自己的幸运带给了同学，这顿"免费的午餐"他吃得格外珍惜。

同学们走出餐厅的时候，还在说着“杜军，你真是个幸运王子”。杜军笑笑，往家里走去。看他走远，周卉小声地祝福道：“杜军，下个星期是你的生日了，祝你生日快乐！”

3

校长室里，杜军的妈妈一脸感激地说：“王校长，真是太感谢你们了。感谢全校的老师、同学给杜军这么多的帮助。杜军是个自尊心很强的孩子，家里再苦再难，他都不让我向别人寻求帮助。他说人活着要自强、自立、自尊，不能给别人添麻烦。我倒是没什么，只是苦了孩子了。”

校长用理解的口气说：“我知道杜军是个好孩子，值得我们去帮助他。那次我发动全校师生捐款救助你们家，杜军把钱送还回来，我被深深地触动了。不能小视孩子的自尊，帮助人也要讲究方式方法，所以我把那些捐款都分还给了捐款人。经过老师们的讨论，我们决定让杜军成为一个幸运的孩子。这样维护了孩子的自尊，也帮你们解决点生活中的小问题，我很欣慰。可喜的是同学们不但自己想法把幸运送给杜军，还发动家人给杜军制造幸运的机会，我很感动。”杜军妈妈使劲地点头，眼里泪光盈动。

杜军妈妈趁着课间去看了杜军，对他说：“这次的费用妈妈都交齐了，一样也没落下。”杜军高兴得跳了起来，他觉得自己再也不会比别人矮一截了。

班主任李老师看杜军开心的样子，长长地舒了一口气，要知道，这次的费用全是他替杜军垫付的，杜军妈妈身体不好，总得买药治病吧。

李老师和杜军妈妈说：“放心吧，我们会一直把幸运的机会让给杜军的，会把它当作一个秘密来坚守。”杜军妈妈的眼泪再也忍不住了，这是喜悦的泪水，这是幸运的泪水。

4

杜军对周卉说：“我想把我的幸运传给大家。”周卉说：“幸运是个人的运气，这个怎么传递啊？”

“我有办法的，咱们不是有班费吗？以后班费咱们尽量省着花，余下的钱就买成东西，把它送给别人，咱们组织个‘送幸运’小组好不好？”周卉十分赞同杜军的主意。

因为杜军是“幸运王子”，自然是他派发“幸运”。第一份幸运送给的是一个需要帮助的女孩子。那是一个漂亮的文具盒，是女孩梦寐以求的那一种。看着女孩甜美的笑容，杜军觉得心里好幸福。

第二份幸运送给的是爱学习的男孩子，是一支漂亮的钢笔。男孩说：“这是我收到的最珍贵的礼物。”

第三份……第四份……

时间很快过去了，杜军给别人送幸运，也接受着幸运，阳光、快乐，心里明媚。

杜军对妈妈说：“其实我知道为什么我这么幸运，都是大家在想方设法地帮助我。妈妈我觉得幸运是需要传递的，不能只让我一个人守着幸运。如果我把这种幸运传递给更多的人，那么他们也同样受到关爱，这样不断把幸运传给最需要的人，岂不是更好吗？”

杜军妈妈这次没有落泪，看着懂事的儿子有一颗善良的心，杜军的妈妈开心地笑了。

刻在头发上的字

父亲越来越沉默了。常常把自己关在屋里，不跟人说话，谁要是前去敲门，父亲就大声吼。他和妻很无奈，也都束手无策。

父亲或许是在用这样的方式怀念母亲吧。一个月前，母亲去世后，父亲把母亲的照片放大，摆满了房间。

母亲是个苦命人。6岁那年，因为家境贫寒，被卖给了戏班子。后来连姓都随了戏班老板。母亲勤奋好学，加上身段、唱腔都好，深得老板和戏迷们的喜爱。当年的父亲是个落魄的书生，被下放到农村，处境凄凉。一日戏班去那个村里唱样板戏，父亲一眼看中了姣美俊俏的母亲，心生爱慕。正值青春年华的母亲见了文弱的父亲，心底陡然生出心疼，两人便有了来往。

开始，母亲的戏班居无定所，辗转南北，与父亲聚少离多。后来母亲到了省里的京剧院，父亲却没能回省城，一家人依旧是聚少离多。

印象中，父亲对他和母亲一直是疏离的。小时候，每次看到别的孩子被父亲领着、宠着，他就眼馋得不行，便盼望父亲回来。父亲回来，却总是冷冷的一张脸，不管母亲做了多么丰盛的饭菜，不管他把第一名的成绩单举得有多高，父亲的脸都像得了肌无力，看不出任何表情。

他曾经怀疑自己不是父亲的亲生孩子，他曾多次问过母亲，母亲每次都无比坚定地告诉他：你是父亲和母亲的亲生儿子！但他还是将信将疑。这样的怀疑曾让他的童年、少年时光黯然失色。那时他恨父亲。但随着年龄越来越大，他发现恨少了，对父亲温和了许多。

父亲年轻的时候就喜欢写字、画画，他买来纸墨笔砚给父亲，父亲的脸上终于露出了难得一见的笑容。

太阳好的时候，父亲会出门去散步，大多数时间依旧闭门不出，神神秘秘的不知道在忙什么。

父亲去世很突然。前一天晚上还好好的，第二天早晨妻子喊父亲吃早饭，迟迟没人应答。他急了，猛敲父亲的门，依旧没有人应答，他感觉不好，喊了人帮忙撬开门。躺在床上的父亲已经没有了气息，但很安详，神态像睡着了一样。

办理完父亲的后事，他开始整理父亲的遗物。父亲的东西很少，就几张字画。字画对他来说也是珍贵的，他拿到装裱店裱好挂在屋里，时常擦擦、看看，他发现父亲在的日子竟都是暖的，虽然父亲很少笑、很少与他们亲近。

他一直让父亲的屋子维持着原来的样子。有时他坐在父亲的书桌前，翻父亲看过的书；有时他拿起父亲用过的笔，在父亲遗留下的纸上涂涂画画。这样的时候，他感觉父亲的目光像阳光一样温暖。

那天他又画画，觉得纸下有什么东西，把纸拿开，原来是个放大镜。“父亲什么时候眼睛不好的呢？”他自言自语着拿起放大镜，才发现这个放大镜是100倍的。“一定是父亲患了眼疾才不愿意出门的，我太疏忽了。”他充满了自责。把放大镜放回桌子上，在书的缝隙间发现一个精致的小盒子,用锦缎包着。一层层剥开锦缎,打开盒子,盒子里不是稀罕东西,是两绺头发。他拿起其中一绺的一根头发对着太阳看,没看出有什么特别。父亲为什么会珍藏这两绺头发呢?他猛然想起了放大镜。用放大镜再看,头发上居然有字:"今天儿子十八岁。"他又拿出一根头发来看:"儿子三十岁生日快乐。"他又拿出另一绺头发中的一根来看:"吾妻吾爱生死相依",再拿一根:"爱妻八月十五我想你。"

他看着看着潸然泪下。父亲的脸是冷的,心里对他和母亲的爱原来那样浓、那么热。父亲,是把情刻在了心上。

看父亲的日记才知道,在头发上刻字是父亲掌握的一门绝技,其中的技法历经无数次失败,数十年的苦心钻研、摸索。他不想让父亲的绝技失传。

他像父亲一样,写字、画画,尝试微雕艺术,先从练习蝇头小楷开始,再到芝麻粒大小的字,一直练了好几年。他发现做微雕不仅手法上要练,还需要不断修炼自己的内心,不断提升自己的境界。

发雕是微雕中最难掌握的。想做好很不容易。首先选用青壮年的头发,把弧形的头发处理成平面,再固定、磨刀、雕刻。刻一个字不到半分钟,但成功率很低,一百多根头发中只有两三根能刻成。他全神贯注一刀刀刻着,小心翼翼。他用父亲的方式体会父亲隐藏在心底的亲情。

多年后,他做的发雕像父亲一样精致。清明节那天,他把自己精心雕刻的两根发雕放在父亲和母亲的坟前,一根上面刻着"铭记父母恩",另一根刻着"无声的爱厚重永恒"。此时的他真正明白了父亲把他和母亲的头发带在身边的意义:头发由血液供养而成,带着亲人的头发在身边,无论人在哪里,都和亲人血脉相连,不离不弃。而刻在上面的字,包含着父亲浓烈的思念和深情。

·像葵花一样漂亮

1

早晨，刚进初二三班的教室，梅昕就对着才转学来三天的新同桌赵葵花大嚷：“我不要和你同桌，你滚开！”说着把赵葵花的书本哗啦一下推到了地上。

赵葵花默默拾起地上的书本，眼里有泪光闪动。班长方舟走过来说：“梅昕，你太过分了，老师安排赵葵花和你同桌有啥不对？你问问班里还有谁愿意和你同桌啊？你是不是想自己一桌啊？”

“反正我不和赵葵花同桌！”梅昕语气很强硬。

“那你说说为什么？”方舟盯着梅昕的眼睛。

“她大概半年没洗澡了，身上有味儿，不信你闻闻！”梅昕把赵葵花拉到班长面前。

“好了，不要再无理取闹了。赵葵花，坐回到座位上去。梅昕，你要是不想被老班批评，就不要再闹了，好了，开始上早读吧。”方舟和同学们各自向自己的位子走去。

赵葵花有点怯怯地看着梅昕，梅昕没好气地把凳子弄得东倒西歪，但没再说什么，赵葵花扶好凳子，把书本放到课桌上，轻轻地翻开课本，小声地念起来。

2

赵葵花家在乡下，那里绵延着望不到边的葵花田。每个周末或是假期，她喜欢跟着妈妈去看葵花田。特别是葵花开花的时候，她站在葵花跟前，不停地问妈妈："两朵葵花，哪朵漂亮？"妈妈总是说："你是最可爱、最漂亮的那朵葵花，是妈妈心上的那一朵。"她就搂住妈妈，给妈妈一个甜甜的吻。

后来爸妈都去城里打工了，她寄居在外婆家。过年的时候，爸爸对她说："葵花，你有什么梦想？""我想去城里上学，电视上演的城里的学校好漂亮，爸爸，我能去城里上学吗？""能，现在农民工的孩子能跟随父母到城里，并可以在那里上学的。过了年跟爸去城里上学，好不好？"葵花使劲点点头。

就这样，葵花转学到了城里。

第二节课是语文课，老师让葵花起来背诵课文，葵花操着一口乡音，一字一句地背，梅昕突然哈哈大笑起来。老师说："梅昕，到教室后面站着去！"

"老师，你听，她的普通话说得多么不普通啊。"梅昕一边笑着一边走到教室后面的墙角"思过"。

下课后，梅昕一双怒目瞪着葵花："行啊，才来三天，就害我被老师罚站，有你的，你等着瞧吧，我一定要你好看！"

3

梅昕的来头可不一般,她的家境富裕,从小享受的都是公主般的待遇,就是现在,每天上下学,都是她家的司机接送,性格乖张霸道,常和同学起冲突,很多同学都看不惯她傲气的样子,所以都不愿意和她做朋友,她似一只自以为是的天鹅,渐渐被同学孤立。

那天,是体育课。体育老师让同学们练习篮球,说篮球是中考的必考项目,必须好好练习。

轮到赵葵花了,篮球于她完全是陌生的。她按照老师教的方法,想把篮球握在手里,然后抛出去,可是篮球似乎不喜欢她,任她怎样握都握不住,同学们发出阵阵嬉笑,看着葵花满是汗水的脸羞得通红,老师让她业余时间多练习,结束了她的尴尬。

赵葵花在教室过道里练习篮球,梅昕走过来,一把抢过篮球,说:"来,我教你!接着!"说着,手中的篮球已飞快地砸向赵葵花。赵葵花躲闪不及,被篮球砸到,瞬时,脑门上鼓起一个包块。

走进教室,同学们都问赵葵花额头怎么回事,赵葵花笑笑说:"没事,练习篮球,不小心砸自己头上了,笨人真是没办法治。"同学们也都跟着笑了,这回,梅昕没有笑。

4

那一天课间,梅昕忽然感觉肚子疼,她坐在座位上来回变换着姿势,有几个同学看见了,走过来问她:"梅昕,你怎么了?"

“肚子疼。”

“是不是受凉了？”

“可能，我也不知道。”

“喝点热水吧，喝点热水会好些。”梅昕拿起杯子看了看，只有一点点水了，她放下杯子，趴在课桌上，轻轻呻吟着。

“梅昕，喝点热水吧，我的杯子我反复用开水烫了好几次，不脏的。”是赵葵花。梅昕看着气喘吁吁的赵葵花，伸手接过了她递过来的杯子。

同学们懒于去接水，就是因为他们的教室离锅炉房最远。赵葵花看着梅昕喝了几口水，转身又跑出了教室。一会儿回来，对梅昕说：“我跟老师替你请假了，走，我扶你去医务室看看，你能走吗？”梅昕站起来，手搭在赵葵花的肩膀上，两人走出了教室。

走到楼梯口，赵葵花对梅昕说：“我背你走吧，你走得太慢了，有病可不能耽误，现在上课了，没人看见，快上来，别看我笨，我有的是力气。”

梅昕苦着脸笑了，但这次是发自内心的笑。

5

梅昕对赵葵花说：“放学后咱们一起去书店吧，你不是不知道书店在哪儿吗？你这个笨人，城里车多、人多、路多，我真怕你会走丢。”

葵花笑了，轻快地跟在梅昕身后，向书店走去。

梅昕说：“我那样欺负你，你不恨我吗？”

“咱们是同学，又不是敌人，我为什么要恨你呢？”赵葵花用手抚摸着刘海，“我妈妈对我说过，人和人的相遇是件很美好的事情，世界上有那么多人，碰在一起是多么幸运的事。妈妈还说，我们每个人都要学做一株向日葵，坦然面对风雨，微笑迎接阳光，结出丰足的果实，像向日葵一样的人，是最漂亮的。”

梅昕握住赵葵花的手，说：“葵花，谢谢你的宽容。这样吧，以后你监督我，我要是再犯公主脾气，你就狠狠地踢我一脚，我绝不生气；我要是生气，你就再踢一脚……”两个人都笑起来。

“葵花，下个月我参加市里的绘画比赛，你能带我去看看你们老家的葵花田吗？”梅昕说。

“嗯，这个季节，葵花应该开花了。”

6

梅昕跟着赵葵花来到了乡下，葵花田里的葵花开得正好，一朵一朵，轮子似的花朵。几十个黄色的花瓣围成一个花盘，花盘中间是密密麻麻的金灿灿的花蕊。

每天清晨，葵花张开笑脸，迎接冉冉升起的太阳；中午，太阳当空，葵花向着太阳扬起金色的脸庞；傍晚，太阳徐徐落山了，向日葵又面向西方，恋恋不舍地和太阳告别。啊！多美的葵花呀！金色的阳光照进它的心里了。

“向日葵没有低头的时候吗？”梅昕问。

“有啊，在成熟的时候，它就会谦虚地悄悄地低下头去。”葵花说。

梅昕若有所思。

梅昕的画在市里的比赛中得了奖，老师和同学都替她高兴，她的公主脾气也改掉了很多，她说因为她的身边有一朵葵花，给了她心灵阳光的指引。

她把那幅得奖的画送给了赵葵花，画的是赵葵花站在葵花旁，一脸阳光，背后是一朵朵迎风舒展的葵花，似在微笑。

画的左边有一行字：像葵花一样漂亮！抬头，一脸阳光；低头，一身赤诚。